원 챈스

ONE CHANCE

"저는 지난 수년간 한국을 방문하는 영광을 누리며, 한국의 아름다움과 한국인들의 따뜻함에 감동받았습니다. 여러분의 인생이 어떤 어려움을 던져 주건, 희망은 언제나 존재한다는 사실을 나의 이야기를 통해 한국의 독자분들께서 발견할 수 있기를 바랍니다." 폴 포츠

ONE CHANCE: A Memoir

원 챈스

ONE CHANCE

폴 포츠 지음 | 부희령 옮김

문학세계사

□추천의 말

영화와도 같은 폴의 이야기

나는 지난 10년간 많은 오디션을 지켜보았다.

그중에는 훌륭한 오디션도 있었지만 그렇지 못한 것들도 많았다. 하지만 특별한 이유로 늘 기억하게 되는 오디션이 더러 있는데, 폴 포츠의 오디션이 그렇다.

〈브리튼즈 갓 탤런트〉의 첫 번째 시즌이 시작된 2007년의 일이다. 오디션이 순조롭게 진행되지 않아 나는 과연 우리가 스타를 발굴해 낼 수 있을지 진심으로 걱정이 됐다. 그날 카디프에서의 오디션도 역시 썩 순조롭지 않았다.

그러나 우스꽝스런 슈트 차림으로 수줍음 가득한 남자가 무대로 걸어나오던 때가 기억난다. 내가 피어스를 쳐다보자, 피어스는 눈을 크게 뜨고 눈동자를 굴렸다. 폴은 나지막한 목소리로 자신이 오페라 가수라고 소개했다. 나도 덩달아 눈을 휘둥그레 떴다.

그가 노래를 부르기 시작했다. 나는 그 순간을 결코 잊지 못한다. 극장의 분위기는 순식간에 변했다. 그는 말 그대로 지붕을 들썩이게 만들었고, 나는 쇼가 성공하리란 걸 직감했다.

회가 거듭되면서 나는 한 개인으로서의 폴을 알게 됐고, 그의 다른 자질들도 알게 되었다. 폴은 진정한 용기를 갖고 있었다. 그는 어린 시절 학교 폭력뿐 아니라 살아오면서 수많은 장애를 극복해 냈다. 폴은 또한 매사에 헌신적인 사람이었다. 가수가 되고자 하는 꿈을 이루기 위해 그는 언제나 열심히 노력했다.

폴이 성공하기까지의 과정을 돌이켜보는 것은 마치 영화 대본을 읽는 것과 같았는데, 실제로 영화화되었다. 이 모든 것은 그가 노력해서 얻은 결과다. 그는 정말로 따뜻하고 상냥한 사람이라서 함께 일하는 것이 즐겁다.

우리가 그에게 최초의 기회를 줄 수 있었던 것이 기쁘고 자랑스럽다. 하지만 다른 것들은 모두 그의 힘이었다.

사이먼 코웰(〈브리튼즈 갓 탤런트〉 심사위원)

□차례 ONE CHANCE

ONE CHANCE

제3부 성공

오랫동안 고생한 아내 줄즈에게 이 책을 바칩니다.

아내를 만나지 못했다면, 나는 아직도 방황하고 있겠지요.

프롤로그

PROLOGUE

2009년 〈브리튼즈 갓 탤런트〉 공연을 마친 뒤 ITV 스튜디오 밖에서 사이먼 코웰과 함께.

"내가 진짜 우승했다고?" 2007년, 내가 우승했다는 진행자의 발표를 듣고 믿기지 않는 표정을 짓고 있다.

첫 영국 순회공연을 마치고 오케스트라 단원들과 즐거운 한 때. 2008년 2월 해머스미스 아폴로에서.

순회공연을 하면서 나타샤 마시와 나는 매우 즐거운 시간을 보냈다. 마시는 매우 너그러운 사람이며 훌륭한 가수이다. 2008년 런던에서.

새로운 날의 시작

나는 그 운명적인 날을 결코 잊지 못한다. 2007년 어느 지루하고 축축한 토요일 아침, 성 패트릭의 날이었다. 나는 〈브리튼즈 갓 탤런트〉의 오디션에 참가하기 위해 카디프의 밀레니엄 센터로 출발했다.

아버지가 허둥지둥 정신을 빼놓는 바람에 아내 줄즈와 나는 늦게서야 집을 나섰다. 그날은 마침 웨일즈와 잉글랜드의 럭비 경기가 열리는 날이기도 했다. 카디프에서 약 23킬로미터 떨어진 란트리산트 외곽에 이르자 차가 꽉 막혀 꼼짝할 수 없었다. 주머니 속에서 휴대전화가 울려댔다. 아버지였다. 아버지는 이미 오디션 현장에 도착해 있었다.

"사람들이 벌써 입장하고 있어!" 아버지는 초조한 기색을 드러내며 언짢아 했다.

"걱정하지 마세요. 그 사람들은 아마 먼저 오디션을 치른 참가자들일 거예요."

내가 아무리 안심시키려고 해도, 아버지는 여전히 초조해했다. 아버지는 우리가 M4로 가는 내내 끊임없이 전화를 했다.

이상하게도 나는 되레 차분한 기분이 되어 운전했다. 하지만 콘서트홀에 도착하자 상황이 달라졌다. 아직 시간이 남아 있어 난 대기실로 가야 했다. 언제 무대에 오르게 될지 전혀 알 수 없는 상태에서 매우 불안해지기 시작했다.

접수처에서 참가번호 31829를 받아 오른쪽 가슴에 붙이고는 공연장으로 향하는 계단을 올라갔다. 대기실은 이층 정면석 바로 뒤에 있었는데, 그곳은 앉을 자리를 찾아 우왕좌왕하는 수백 명의 사람들과 모든 리허설 장면을 녹화하려는 방송 스태프들로 북적댔다. 벽 너머에서 앞선 순서에 속한 사람들의 오디션이 진행되는 소리가 들려왔다. 무시무시한 버저 소리가 울리면, 청중들이 웅성거리는 소리가 퍼져나갔다.

버저 소리는 대기실에 있는 군중들을 일순간 침묵하게 만들었다. 그것은 그 자리에 있던 우리들 가운데 누구도 자신의 차례가 되어 무대 위에 올라갔을 때 결코 듣고 싶지 않은 소리였다.

나는 예전 참가자들이 온라인에 올린 조언들을 읽고 온 참이었다. 그들은 가능한 한 소리를 크게 내고, 눈에 띄는 옷을 입고, 연습을 열심히 해서 반드시 방송에 나올 수 있도록 하라고 충고했다. 대기실에서도 눈에 띌 수 있는 일이면 뭐든지 해야 한다는 것이었다. 하지만 나는 정말 그렇게 하고 싶지 않았다. 다른 이들이 카메라의 주목을 끌기 위해 큰 소리로 연습을 하는 동안, 나는 파티에서 춤출 파트너를 찾지 못해 벽에 기대 서 있는 여자들처럼, 그저 그들의 배경이었으면 했다.

나는 출세하기 위해 오디션에 참가한 것이 아니었다. 여섯 살 때부터 시작된 꿈을 이루기 위한 여정의 마침표를 찍기 위해 이곳에 왔다.

노래하는 것을 사랑했지만, 거기에서 미래를 기대할 수는 없었다.

"거기 있는 분, 오늘 여기서 뭘 보여줄 거죠?"

방송국 제작팀에서 나온 하늘색 털 코트를 입은 사람이 말을 거는 바람에 생각을 멈췄다. 그는 TV 카메라를 든 동료와 함께 있었다. 평소에는 조리 있게 말을 하던 사람도 카메라 앞에만 서면 이상하게 말을 더듬게 된다.

나는 "안녕하세요?"라고 나지막하게 인사를 하는 것조차 용기가 필요했다. 겨우 인사를 건네고 나서야 그곳에서 무엇을 할지 생각하기 시작했다. 정말 무슨 말을 해야 할지 몰랐다. 그리고 머릿속에 떠오른 첫 번째 생각을 불쑥 말해버렸다.

"오페라를 부르러 왔어요. 저는 오페라를 위해 태어난 사람이라고 생각해요."

"멋지네요. 지금 여기서 무반주로 잠깐 불러주실 수 있을까요?"

나는 매우 불안한 표정으로 아내 줄즈를 바라보았다. 그리고 재빨리 고개를 가로저으며 대답했다.

"그러고 싶지 않네요."

난 배경으로 되돌아가고 싶었다. 모든 사람들이 지켜보고 있는 가운데 앞에 나설 수 있는 그런 류의 사람이 아니라는 기분이 들었다. 나는 뚱뚱했으며, 내 자신이 초라하게 느껴졌다. 내가 입고 있는 수트는 내 형편에 가장 좋은 것이었다. 여러 가지 이유로 나는 가슴이 꽉 끼고 팔은 너무 긴 옷을 살 수밖에 없었다. 내가 그 자리에 정말 어울리지 않는다는 생각이 들자 사람들이 더 주목하지 않기만을 간절히 바랐다. 노래를 해달라는 청을 거절하자 방송국 직원은 당황해했지만 수긍했다. 그는 나와 짧은 대화를 마치고 다른 사람에게 다가갔다.

내가 언제쯤 무대에 올라갈 수 있을지 알아내려 애썼지만 소용없었다. 당황스러운 일이었다. 나는 언제나 최선을 다해 노래 부르기 위해 완벽하게 준비를 한다. 하지만 목을 풀 수 있는 장소도 없고, 음향을 확인할 길도 없으며, 일정도 모르는 상황에 처해 있었다. 나는 혼자서 따로 워밍업을 할 수 있는 장소를 찾아다니다가 결국 남자 화장실로 들어갔다. 그곳에서조차 다른 사람 앞에서 노래하고 싶지 않았다. 누군가의 발자국 소리가 들리면 수돗물을 틀고 손을 씻는 척했다. 하지만 그곳도 워밍업을 할 수 있는 적절한 장소는 아니었다. 하는 수 없이 그냥 줄즈의 옆자리로 돌아갔다.

방송국의 또 다른 직원이 나에게 다가왔다. 이번에는 ITV의 제2채널인 ITV2에서 나온 직원이었다. 그는 〈브리튼즈 갓 탤런트〉의 속편인 〈브리튼즈 갓 모어 탤런트〉를 찍고 있는 중이었다. 나는 조금 당황했지만, 줄즈가 나를 설득했다.

"어서 해요, 폴. 하라는 대로 한 번만 해봐요!"

줄즈와 나는 아주 어려운 상황에서도 유머 감각이 살아 있다는 공통점이 있다. 나는 그녀의 말에 따라 방송국 직원과 함께 나갔다. 그들은 내가 통로에서 많은 사람들에게 둘러싸여 노래하기를 원했다. 그러나 내가 숫기가 없다는 것을 눈치 채고 계획을 바꿔서 밖으로 나가자고 했다.

다행히 비도 그친 상태였고, 주위에 사람들도 별로 없었다. 바람이 불고 있는 가운데 나는 〈공주는 잠 못 이루고*Nessun Dorma*〉의 마지막 몇 소절을 부르기 시작했다. 위대한 성악가 루치아노 파바로티가 불러서 유명해진 이 노래는 1990년 월드컵 경기의 주제곡으로도 사용되었다.

Dilegua o notte	*사라져라 밤이여*
Tramontate, stelle	*희미해져라 별이여*
Trantate stelle	*희미해져라 별이여*
Alla'alba vinceró	*새벽이 되면 나는 이기리*
vinceró vinceró	*이기리 이기리*

노래는 순조롭게 흘러나오는 것 같았다. 하지만 내가 〈브리튼즈 갓 모어 탤런트〉의 직원들과 녹화를 하는 동안, 〈브리튼즈 갓 탤런트〉의 세 심사위원인 사이먼 코웰과 아만다 홀든, 그리고 피어스 모건이 다른 모든 참가자들에게 앞으로 쇼가 어떻게 진행되는지에 대해 설명해 주고 있었다. 나는 그 설명을 놓쳤을 뿐만 아니라 첫 번째 참가자들 가운데 내 이름이 호명되기까지 했다. 내가 방송국 직원들과 함께 이층으로 올라가자, 아버지가 안절부절못하면서 내 이름이 불렸다는 사실을 알려주었다. 이젠 한 순간도 여유를 부릴 수 없었다. 무대에 오를 시간이었다.

무대 뒤에서 나는 '사자 굴 속에 던져진 다니엘' 이 된 심정이었다. 워밍업도 제대로 못한 상태로, 예상치 못한 상황에서 무슨 일이 일어날지도 모르는 채 곧장 무대에 올랐다. 웨일즈에서 가장 큰 음악당에서 공연을 할 기회여서 들뜬 외출이기도 했던 일이 가장 끔찍한 악몽으로 바뀔 수도 있는 순간이었다.

나는 위험에 대한 대처 능력이 없었다. 때문에 위험을 무릅쓰고 무슨 일을 하는 사람이 아니었다. 경마에 돈을 걸어본 적도 결코 없었다. 그런 내가 2천 명의 관객들 앞에서 공연하려고 하고 있었다. 게다가 그 사람들 속에는 내가 가장 존경하는 음악계 관계자인 사이먼 코웰이 있었다. 나는 지역 오페라단의 주연 테너로 장기 공연을 한 뒤로 처음 무대에 오르는 만큼 무척 초조하고 긴장되었다. 거의 4년 동안 대중들 앞에서는 단 한 곡도 부르지 않았다. 마지막으로 노래를 부른 건, 런던 지역을 근거지로 활동하는 아마추어 오페라단인 사우스게이트의 오페라 공연에서다. 거기에서 난 푸치니 오페라 《마농 레스코》의 남자 주인공인 슈발리에 데 그리외 역할을 맡았었다.

주로 그런 종류의 공연에서 나는 배역을 얻었다. 슈발리에 데 그리외나 라다메스(오페라 《아이다》의 남자 주인공) 외에도 내가 맡을 수 있는 역할은 무엇이든 했다. 나는 이집트 왕의 호위대장 의상 뒤에 숨어서 아이다의 사랑과 이집트를 위해 싸웠다.

이제 나는 나 자신으로 돌아와 노래를 불러야 했다. 발가벗겨진 기분이었다. 나는 폴 포츠로 무대에 올라가야 했고, 과연 내가 무대에 설 자격이 있는지 곧 알게 될 터였다.

그때까지도 나는 무반주로 노래를 해야 하는지, 반주가 있어도 되는지 모르고 있었다. 〈X팩터〉나 〈아메리칸 아이돌〉 같은 다른 오디션 프로그램을 본 적이 있었다. 그런 쇼들의 초반 라운드를 보면서, 내가 관객들의 비웃음을 사는 참가자의 한 사람이 될까 봐 두려웠다. 최악의 경우 반주 없이 노래해야 할 상황이 올 수도 있었다. 난 그때 사용할 수 있기를 바라면서 내 노래의 반주 디스크를 챙겨 왔다.

무대 뒤에서 일하는 직원이 나에게 모든 게 괜찮은지 물었다.

"반주 음악을 사용할 수 있으면 좋겠어요." 내가 설명했다.

"음악을 갖고 왔나요?" 그가 물었다.

나는 재킷 주머니에서 CD를 꺼내 주면서 말했다.

"8번 트랙이에요. 정말 감사합니다."

한결 마음이 놓였다. 무반주로 노래하는 것은 내가 가장 두려워하는 일 가운데 하나였다. 직원은 내 CD를 받아들었고, 춤을 추는 남녀 커플 다음이 내 차례라고 일러주었다. 나는 한쪽 옆에 서서 그들이 무대에 올라가 오디션을 치르는 장면을 지켜보았다. 여자는 파트너가 호루라기로 새 소리를 내는 동안 길다란 스카프를 가지고 춤을 추었다. 썩 잘하는 것처럼 보이지 않았다.

"내려가! 내려가! 내려가!"

청중들이 격렬하게 소리쳤다.

나는 겁에 질렸다. 무대를 떠나라고 소리치는 관중들 앞에 설 상상을 하니 캄캄한 어둠 속에서 살아가야 할 것 같은 두려움이 밀려왔다. 무엇 때문에 내가 그 상황 속으로 들어가야만 하지? 나 스스로에게 물었다. 하지만 길게 생각할 시간이 없었다. 그 커플이 무대에서 내려오자, 드디어 내 순서를 소개하는 말이 들려왔다.

나는 걸어 나갔다. "비틀거리며 나왔었죠." 그 모습을 보고 나중에 사이먼이 말했다. 그때 나는 반대편으로 달아날 궁리를 진지하게 하고 있었다. 노래를 하는 것보다 그게 더 어리석은 짓일까? 심사위원인 아만다가 말을 걸 때도 나는 마음 속으로 여전히 갈팡질팡하고 있었다.

"폴, 당신은 오늘 여기서 뭘 보여줄 거죠?"

대답을 하면서도 다리가 부들부들 떨렸다.

"오페라를 부를 겁니다."

"좋아요. 준비되면 시작하세요."

사이먼이 시작해도 좋다는 몸짓을 하면서 말했다.

나는 크게 한숨을 쉬었다. 이제는 별수 없이 여기 서서 노래를 해야만 하는구나. 나는 무대 옆에 서 있는 직원을 향해 고갯짓으로 반주를 틀어 달라는 신호를 보냈다.

음악이 흘러나왔다. 스스로를 진정시키려 애썼지만 다리가 젤리처럼 후들거렸다. 나는 사이먼과 피어스, 그리고 아만다를 똑바로 바라보았다. 그럴 리가 없겠지만, 그들이 내 노래를 좋아해 주기를 바라면서. 사실은 눈부신 무대 조명 때문에 심사위원들이 또렷하게 보이지 않았다. 그래서 더 불안했다. 나는 심사위원들을 완전히 무시하기로 결심했다. 그리고 오디션이 아니라 연주회를 한다고 생각하기로 했다. 처음 몇 소절을 부르기 시작했을 때, 이것이 내가 노래할 수 있는 마지막 기회라는 생각을 멈출 수 없었다. 나는 점점 더 아리아에 감정을 몰입해 갔다. 내가 〈공주는 잠 못 이루고〉의 그 유명한 후반부 소절인 "딜레구아 오 노떼(dilegua o notte, 사라져라 밤이여)"를 되풀이해 부르자 관객들은 박수와 환호로 응답했다. 나는 그 소리도 무시했다. 그리고 내 마지막 노래라고 철저하게 믿고 아리아에 최선을 다해서 집중하면서 모든 열정을 쏟아부었다.

음악은 아리아 속에 여성 합창이 들어오는 부분에 이르렀다. 이제 노래는 절정을 향해 가고 있었다. 나는 몸과 영혼을 던져서 그 속으로 들어갔다. 그리고 마지막의 하이 B(한 옥타브 높은 시)를 정확하게 내지르기로 결심했다. 대체적으로 나는 마지막 두 음표보다 하이 B를 노래하는 게 더 쉬웠다. 마지막 하이 A(한 옥타브 높은 라)음의 "롸(*ró*)"에 가까워지는 것보다 먼저 나오는 모음의 형태가 나에게 더 익숙했다. 그러나 하이 B음에 점점 다가가면서 두려움을 느꼈다. 그리고 지나치게 몰입한 나머지 목소리에 너무 힘이 들어가고 말았다. 음은 내 뜻대로 흘러나오지 않았다.

나는 매우 실망한 채로 오디션을 마쳤다. 나의 마지막 공연은 내 기대에 못 미쳤다. 관객들이 자리에서 일어나 환호하고 있었지만, 나는 아니었다. 관객들은 분명히 내 노래를 좋아했다. 그러나 심사위원들은 내가 노래를 망쳤다는 사실을 알아차렸을 것 같았다. 나는 그 아리아의 가장 결정적인 부분에서 실수를 했다. 사이먼이 무슨 말을 할지 궁금했다. 모든 사람들이 알고 있는 음에서 실수했기 때문에 그가 내 노래를 좋아하지 않을 것 같았다. 그의 평을 기다렸다. 그러나 심사평은 내 생각과 전혀 달랐다.

"그러니까 당신은 휴대전화 판매점에서 일하고 있는데 노래를 이렇게 부르는군요. 전혀 기대하지 못했어요. 당신의 노래는 막힌 가슴을 확 틔워주는 신선한 공기 같았어요. 정말 환상적이에요."

그럼에도 그는 유보를 했다. 그는 내가 무대에 서 있는 것이 미안한 것처럼 당황해서 안절부절못했고, 그래서 보기에 불편했다고 말했다. 그리고 내가 입고 있는 정장이 나에게 너무 크다고도 했다. (의상에 대해 미처 변명하지 못했는데, 소매는 정말 너무도 길었지만 재킷은 가슴의 단추를 채울 엄두를 못낼 정도로 꽉 끼었다!)

"당신처럼 노래를 부른다면 발가벗고 무대에 나온다고 해도 나는 상관없어요!" 피어스가 끼어들었다. "당신은 대단한 목소리를 지녔어요." 내가 깜짝 놀라자 그가 덧붙였다. "계속 그렇게 노래를 부르면 당신은 이 모든 경쟁에서 승리할 가능성이 가장 높은 사람이 될 거예요."

다음은 아만다 차례였다.

"내 생각에…… 우리는 작은 석탄 조각 하나를 발견했어요. 그것은 곧 다이아몬드로 변할 거예요."

그 순간 그 말들을 이해하기 힘들었다. 이처럼 긍정적인 평을 듣거나 그들이 내 목소리를 좋아하리라고는 기대하지 못했다. 내가 칭찬의 말들을 모두 이해하기도 전에, 심사위원들이 투표를 할 시간이 되었다.

"좋아요. 이제 진실의 순간이에요, 젊은이." 사이먼이 말했다. 그는 동료 심사위원들을 돌아보았다.

"물론 찬성이에요." 피어스가 말했다.

"아만다는요?" 사이먼이 물었다.

"찬성이요." 아만다가 고개를 끄덕였다.

"폴." 사이먼이 나를 바라보면서 미소를 지었다. "당신은 다음 라운드로 진출했어요."

관객들이 박수를 쳤고, 나는 충격에 빠졌다. 나는 이것이 나의 마지막 공연이 되리라고 예상하면서 오디션에 참가했다. 따라서 다음 무대에 진출하게 된 것은 엄청나게 놀라운 일이었다. 나는 노래 부르는 일을 끝내는 대신, 내 인생을 영원히 변화시킬 음악 여행을 막 시작하려 하고 있었다.

제1부

꿈의 시작

BEGINNINGS

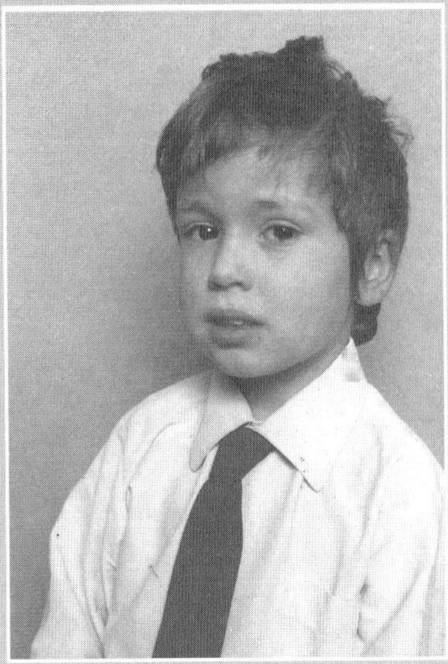

위) 일곱살 때 난 빗질을 좋아하지 않았던 게 틀림없다.

오른쪽) 여동생 제인이 강아지를 데리고 엄마와 나를 향해 달려오고 있다.

포츠머스에서 열린 해군의 날에 그 유명한 HMS 갑판에서.

'마존즈' 대학교 졸업식 날.

1
달콤한 어린 시절

"달리기 시합하자!"

내 고향 브리스틀의 무덥고 화창한 어느 여름날이었다. 어머니는 존 형과 나를 데리고 '베슬 파크'로 놀러갔다. '올드버리 코트 이스테이트'라고도 불리는 그곳은 브리스틀에서 가장 훌륭한 녹지 공원 가운데 하나였다. 그곳은 '둠스데이 북'(윌리엄 1세가 1086년에 만들게 한 중세 영국의 토지 대장)에도 언급되어 있는 유서 깊은 곳이었다. 그렇지만 아직 어렸던 나는 그런 사실은 전혀 알지 못했다. 그저 그곳을 뛰어다니면서 재미있게 놀고만 싶었다.

공원에 도착하자마자 존 형과 나는 놀이터로 달려갔다. 놀이터에는 그네와 모래 구덩이가 있었고, 양쪽에 쇠파이프로 만든 손잡이가 있고, 두 개의 참나무 통에 나무 바퀴가 달린 초기 형태의 트레드밀이 있었다.

"넌 나처럼 빨리 달릴 수 없을걸."

내 차례가 되자 트레드밀에서 내려오면서 존 형이 말했다. 어머니가 벤치에 앉아 뜨개질을 하고 있는 동안 우리는 계속 달렸다. 우리는 어머니가 집에 갈 시간이 되었다고 할 때까지 쉬지 않고 트레드밀 위에서 놀았다. (아마도 형과 내가 나중에 달리기에 관심을 갖게 된 것은 그 때문이었을 것이다.)

"아이스크림 먹고 싶은 사람?"

그것이 바로 우리를 움직이게 하는 가장 좋은 방법이라는 것을 아는 어머니가 물었다.

정말 즐거운 오후였다. 우리는 늘 같은 자리에 있는 아이스크림 판매차에서 아이스크림을 샀고, 집으로 걸어가는 길 내내 그것을 맛있게 먹었다. 우리는 공원으로 갈 때와 같은 길로 돌아가는 일이 드물었다. 나는 여전히 그 습관을 따른다. 우리 셋은 '올드버리 코트 이스테이트' 를 가로질러 걸어가 이따금 프롬 강가에서 놀았다. 강변에는 카페가 하나 있었는데, 우리는 그곳에서 아이스크림을 사 먹기도 했다. 우리를 기억하고 있는 카페 주인은 때때로 아이스크림 위에 특별히 달콤한 과자 같은 것을 얹어주기도 했다. 그 산책으로 우리는 강을 정말 좋아하게 되었다. 폭포는 언제나 시원하게 느껴졌고, 그 힘에 경외심이 들 정도였다.

우리는 블랙베리 힐 뒤쪽으로 걸어올라 갔는데, 다리가 짧은 아이들에게 엄청나게 힘든 일이었다. 나는 더위에 점점 녹초가 되어갔고, 갈증으로 헉헉거렸다.

"가게에 들러서 마실 것 좀 사면 안 돼요?"

내 말에 어머니는 고개를 저었다.

"안 돼, 폴. 집에 가면 음료수가 있잖아."

집에 가면 청량음료가 있다는 말로 알아듣고 존 형과 나는 환호했다.

"수돗물 말이야."

그러나 이어지는 어머니의 말에 난 실망해서 한숨을 내쉬었다.

브리스틀에서 나고 자란 것을 난 늘 행운이라고 생각한다. 브리스틀은 환상적인 도시다. 늘 활기차고 즐겁게 살 수 있는 곳이며, '음악과 문화'의 도시임을 자랑한다. 세번 다리Severn Bridge를 건너면 웨일즈 지방이고, 북쪽으로 '포레스트 오브 딘'(영국 잉글랜드 서부, 글로스터셔 주에 있는 왕실 소유림)이 있으며, 차를 타고 남쪽으로 조금만 가면 데번과 콘월 지방의 휴양지들이 나온다. 영국에서 최고 아름다운 전원을 즐기기에 가장 적합한 곳이다. 1970년대와 1980년대에 영국의 대부분 대도시들이 그러했듯이, 브리스틀도 여러 가지 문제들을 겪었다. 그렇다고 해도 이 도시를 특별하게 만드는 장점들은 결코 사라지지 않았다.

우리 집은 브리스틀의 피쉬폰즈 지역에 있었다. 우리는 빅토리아식 테라스가 달린 집에서 살았는데, 작은 집은 아니었지만 우리처럼 대가족이 살기에 그리 큰 집도 아니었다. 나는 사남매 중 둘째였다. 존 형이 가장 맏이였고, 내 밑으로 쌍둥이 토니와 제인이 있었다. 오늘날의 기준으로 보면, 우리 가족은 근근이 먹고 사는 정도였다고 할 수 있다. 어쨌든 우리는 기본적인 생계는 해결했다.

우리가 가난했던가? 생각하기 나름이다. 우리는 먹고 마시고 입을 수 있었다. 그리고 현실적으로 그것 외에 더 많은 게 필요했던 것도 아니다. 교복을 살 수 있는 지원금이 제공되지 않으면, 우리가 새 옷을 사 입을 수 있는 경우는 드물었다. 텔레비전을 보려면 라디오 대여점에서 빌려야 했다.

아버지는 여러 가지 직업을 거쳤다. 모두 육체노동을 하는 일이었고, 빠듯하게 생계를 이어갈 정도의 급여를 받았다. 어머니는 집에서 주문받은 스웨터나 장갑을 짜 살림에 보탰다. 속담에도 있듯이, 동전 한 닢도 도움이 됐다.

어머니는 남부 웨일즈의 아버틸러리라는 광산촌 출신이었다. 신기하게도, 아내 줄즈의 아버지도 우리 어머니가 살던 동네에서 길 몇 개를 지나면 닿는 곳에서 살았다. 줄즈의 할아버지와 나의 외할아버지는 같은 갱에서 함께 일했다.

우리는 자주 비트(비어트리스를 줄인 이름) 할머니와 할아버지를 보러 갔다. 할아버지는 때때로 짓궂게 굴기도 했다. 한번은 형에게 잔디를 깎으면 1파운드를 주겠다고 했다. 그 당시에는 어린 소년에게 꽤 큰 돈이었다. 존 형이 그렇게 하겠다고 대답하자 할아버지는 형에게 잔디를 깎을 때 쓰라고 녹이 잔뜩 슨 전지가위를 건네주었다. 어린 존이 어떻게 대처하는지 보기 위해서였다.

할아버지 집에서 브리스틀로 걸어서 돌아올 때마다 우리는 남부 웨일즈로 연결되는 M4번 자동차 도로 표지판을 보았다. 그리고 다음 여행지가 그곳이 되기를 간절히 바랐다. 할아버지 할머니는 물질적인 것들로 아이들 버릇을 나쁘게 만들지는 않았다. 특히, 할아버지는 손자들 생각을 많이 했다. 한 번은 할아버지가 할머니에게 어디로 간다는 말도 하지 않고 혼자 브리스틀로 왔다. 할머니에게 행선지를 말하지 않고 왔기 때문에 할머니가 할아버지에게 화를 낼 게 분명했다. 하지만 할아버지는 상관하지 않았다. 그저 손자들을 보고 싶은 마음뿐이었다.

할아버지 할머니가 있어서 우리 집은 힘의 균형이 팽팽하게 이루어졌다. 하지만 이런 경우에 그 힘은 남자들의 편이었다. 어머니는 늘 온순했고, 조용했으며, 자신의 삶에 불만이 별로 없으면서 열심히 일하는 그런 사람이었다. 반대로 아버지는 엄격하게 훈육하는 사람이었다. 우리 사남매는 대체적으로 착실한 편이었다. 그러나 우리가 말을 잘 듣지 않았을 때 우리는 어머니로부터 귀에 못이 박히도록 이 말을 들었다.

"아버지가 집에 오시면 일러줄 테다!"

그 말은 늘 효과적이었다.

흔히 있는 일이지만 내 형제들과 나는 완전히 달랐다. 형은 나보다 한 살 위였고, 쌍둥이인 토니와 제인은 나보다 두 살 아래였다. 우리들 사이의 다른 점은 커갈수록 더 분명해졌다. 존 형은 언변이 뛰어났다. 그는 언제나 무슨 말을 해야 할지, 어떤 일을 해야 할지 알고 있는 것 같았다. 학교에 들어갔을 때, 형은 운동장에 있는 힘센 아이들을 어떻게 다루어야 할지 정확하게 알고 있었다. 그와 반대로 나는 무엇을 어떻게 해야 할지 감을 잡을 수도 없었다.

나는 못된 아이가 아니었다. 그러나 종종 곤경에 휘말리곤 했다. 특히 나의 어릴 때 친구 중 하나인 알렉스와 있을 때 자주 그랬다. 알렉스는 나와 동갑이었는데, 붉은 머리카락에 여름이 되면 주근깨가 더 두드러져 보이는 아이였다. 그 애는 그렇게 영향력 있는 축에 들지는 않았던 것 같은데, 우리는 어울려 돌아다닐 때마다 서로 부추기면서 어디까지 제멋대로 할 수 있는지 시험해 보곤 했다. 그러다 보면 못된 짓을 하는 것으로 끝나는 경우가 많았다.

어느 날 학교 수업이 끝난 뒤, 알렉스와 나는 거리 안쪽에서 놀고 있었다. 길의 막다른 곳에는 주유소가 있었는데, 여기저기 돌아다니다가 나는 뒷마당에 있는 급유 차단 스위치를 발견했다.

"있잖아. 설마 네가 저 스위치를 누를 수 있는 건 아니겠지?"

내가 말했다.

"왜?"

알렉스가 대답했다.

"넌 겁이 너무 많잖아."

우리는 누가 스위치를 눌러서 급유 펌프를 정지시킬 용기가 있는지 알아보기로 했다. 한참 뒤에 내가 과감하게 그 일을 시도했다. 나는 키가 큰 편이 아니었기 때문에 스위치에 손이 닿으려면 담벼락을 기어 올라가야만 했다. 보기보다 어려운 일이었지만, 나는 간신히 두 손으로 스위치를 누를 수 있었다.

아무튼 나는 그 일을 해치웠다. 우리를 본 사람은 아무도 없었다. 알렉스와 나는 자동차에 기름을 넣다가 펌프의 작동이 멈추는 바람에 어리둥절한 표정을 짓고 있을 사람들을 구경하러 갔다. 예상대로 혼란스러운 상황이 펼쳐지고 있었다. 우리는 누군가에게 들키기 전에 꽁무니를 빼고 달아났다. 그 당시 어머니는 차량 정비소에서 시간제 청소부로 일하고 있었는데, 만약 내가 붙잡혔더라면 그 일을 내가 해야 했을 것이다.

또 다른 일도 있었다. 알렉스가 자전거를 타고 자기 아버지가 일하고 있는 성 바울 대성당으로 가자고 했다. 브리스틀에 있는 성 바울 대성당은 1980년대 초부터 대낮에도 출입이 금지된 구역이 되었다. 몇 년 뒤, 폭동이 일어난 뒤에 그 성당은 전국적으로 뉴스의 헤드라인을 장식하기도 했다. 따라서 성 바울 대성당까지 자전거를 타고 가는 일은 일종의 모험이었다.

알렉스는 '롤리 차퍼'라는 자전거를 갖고 있어다. 그 자전거는 당시 모든 소년들이 가장 갖고 싶어 하는 물건 목록 1위에 오를 정도였다. 차퍼는 마치 '할리 데이비슨'의 축소판처럼 보였다. 운전대는 바깥쪽으로 넓게 벌어져 있었고, 안장과 운전대 사이의 가로대 앞에는 삼단 기어를 넣을 수 있는 기어 스틱이 장착되어 있었다. 특히 자전거가 없던 나는 그것을 위해 죽어도 좋을 정도로 갖고 싶어했다.

"괜찮아. 너는 내 여동생 자전거를 타면 돼."

알렉스가 말했다.

그 애의 여동생 캐롤라인의 자전거도 그 당시 유행의 첨단을 달리는 것이었지만, 남자애들이 아니라 여자애들이 타는 것이었다. 롤리 차퍼(chopper, 도끼)가 아니라, 앞에 장바구니가 달려 있는 하늘색 롤리 쇼퍼(shopper, 쇼핑객)였던 것이다. 나는 멍청이가 된 기분이었지만, 붉은 머리의 트레이너 옆에서 달리는 겁에 질린 권투선수마냥 알렉스와 나란히 달리는 것밖에는 별 도리가 없었다. 게다가 나는 캐롤라인에게 허락도 받지 않고 그 애의 자전거를 타고 갔다.

피쉬폰즈에서 성 바울 대성당까지는 성 조지와 이스턴을 거쳐 5킬로미터쯤 가야 했다. 뭔가 어긋나기 시작한 건 이스턴부터였다. 나보다 알렉스가 훨씬 자전거를 더 잘 탄다는 사실을 알게 된 나는 그 애를 따라가기 위해 있는 힘껏 달렸다.

알렉스가 페달을 밟으며 M32번 도로에 있는 지하도로 들어서고, 나는 그 뒤를 따랐다. M32번 도로는 런던과 남부 웨일즈를 연결하는 M4번 도로와 브리스틀을 잇는 고속도로였다. 요즘에는 이런 지하도로에 자전거 전용 표시가 그려져 있지만, 그 당시에는 자전거가 통행할 수 없었다. 우리는 이륜차가 진입할 수 없다는 표지판을 보고도 그 길로 들어섰다. 1.2미터 높이의 금속관으로 만들어진 차단벽이 가로질러 있었고, 그 뒤에 또 다른 차단벽이 보였다.

자전거를 많이 타본 알렉스에게 차단벽은 아무 문제가 되지 않았다. 그 애는 발을 땅에 딛지도 않고 속력을 많이 줄이지도 않은 채 가볍게 차단벽 두 개를 비껴 지나갔다. 자전거를 별로 타보지 못한 난 자전거에서 내린 뒤 걸어가야 마땅했다. 그러나 난 브레이크를 잡는 대신 터널의 경사면을 이용해서 자전거의 가속도를 줄이려고 했다. 그리고 자전거의 방향을 터널 벽 쪽으로 돌리고 페달을 밟았다. 꽝! 자전거는 벽에 부딪혔고, 무엇인가 부서지는 요란한 소리와 함께 나도 벽에 부딪혔다.

앞니가 부러져 뽑혔는데 신경이 드러나서 무척 아팠다. 캐롤라인의 자전거에 다시 올라타고 가자니 이가 빠진 틈새로 바람이 들어와 더욱더 아팠다. 엎친 데 덮친 격으로 벽과 충돌하고 난 다음부터 캐롤라인의 자전거가 말을 잘 듣지 않았다. 넘어지면서 바퀴가 휘었고, 그래서 바퀴가 굴러가게 하려면 점점 더 세게 페달을 밟아야만 했다.

우리는 성 바울 대성당까지 갔다가 다시 방향을 돌려서 돌아왔다. 그러는 동안 통증은 점점 더 심해졌다. 돌아오는 길에는 투덜거리면서도 자전거에서 내려 차단벽을 피했다. 그러나 더 힘든 일이 나를 기다리고 있었다. 알렉스네 동네 모퉁이를 돌았을 때, 매우 기분이 좋지 않아 보이는 두 사람이 우리를 향해 눈살을 찌푸리고 있는 것을 발견했다. 알렉스의 어머니와 여동생이었다. 알렉스는 어머니에게 어디에 간다는 말을 하지 않고 나갔다 왔기 때문에 꾸중을 들어야 했다. 게다가 물어보지도 않고 캐롤라인의 자전거를 가져갔으므로 나도 덩달아 고개를 들 수 없었다.

알렉스의 어머니는 알렉스를 찾으려고 우리 집에 들렀다고 했다. 나는 끙, 신음소리를 냈다. 그건 우리 부모님 또한 내가 몰래 놀러갔다는 사실을 알게 되었다는 것을 뜻했다. 나는 벌도 받아야 하고 치과에도 가야 한다는 두 가지 불행을 맞이할 생각에 풀이 죽어 집까지 터덜터덜 걸어갔다.

자전거 사고가 자라면서 내가 겪은 유일한 사고는 아니었다. 더 심각한 사고도 있었다. 웨일즈로 가는 길에서 일어난 일이다. 나는 '보이즈 브릿지'(기독교인 청년 조직) 단원으로 행진에 참가했고, 상으로 배지를 받았다. 행진이 끝난 뒤에 우리 가족은 비트 할머니와 할아버지를 만나 점심을 먹기 위해 차를 타고 갈 계획이었다.

우리 집에 늘 차가 있었던 건 아니었지만, 마침 당시에는 포드 에스코트 밴이 있었다. 뒷좌석에 긴 의자가 있고, 뒤에 유리창도 있는 갈색 차였다. 우리 네 남매는 뒷좌석에 비좁게 앉았다. 막내인 토니와 제인은 여행을 할 때 밴의 가장 뒷좌석에 앉는 경우가 많았다.

그때는 안전벨트를 반드시 매야 한다는 법 규정이 없었다. 특히 뒷좌석 안전벨트는 생각조차 하지 못했다.

아버지는 안전벨트 매는 것을 싫어했다. 그걸 하면 어딘가에 갇힌 것 같다고 말하면서, 곧 법이 바뀌게 되어 안전벨트를 반드시 해야 하는 것을 두려워할 정도였다. 그러나 이 특별한 일요일에 존 형은 아버지에게 안전벨트를 매라고 설득했다. 아버지는 형의 말을 들어주려고 벨트를 맸지만, 조금 있다가 풀어버릴 생각이었다. 그러나 아버지는 그 사실을 잊어버렸고, 집으로 가는 내내 벨트를 맨 채 운전을 했다.

집에서 고속도로까지는 25분 정도 걸렸다. 우리 모두 비트 할머니 집을 방문하는 하루 동안의 여행을 기대하고 있었다. 이런 짧은 여행은 매우 특별했는데, 우리는 돌아오는 길에 강가 휴게실에 들러서 음료수를 마시면서 세번 다리 건너편 경치를 감상하곤 했다. 그러나 이 여행은 여러 가지 불행한 이유들로 결코 잊을 수 없게 되었다.

고속도로에 진입한 지 얼마 되지 않았을 때 그 일이 벌어졌다. 우리가 시속 80킬로미터나 어쩌면 그보다 느린 속력으로 안쪽 차선으로 들어섰을 때, 요란한 소리와 함께 밴의 뒤에 무엇인가 와서 부딪쳤다. 나중에 알게 된 사실인데, 졸음운전을 하던 기사의 차가 와서 추돌했던 것이다. 그 차는 우리 차에 추돌할 때 시속 150킬로미터로 달리고 있었다. 그 충격으로 밴이 요동을 치면서 빙글빙글 돌기 시작했다. 우리 밴은 중앙분리대 쪽으로 다섯 번이나 뒹굴었다. 그리고 원래 진행 방향이었던 차선으로 다시 튕겨 와서 뒤집힌 채로 멈춘 다음 경사면으로 굴러떨어졌다.

이런 모든 일들이 일어나는 동안 어머니는 자신의 목숨을 돌보지 않고 우리의 안전을 챙기려고 애썼다. 차가 뒤집히는 짧은 순간에 어머니는 깨진 앞 유리창에 다리를 베이면서 앞좌석에서 넘어와 필사적으로 우리를 보호하려 했다. 나는 가운데 앉아 있었는데, 어머니가 그렇게 하지 않았다면 유리 파편들이 내 얼굴에 박혔을 것이다.

운 좋게도 우리는 살아났다. 그 사고를 담당했던 교통경찰은 우리가 작은 승합차에 타고 있었기 때문에 목숨을 건졌다고 했다. 그런 교통사고가 일어나면 차에 탔던 사람들은 모두 죽는 게 보통이다. 승합차는 뒷좌석이나 뒤 유리창이 없기에 인기도 없고 가격도 쌌다. 하지만 다른 차보다 지붕이 튼튼해 차가 뒤집혀졌는데도 우리는 목숨을 구할 수 있었다.

안전벨트를 여전히 매고 있었던 아버지도 무사했다. 그러나 운전대에 부딪혀서 심하게 멍이 들었다. 우리들 대부분은 찰과상과 타박

상을 입었지만, 제인은 운이 좋지 않았다. 그 애는 오른쪽 창가에 앉아 있었는데 가장 심하게 다쳤다. 제인은 입술 가장자리가 찢어져 즉시 성형수술을 받아야만 했다.

교통사고는 우리 모두에게 큰 충격을 안겨 주었다. 앰뷸런스 뒷자리에 앉아 병원에 가는 내내 나는 울었다. 그 이후 우리가 다시 고속도로를 탈 용기를 내기까지 긴 시간이 필요했다. 한동안 우리는 비트 할머니 댁에 갈 때 고속도로 대신 지방 국도로 돌아갔다. 오늘날까지 나는 그 사고 장면을 기억한다. 여행을 마치고 히스로 공항에서 돌아오는 길에 뉴포트, 카디프, 그리고 스완지까지 거리가 몇 킬로미터인지 알려주는 표지판을 볼 때마다 그 사고가 머릿속에 떠오른다.

어린 시절의 또 다른 잊지 못할 기억은, 규율을 강조하는 우리 아버지의 성격이 알렉스의 짓궂은 장난과 맞물려 폭발하곤 했던 일이다. 또한 이웃에 사는 헌트 부인과의 일도 잊혀지지 않는다. 그것은 교통사고 후유증보다 더 오래 지속되는 괴로움이었다.

헌트 부인에게는 클라이브라는 아들이 있었다. 그가 한 번은 존 형의 발을 걸어 벽에 부딪히게 했는데, 그때 형의 윗입술이 찢어져 다치고 말았다. 그 바람에 존 형은 여전히 흉터가 남아 있다. 그런데도 클라이브는 사과는커녕 존의 불운을 비웃었을 뿐이었다. 클라이브의 어머니 역시 우리와 결코 잘 지낸 적이 없는 사람이었다. 우리가 뒷마당에서 놀다가 공을 잘못 차서 낮은 담 너머로 넘기면 영원히 돌려받을 수 없었다. 사실 오랜 세월이 지난 뒤에 헌트 부인이 공들을 모두 돌려주기는 했다. 우리는 부인이 좀 완고하다는 것을 너무 잘 아는 탓에 공을 돌려달라고 하기가 겁이 나서 말을 할 수 없었다.

언젠가 알렉스와 내가 늘 그렇듯 골목 안쪽에서 놀고 있는데, 헌트 부인이 우리를 지나쳐갔다. 장난꾸러기 아이들이 '헌트' 라는 이름에 대해 떠올릴 수 있는 단어는 그리 큰 상상력이 필요한 건 아니었다. 또한 아무리 그 부인을 좋아하지 않았더라도, 나는 그런 단어를 떠올릴 수 없었다. 그러나 알렉스는 엄청나게 재밌는 단어를 생각해냈다.

"저기요!" 그 애가 소리쳤다. "컨…… 부인.(헌트와 비슷한 발음이면서 여성의 성기나 성교를 의미하는 컨트(cunt)를 떠올린 듯하다.)

알렉스는 외설적인 단어를 큰 소리로 말한 다음, 자신이 불러일으킨 묘한 쾌감을 즐기며 서 있었다. 문제는 헌트 부인이 그 말을 내가 했다고 생각하는 것이었다. 나는 부인이 골목을 휘저으면서 걸어가서는 우리 집 문을 두드리는 것을 겁에 질린 채 지켜보았다. 내가 미처 그 상황을 알아차리기도 전에, 화가 나서 얼굴이 벌게진 아버지가 고함을 질렀다.

"폴! 지금 당장 이리 와!"

나는 도움을 청하려고 알렉스를 찾았지만, 그럴 줄 알고 그 애는 이미 슬며시 몸을 피한 뒤였다.

집 안으로 들어갔을 때 아버지와 헌트 부인은 화가 잔뜩 나 있었는데, 둘 중 누가 더 화가 났는지 가늠할 수조차 없었다.

"네가 헌트 부인에게 정확하게 뭐라고 했는지 알고 싶구나." 아버지가 말했다 .

"전 아무 말도 하지 않았어요. 알렉스가 그랬어요!" 내가 대답했다.

"친구 핑계대지 마라. 네가 나에게 소리쳤다는 거 다 알고 있다." 헌트 부인이 말했다.

"그렇지 않아요." 내가 다시 말했다. "아버지, 알렉스가 그랬어요, 제가 아니라고요!"

"지금 헌트 부인이 거짓말쟁이라고 하는 거냐?" 아버지가 되물었다.

어린아이가 어른을 거짓말쟁이라고 하는 것은 심각한 문제였다.

하지만 나는 진실에 집착했다. 그래서 소리친 사람은 내가 아니라고 다시 한 번 고집스럽게 말했다.

나를 방 밖으로 내보낸 뒤, 아버지는 헌트 부인과 단둘이 이야기를 했다. 나는 거실 유리창 뒤에서 겁을 먹고 웅크린 채, 어떤 말이 오고 가는지 신경을 곤두세우고 있었다. 헌트 부인은 내가 자기에게 욕을 했다고 철석같이 믿고 있었고, 나에게 벌을 주기를 바랐다.

"당신이 아들에게 행실을 바르게 가르치지 않으면 점점 더 말을 안 듣게 될 거예요." 부인이 아버지에게 말했다. "아이들이 그런 말을 쓰는 것을 용납해서는 안 돼요."

아이러니하게도 나는 외설적인 말에 대한 헌트 부인의 생각에 전적으로 동의했다. 오늘날까지도, 난 그런 말을 혐오한다. 하지만 그 사실과 내가 혐의를 벗는 것은 별개의 문제였다. 나는 아버지의 가죽 혁대로 적어도 열 대는 맞았다. 그래도 끝까지 내가 한 짓이 아니라고 주장했다. 하지만 정직은 곧 어리석음이기도 했다. 결백을 강조하면 할수록 더 많이 매를 맞았다. 나는 화가 났다. 매를 맞는 것에 화가 나는 게 아니었다. 당시에는 학교에서 체벌이 행해지고 있었으므로 그것을 받아들일 수는 있었다. 그보다는 내 말을 믿어주지 않는 데 더 화가 났다.

결국 아버지는 나를 믿어주었다. 무엇이 아버지 마음을 바꾸게 했는지 확실히는 모르겠다. 아마도 매를 맞으면서도 계속 내 주장을 굽히지 않은 것이 영향을 미친 것 같다. 아버지는 내게 사과를 했다. 그리고 헌트 부인에게는 그녀의 억지 때문에 내가 공연히 체벌을 당했다고 말했다. 그럼에도 그녀는 자신의 주장을 굽히지 않았다. 그 뒤로, 길에서 그녀를 마주칠 때마다 나는 그녀를 피해 반대편 길로 걸어갔다.

어린 시절, 세상에서 의지할 수 있는 사람은 오직 나 자신뿐이라는 것을 난 힘들게 배웠다. 알렉스는 내가 생각했던 것만큼 믿을 만한 친구가 아니었다. 그는 내 편이 되기보다는, 혼날까 봐 나만 곤경에 빠지게 했다.

학교에 입학하면서, 혼자 해결해야 할 어려움들이 정말로 많다는 것을 깨닫게 되었다.

2
두려운 학교

"폴. 너 정말 아무것도 먹지 않을 거야?" 어머니가 물었다.

아침식사 시간이었지만, 평소와는 달랐다.

체스터 파크 초등학교에 입학하는 날이었다. 새 교복은 따갑고 불편하게 느껴졌고, 긴장한 나머지 위가 졸아드는 것 같았다.

"괜찮아요. 정말 배고프지 않아요." 내가 대답했다.

"얘야, 너무 걱정하지 마." 어머니가 말했다. "다 잘 될 거야. 그리고 도움이 필요하면 존 형이 있잖니. 그렇지, 존?"

나는 아무 근심 없이 행복하게 아침을 먹어대고 있는 형을 건너다보았다. 형의 그 타고난 자신감을 나도 나눠 갖고 싶었다. 왜 그런지 모르겠지만, 형은 어떻게 행동하고 어떻게 말해야 하는지에 대한 요령을 터득하고 있었고, 다른 사람들을 편안하게 대했다.

나는 사회성이 거의 제로에 가까웠다. 존 형은 사람들을 만나는 것이 위험을 무릅써야 하는 일 같지 않았다. 반면 난 낯선 사람들을 만나는 것이 세상에서 가장 힘든 일이었다. 나는 불확실한 것을 좋아하지 않았고, 늘 스스로에 대해서도 의심했다. 나는 나서기보다 구석에 숨어 있는 것을 더 좋아했다. 누군가 다가와서 홀로 있는 내게 손 내밀어주길 바랐다. 나는 대중 속에서 언제나 분투해야 했고, 지금도 여전히 그런 면이 있다.

사람들이 나에 대해 어떻게 생각할지 두려웠기 때문에 나는 위험을 무릅쓰기보다는 차라리 어딘가에 박혀 책을 읽었다. 이것은 나에게 깊은 영향을 미쳤다. 나는 광범위한 독서를 했으며, 곧 또래들이 읽을 수 있는 책의 수준을 넘어섰다. 이미 일곱 살 때, 열한 살이나 열두 살짜리들이 읽는 책들을 읽었다. 독서는 영어 수업과 창조적 글쓰기에 많은 도움을 준 반면, 학교 생활에 적응하는 데는 전혀 도움이 되지 않았다. 나는 그에 대한 노력을 매우 빨리 포기했다.

사람들이 나에게 다가오지만 않으면 나는 홀로 그럭저럭 지낼 수 있었다. 내겐 책들이 있었고, 언제든지 그 속에 있는 인물들과 관계를 맺을 수 있었다. 내가 가장 좋아했던 소설들 가운데 하나는 실라 맥컬럽의 『팀과 숨겨진 사람들』이었다. 나는 주인공에게 많이 공감했다. 팀처럼 나도 나만의 작은 세상을 가지고 있었다.

초등학교 저학년 때, 나는 종종 버스 운전을 하는 시늉을 하면서 운동장을 달렸다. 내가 어렸을 때 아버지가 한동안 버스기사로 일하기는 했지만, 일부러 아버지 흉내를 낸 것 같지는 않다. 그보다는 상상 속에서 내 버스에 올라탄 사람들과 다른 세상에서 노는 것을 즐겼다. 그들은 나를 '정상'으로 생각해 주었으니까.

"스테이플 힐까지 편도 한 장이요." 상상 속의 승객이 말한다.

나는 그에게 거스름돈과 승차권을 건네주고, 또 다른 승객을 기다린다.

"템플 미즈까지 왕복 부탁해요."

"죄송합니다. 이 버스는 거기 가지 않아요. 길 건너편에서 51번 버스를 타셔야 해요." 내가 대답한다.

"오, 그렇군요." 그 사람이 버스에서 내린다.

운동장에 있던 다른 모든 사람들에게 나는 결코 정상으로 보이지 않았을 것이다. 마르고 보잘 것 없는 아이가 거대한 운전대가 달린 버스가 된 상상을 하면서 운동장을 돌고 또 돌았다. 내 팔을 버스의 문이라고 생각하고 열고 닫는 시늉을 했다. 버스가 내는 소리까지 만들어서 냈다.

내가 왜 놀림감이 되었는지 확실히 알 수 있다. 하지만 그때는 나 홀로 그 일을 감당해야 했다. 나는 사람들과 소통하고 교류하고 있다고 생각했다. 그들은 실재하진 않았지만. 물론 이는 내가 현실에서 사람들과 소통하는 데 아무런 도움도 되지 못했다. 내 '버스'에 올라타는 사람들은 나와 말다툼을 하거나, 나를 주먹으로 때리거나, 발로 차거나 내 이름을 부르지 않았다. 하지만 내가 현실에서 감당해야 할 일은 그런 것들이었으니까.

설상가상으로, 도전을 받으면 금세 호전적이 되는 나의 성향은 상황을 더 나쁘게 만들었다. 때때로 나는 온 세상이 나에게 적대적인 것처럼 행동했고, 그런 기분이 되었다. 아이들이 나를 향해 소리치거나 괴성을 질러대면 처음 얼마 동안 저항하다 결국 포기했고, 그러다 다시 반격했다. 나를 못살게 굴던 아이들은 계속 놀리면 내가 다시 반응한다는 것을 알고는 매우 재미있어 하며 나를 희생양으로 삼았다.

선생님들은 아이들이 놀려대는 것을 무시하면 저절로 사라질 거라고 끊임없이 일러주었다. 하지만 나는 선생님들의 말을 믿지 않았고, 그렇게 행동하지도 못했다. 결국 놀려대는 아이들에게 대응하는 게 상황을 나아지게 하지 못한다는 것을 깨달았다. 그러나 선생님들의 충고를 어떻게 적용해야 하는지는 알 수 없었다.

신체적으로 나를 괴롭히는 아이들과 마주쳤을 때, 나는 어떻게 대응해야 할지 몰랐다. 선생님들은 어떤 행동도 하지 않고 그들이 원하는 대로 하게 내버려두어야 한다고 충고했다. 나는 얻어맞으면서 그 아이들을 '무시하려' 애썼다. 집으로 돌아가는 길에 여덟 명의 아이들이 한꺼번에 나를 때리는 일도 있었다. 그렇게 수적으로 열세인 상황에서는 선생님들의 충고를 따르고 말고 할 처지가 아니었다.

그 말썽꾼들 중 몇 명은 수업이 끝난 뒤 운동장 한구석이나 좁은 골목길에서 종종 나를 기다리고 있었다. 나는 학교에서 집으로 돌아가는 길을 계속 바꿔야 했는데, 자주 나를 괴롭히던 도리언이 숨어서 기다리고 있었기 때문이다. 그 애는 학교 바로 옆에 살아서 피하기 힘들었다. 때때로 나를 괴롭히는 아이들을 피하기 위해 제법 먼길을 돌아갔다. 하지만 매번 그럴 수는 없었다. 그럴 때는 그냥 신체적 괴롭힘을 참고 견디는 수밖에 없었다.

만약 다른 사람에게 내가 당하는 일에 대해 말한다면, 더 심하게 때릴 거라는 단호하고 노골적인 그들의 위협을 받아들이는 수밖에 없었다. 나만의 비밀로 하려고 했지만, 부모님에게 멍든 상처에 대해 설명할 이유가 바닥나버렸다. 늘 온순했던 어머니는 그 문제에 대해 학교 측과 상담하고 싶어했다. 하지만 아버지는 다른 견해를 가지고 있었다. 나와 의견 차이가 생길 때면 아버지는 이렇게 말하곤 했다. "너 같은 애가 따돌림을 당하는 게 이상한 일도 아니지." 아버지는 나중에 그런 말을 한 것에 대해 사과했다. 홧김에 한 말이었지만 나는 그 말을 진심으로 받아들였다. 나는 가끔 시시비비를 따져 묻곤 했는데, 특히 아버지에게 그랬다.

하루는 어머니가 학교에 가서 내 문제에 대해 말하고 말았다. 나를 괴롭히던 아이들은 경고를 받았지만, 상황은 더욱 악화되었다. 결국 나는 이렇게 살 수밖에 없다고 스스로 인정했다.

처음에는 이런 상황들을 무시하려고 했다. 다른 아이들은 그들이 좋아하지 않는 사람들에 대해 불평을 털어놓을, 친구라는 배출구가 있었다. 나는 그런 배출구가 없어 그것을 혼자 감당할 수밖에 없었다. 나는 다른 아이들이 왜 나에게 못되게 구는지 이해하지 못했고, 그런 상황이 싫었다. 그것은 내게 외로움과 무기력함을 느끼게 했다. 그래서 내 감정을 억누르고 묻어두기 시작했다.

괴롭힘을 당하는 문제에 대해 학교에서 취하는 조치는 어머니가 누구에게 말하느냐에 따라 달라졌다. 나는 루톤 교장 선생님과는 사이가 좋았지만, 교감인 시바이 선생님과는 전혀 맞지 않았다. 그녀는 내가 낸 과제에 대해 몇 가지 이유를 들어가며 늘 혹평했다. 그러니 그녀가 내 과제에 대해 흠을 잡을 때 난 방어적이지 않을 수 없었다.

괴롭힘을 피하려고 나는 학교 식당에서 아주머니들을 돕는 일을 맡아서 하기도 했다. 알렉스를 포함한 네 아이들이 저녁식사 뒤에 설거지를 도왔다. 그 일을 함으로써 내가 절대로 가고 싶지 않은 장소인 학교 운동장을 피할 수 있었다.

식당 일을 돕는 것은 다른 장점도 있었다. 우리는 급여를 받지 않았지만 특혜를 누렸는데, 가장 좋은 음식을 먼저 고를 수 있다는 점이었다. 어떤 음식은 학교의 모든 아이들에게 엄청난 인기가 있었다. 초콜릿을 바르고 초콜릿 커스터드를 넣은 초콜릿 쇼트브레드(밀가루와 설탕에 버터를 듬뿍 넣고 두툼하게 만든 비스킷)가 그런 것이다. 그것은 너무 단단해 자르려면 망치와 끌이 필요할 정도였다. 결국 우리는 그것을 '초콜릿 콘크리트'라고 불렀다. 그렇게 맛있을 것처럼 들리지 않는 이름이지만, 식당에서 나오는 음식 가운데 최고였다.

평소에 집에서 도시락을 가지고 다니는 아이들조차 초콜릿 쇼트브레드가 나오는 날에는 학교 식당에서 밥을 먹으려고 했다. 식당 아주머니들을 돕게 되면, 초콜릿 쇼트브레드 한 조각을 얻게 되고, 때때로 급식 줄의 맨 앞에 설 수도 있었다. 또한 크리스마스에는 초콜릿도 한 상자씩 받았는데, 그 때문에 식당 일을 돕는 것은 매우 멋진 일이었다.

함께 일하던 아이들 가운데 하나가 일을 망치기 시작하기 전까지는 그랬다. 어떤 애가 잘 닦은 식탁 위에 커다란 글씨로 '얼간이'라고 써놓았다. 조금 있다가 수업을 마치고 나온 시바이 선생님이 그 글씨를 보았다. 그 자리에서 우리를 둘러보다가 그녀는 재빨리 나를 불러냈다.

"포츠 군, 지금 도대체 뭐하고 있는 거지?"

헌트 부인의 악몽이 되살아나는 것 같았다.

"제가 한 짓이 아니에요, 선생님." 나는 대답했다. "저는 아무것도 쓰지 않았어요."

"네가 한 짓이 틀림없어." 시바이 선생님은 날카롭게 쏘아붙였다. "나는 저 멀리 떨어진 곳에서도 네 지저분한 글씨를 알아볼 수 있어."

이번에는 글씨를 썼던 아이가 자기가 했다고 나섰다. 하지만 시바이 선생님은 그 말을 곧이듣지 않았다.

"친구를 도와주려고 애써 봤자 소용없어. 이건 포츠 군의 지저분한 글씨체니까 포츠 군이 대가를 치러야 해." 그녀가 나를 향해 말했다.

"넌 식당 일을 도울 만한 아이가 아닌 게 분명해. 이제 이 일을 그만둬!"

나는 몹시 좌절했다. 부당함 때문만이 아니었다. 내가 절대로 가고 싶지 않은 운동장에 가야 한다는 사실 때문이기도 했다. 말썽꾼들을 피할 수 없을 때면, 나는 계단에 앉아서 다른 아이들이 축구를 하거나 끼리끼리 모여서 뛰어노는 것을 지켜보았다. 운동장은 내가 혼자라는 것을 적나라하게 보여주는 곳이었다.

운동장의 말썽꾼들은 방송에 나오는 캄보디아의 독재자 폴 포트의 명성으로 인해 더 지독한 무기를 얻게 되었다. BBC에서 일주일에 두 번씩 오랫동안 방영된 TV 시리즈물 〈블루 피터〉는 매년 은박지와 우유병 뚜껑을 모아 세계의 가난한 지역을 위해 모금을 하는 것으로 유명했다. 그들은 뚜껑의 금속 부분을 재활용해서 돈을 마련한 다음 기부를 했다. 그해에는 캄보디아 사람들과 어린이들을 위해 모금을 했는데, 그때 그곳에서 일어난 사건들에 관련된 사진들이 방영됐다. 어린 시청자들을 고려해 유혈이 낭자한 사진들을 보여주지 않았지만, 우리는 그곳에서 끔찍한 일들이 벌어지고 있다는 것을 잘 알게 되었다. 그래서 은박지나 병뚜껑들을 가능한 한 빨리 보내려고 했다.

체스터 파크 초등학교의 말썽꾼들은 나와 폴 포트의 이름이 비슷하다는 것을 놓치지 않았다. 많은 아이들은 우리 부모님이 내 이름을 '그렇게 지어버렸다' 는 것을 아주 우스워했다. 나는 그냥 물러서고 싶지 않았다. 그래서 아이들에게 내가 태어나고 8년 뒤에 어떤 일이 일어날지 우리 부모님이 어떻게 알겠느냐며 똑똑한 척하며 대꾸했다. 내 말을 들은 아이들은 더욱 웃어댔고, 그후 난 더 자주 아이들의 표적이 되었다. '나와 이름이 비슷한 사람' 이 저지른 짓으로 인해 수많은 사람들이 우유병 뚜껑을 보내야 한다는 사실을 나는 매일 떠올려야 했다.

나는 아이들이 나를 좋아하기를 바랐지만 그건 불가능한 일인 것 같았다. 내 힘으로 이 상황을 어떻게 해결할지 생각해 보았다. 체스터 파크 초등학교의 저학년 교실 건물에는 학생용 화장실로 가는 가파른 계단이 있었다. 그 계단 꼭대기에 서서 아래로 몸을 던질 생각도 했다. 그러나 그렇게 할 수는 없었다.

계단 아래로 몸을 던지는 것은 실행하지 않았지만 난 다른 방법을 찾았다. 운동장의 건너편에 별관이라고 불리는 임시 건물이 있었다. 별관 옆 운동장에는 5미터 길이의 쇠기둥이 땅에서 12센티미터 높이쯤에 별관을 가로질러 놓여 있었다. 나는 그 근처로 달려가 다칠 정도로 쇠기둥에 세게 부딪쳐 넘어져야겠다고 생각했다.

자살을 하려고 했던 건 아니었다. 그래봤자 아무것도 해결되지 않으니까. 단지 일부러 다쳐서 사람들이 내게 미안한 마음을 갖도록 하고 싶었다. 적어도 며칠 동안 병원에 있었으면 했다. 지금은 아무리 그래도 사람들이 나를 좋아하게 되는 건 아니라는 사실을 알 만큼 현명하지만, 그땐 단지 다른 아이들이 나를 미워하는 것 말고 잠시 동안만이라도 다른 감정을 가져주기를 바랐다. 그게 무엇이든 학교에서 가장 미움 받는 아이인 것보다는 나았으니까.

그토록 아이들이 나를 괴롭혔지만, 학교에는 내가 즐거워할 만한 다른 요소들이 있었다. 초등학교의 마지막 해에 내가 가장 좋아했던 루톤 교장 선생님이 프랑스 북부의 도시 디에프로 수학여행을 갈 계획을 세웠다.

내가 부모님 없이 최초로 집에서 멀리 떠나는 여행이었다. 또한 우리 부모님에게는 내가 처음으로 외국 여행을 가는 자식이기도 했다.

우리가 어렸을 때 아버지는 국방 의용군으로 복무했다. 그래서 때때로 독일의 하노버 시 부근의 힐데스하임에 머물기도 했다. 그러나 그것과 어머니가 학창 시절에 스위스로 여행을 갔다 온 것 외에는, 내가 유일하게 외국 여행을 하게 된 사람이었다.

수학여행은 가을에 갔다. 우리는 서섹스의 뉴헤이븐까지 오랜 시간 동안 버스를 탔고, 디에프까지는 페리를 탔다. 그 당시에는 개인 여권 없이 유럽 여행을 할 수 있었는데, 우린 모두 단체로 움직였다. 여행의 목적은 거의 역사 공부에 있었다. 우리는 제2차 세계대전 동안 불운하게도 맹공격을 당한 디에프 절벽에 대해 공부하면서 그 지역을 돌아보았다. 그곳은 매우 작은 도시였고, 걸어서 돌아다니기 좋은 평지였다. 해변도 평평했고, 날씨는 화창했으나 바람이 조금 불어 추웠다.

나에게 그 여행은 모험이었고 특혜를 받아서 여행을 하고 있다는 느낌이 들기도 했다. 밤늦게 버스를 타고 다시 돌아올 때까지 나는 내 자리에서 몸을 웅크린 채 잠이 들었던 기억이 난다. 하루 동안의 여행은 내내 즐거웠다. 그때부터 역사에 대한 나의 사랑이 싹트기 시작했다.

또한 나는 초등학교 때 체육을 상당히 잘했다. 괴롭힘을 당해서 얻은 한 가지 장점은 매우 잘 달아날 수 있게 된 것이다. 나는 원래 달리기를 무척 잘했다. 또한 경쟁심이 강한 편이었다. 내가 뭘 잘 못하거나 꼴찌를 하는 게 싫었다. 학교 체육대회 날에 너무 이기고 싶어 숟가락 위에 달걀을 얹고 달리는 경주에서 실격을 당하기도 했다. 내가 1등으로 들어왔지만, 달걀을 숟가락 위에 얹지 않고 손으로 잡고 있었기 때문이다. 자루 속에 들어가서 뛰는 경주는 잘했다. 3등으로 들어왔다. 적어도 실격을 하지는 않았다! 자루 속에 들어가서 최대한 빨리 뛰는 것은 보기보다 어려운 일이라서 몇 번 넘어지기도 했다.

물론 학창 시절의 가장 행복한 기억은 방학 때이다. 아무것도 하지 않고 지내는 몇 주 동안의 긴 여름날들. 내가 어렸을 때 외국으로 휴가를 떠나는 게 많은 가족들에게 일반적인 일이 되기 시작했다. 반 아이들은 긴 여름 휴가에서 돌아와서 그들이 경험한 일탈에 대해 이야기했다. 나는 화창한 날씨와 해변, 이국적인 음식들을 부러워했다. 우리 가족은 해외로 휴가를 다녀올 여유가 없었고, 나는 그것 때문에 이따금 학교에서 놀림감이 되기도 했다.

하지만 그런 놀림에는 별 상처를 받지 않았다. 나는 가족들과 함께 영국에서 보내는 휴가가 매우 즐거웠다. 이따금 우리는 웨일즈로 갔고, 북부 웨일즈의 프레스타틴에 있는 이동식 주택 야영지나 서부 웨일즈의 뉴키 해변에 머물렀다. 그렇지만 대개는 포츠머스의 사우스시에 갔다. 우리가 그곳을 왜 그렇게 좋아했는지 모르겠지만, 아무튼 정말 좋아했다. 우리가 그곳에서 휴가를 보낼 때는 한 번도 비가 오지 않았다는 사실을 말하곤 하는데, 우리는 보통 햇볕에 검게 그을려서 돌아왔다. 우리는 행복한 경험과 화창한 날씨를 연관시켜서 생각했던 것이다.

어느 해 어머니는 소방관들이 입는 내연성 제복을 만드는 공장에서 일했는데, 일을 쉴 수 없었기 때문에 우리와 함께 휴가를 갈 수 없었다. 그런데 하루는 우리가 좋아하는 누군가가 우리가 늘 수영을 즐기는 곳으로 찾아올 것이라는 편지를 받았다. 우리는 누가 오는지 전혀 예상치 못했는데, 그 사람은 어머니였다. 공장이 쉬는 날, 어머니는 깜짝 선물처럼 나타나서 우리를 놀라게 했다. 어머니는 그날 하루만 머무르고 기차를 타고 돌아갔다가 두 번째 주에 우리와 합류했다. 이 일로 그 휴가는 매우 특별해졌다.

세월이 흐르면서 포츠머스는 우리의 두 번째 고향처럼 되었다. 우리는 그곳에서 열네 번의 여름을 보냈다. 우리는 보통 포츠 시 섬의 맨 가장자리에 있는 이스턴 로드의 이동식 주택(고정되어 있는) 야영지에 머물렀다. 바다 바로 옆에 있는 매우 넓은 장소였는데, 야영을 하는 사람들이 사용할 수 있는 샤워 시설과 화장실이 설치되어 있었다. 야영지에서 사우스시 해변까지는 걸어서 6.5킬로미터 정도 되었다. 우리는 사우스시까지 걸어갔고, 사우스 퍼레이드 부두의 서쪽 옆에 붙어 있는, 그러니까 부두와 사우스시 성 사이에 있는 지정된 해수욕장에서 놀았다.

우리는 공휴일에 기차를 타고 포츠머스로 여행을 갔는데, 브리스틀에서 새벽 다섯 시에 떠나는 첫 기차를 타야 했다. 올드 마켓으로 가는 첫 버스를 잡아타고 가서 8백 미터 정도 걸어가면 템플 미즈 역이 나왔다. 주위는 여전히 어두웠고, 홉이 조리되는 냄새가 에이번 강을 따라 퍼지며 우리 코로 스며들었다. 그 씁쓸하면서 달콤한 냄새를 맡으면 지금도 난 그 어린 시절의 날들이 떠오른다.

새벽 첫 기차를 차를 타는 것은 포츠머스로 가는 여행의 일부였으므로 전혀 귀찮지 않았다. 우리는 일찍 역에 도착해서 근처 마음에 드는 카페에서 아침 식사를 하고는 바다 쪽으로 걸어 내려갔다. 해변으로 걸어가는 것은 어느 도시의 근교를 걸어서 지나는 것과 비슷했지만, 우리에게는 동화의 나라로 통하는 길이었다.

집으로 돌아갈 때는 포츠머스 하버 역에서 마지막 기차를 탔다. 그 막차는 우유가 담긴 탱커를 끌고 가는 경우가 있어서 종종 '우유 기차' 라고 불렀다. 다른 지역에서는 비슷한 이유로 '딸기 기차' 라는 이름을 붙이기도 했다. 지금까지도 나는 어디론가 휴가를 가게 되면 여행을 최대한 길게 하기 위해 첫차를 타고 갔다가 막차를 타고 돌아오려고 한다.

사우스시는 조약돌로 된 해변이라 썰물 때는 수영하기에 불편했다. 그렇지만 밀물 때는 바다로 걸어 들어갈 수 있었는데, 그러면 발가락 사이로 모래가 밟혔다. 그럼에도 조약돌 해변에는 장점이 하나 있었다. 젖지 않게 벗어놓은 신발을 다시 신으면서 모래가 들어갈까 봐 신경 쓰지 않아도 된다는 점이다. 반면에 바닷물에서 나와 조약돌 해변을 걷노라면 물에 불은 살갗에 조약돌이 닿아 아팠다!

우리는 점심 도시락을 준비해 가지고 가서 같은 장소에서 온종일 놀곤 했다. 점심은 보통 치즈나 햄을 넣은 샌드위치였다. 조약돌이 깔려 있어 해변에서 놀 수 없었던 우리는 바다에서 수영을 한 다음 일광욕을 오래도록 하곤 했다. 수영을 몇 시간씩 하고 나면, 몸에서 소금물 냄새가 났을 뿐 아니라 따뜻한 햇볕에 말리면 소금투성이가 되어버렸다. 이건 모두 한낮에 태양 아래서 시간을 보내면 피부암에 걸린다는 걱정을 하기 전의 일들이다. 나는 해마다 처음 일광욕을 할 때면 살갗에 화상을 입곤 했다. 하지만 그 후에는 어머니가 부러워하는 황금색이 도는 갈색 피부로 변했다. 나는 지금도 자외선 차단 크림을 전혀 바르지 않는다! 우리를 아는 사람들은 갈색으로 태운 우리의 피부를 보고, 스페인이 아니라 집에서 고작 150킬로미터 떨어진 곳에 갔다 왔다는 사실을 믿지 못했다.

해가 저물면, 우리는 갖고 온 물건들을 챙겨서 큰 유원지가 있는 클라렌스 피어까지 걸어갔다. 우리는 보통 그곳을 돌아다녔다. 돈이 없어서 아무것도 탈 수는 없었지만 어떤 놀이기구를 타면 좋을까 생각해 보았다. 또 다른 사람들이 즐거워하는 것을 지켜보거나 감자 튀김을 사 먹기도 했다.

우리 사남매가 다툴 때도 있었는데, 그러면 부모님으로부터 집으로 돌아가겠다는 위협적인 말을 듣곤 했다. 토니와 제인은 종종 한편이 되었다. 쌍둥이니까 당연했다. 존 형과 나는 이따금 주먹다짐을 벌이기도 했다. 싸울 때 제인은 우리보다 훨씬 영리해 우리가 한눈을 팔고 있을 때 먼저 때리거나 쳤다. 그리고 모두가 보이는 곳에 서 있었다.

"여자를 때리면 안 돼." 아버지가 고함을 쳤다.

"하지만 얘가 먼저 때렸다고요!" 제인의 공격을 되받아친 사람이 대답했다. (우리는 완전히 똑같이 행동했다. 만약 제인이 우리 가운데 누군가를 때리면, 우리도 반격했다. 그 애가 우리를 때린 것처럼 세게 때리지는 않았지만.)

"그래도 여자는 무조건 때리면 안 돼!"

누군지는 확실하지는 않지만 서러움이 밴 말투로 항의했다.

"하지만 아빠, 쟤는 여자가 아니라 내 여동생이라고요."

우리가 그 교훈을 얻기까지에는 시간이 좀 걸렸다. 제인은 적어도 한 번 이상 우리 세 형제들을 곤란하게 만들었다. 제인과 나는 그 일을 떠올릴 때면 여전히 웃음을 터뜨린다.

존 형의 생일은 언제나 방학 기간 중에 있었다. 우리는 그날 밤이면 놀이공원에 가서 놀이기구들을 타는 즐거움을 누렸다. 우리가 가장 무서워했던 건 '화이트 마우스'라는 기구였다. 놀이공원에서 가장 무서운 롤러코스터였다. 그걸 타면 달리는 내내 바다가 내려다보이는 장관을 경험할 수 있었다. 존 형은 자동차를 타면 멀미로 자주 고생을 했는데, 이상하게도 롤러코스터를 탈 때는 아무 문제가 없었다. 놀이공원은 시끄러웠지만 신나는 곳이었고, 튀김과 식초 냄새가 주위에 가득 차 있었다. 존 형의 생일에는 우리 모두 생선 튀김 요리로 배를 채운 뒤 버스를 타고 이스턴 로드 야영지로 돌아왔다.

가끔은 자동차를 타고 헤일링 섬과 워딩, 그리고 브라이트튼의 해변까지 가기도 했다. 우리는 헤일링 섬을 가장 좋아했는데, 그곳에는 모래밭이 있어서 양동이와 삽을 가지고 놀 수 있었다. 조약돌 해변이라고 해도 오랫동안 놀 수 있었고, 나는 그곳에서 돌멩이로 물수제비 뜨는 법을 배웠다. 그 놀이를 하면서 성격이 느긋해질 수 있었다. 돌멩이가 물 위를 예닐곱 번씩 튕겨나가게 하는 비법은 돌멩이의 선택에 있었다. 너무 크거나 너무 작아도 안 되고, 밀도가 적당해야 파도에 밀려나지 않았다. 또한 돌을 던지는 속도와 돌이 물의 표면을 치고 나가는 각도에 모든 것이 달려 있었다.

포츠머스에서 지내는 8월의 하이라이트 가운데 하나는 역사적으로 중요한 조선소에서 열리는 해군의 날 행사였다. 그것은 먼 옛날에 영국 해군의 신병 모집을 위해 처음 시작된 행사였다. 지금으로 말하자면 강제 징집 같은 것이다. 우리는 언제나 휴가 기간을 해군의 날이 있는 주말에 맞추었다. 왜냐하면 일회 입장료로 조선소를 거의 모두 둘러볼 수 있고, 배 위에도 올라가 볼 수 있었기 때문이다.

가장 매력적인 것은 항공모함들이었다. 그것들을 보려고 언제나 긴 줄을 섰다. 해군의 날 행사가 없었던 해는 1982년뿐이었다. 그해에 영국과 아르헨티나 사이에 포클랜드 섬에 대한 통치권 문제로 전쟁이 발발했기 때문이다. 군함 글라모건 호가 엑조세 미사일에 피격

당해 심하게 부서진 상태로 물 빠진 선창에 정박해 있는 모습을 보는 것은 가슴 아픈 일이었다. 그곳에 타고 있던 선원 몇 명은 부상을 입거나 목숨을 잃기도 했다. 그해에도 선원들의 정식 퍼레이드가 있었다. 그날은 왕립 해군 밴드가 〈라스트 포스트*Last Post*〉를 열렬하게 연주하는 것으로 마무리되었다.

그 당시 조선소 안을 돌아다니는 일은 우리를 흥분하게 만들었다. 존 형과 나는 나이가 들면 해군에 입대할 것을 맹세했다. 집에 돌아가서는, 브리스틀에 있는 청소년 해양 훈련단 가운데 하나인 TS 어드벤처에 입단했다. 나는 기관사나 엔지니어가 되고 싶었다. 그러나 그 희망은 그 일에 우선적으로 필요한 물리와 수학 실력이 부족해서 묻히고 말았다.

나와 달리 존 형은 어느 정도 성공했다. 몇 년 뒤 요리사로 해군에 입대했으니까. 형은 전 세계 여러 곳을 구경하고 다니면서 '사막의 폭풍 작전'(1991년 걸프 전쟁 때의 작전명)을 수행하는 위험한 때에도 해군에 몸담고 있었다. 그리고 이십 년 가량 복무한 뒤 제대했다.

1982년의 포츠머스에서 보낸 휴가의 기억은 포클랜드 전쟁 때문에 내 머릿속에 별로 남아 있지 않다. 나는 열한 살이었고, 체스터 파크 초등학교를 떠나 더 크고 불쾌한 중학교로 진학할 예정이었다. 초등학교는 나에게 혼란스러운 감정을 남겼다. 나는 입학할 때부터 다른 아이들과 어떻게 관계를 해야 할지 몰랐다. 졸업을 하면서도 나는 여전히 별로 아는 게 없었다.

중학교로 간다는 생각을 하자 지독하게 겁이 났다. 새로운 경험을 기회로 생각하기보다는 위협으로 느꼈다. 1982년의 여름방학 6주는, 어떻게 대처해야 할지 알 수 없는 새로운 세상에 던져지는 것에 대한 걱정을 하느라 너무도 빨리 지나가버렸다.

초등학교에서의 문제들을 극복하는 데 한 가지 도움이 된 것은 음악과 노래에 대한 나의 사랑이었다. 중학교에 다니게 된 나는 다른 어느 때보다 위로가 필요했다.

3
음악에 눈뜨다

내가 음악을 제대로 경험했던 첫 순간을 나는 잊지 못한다. 그때 나는 다섯 살이었고, 우리 동네 교회에서 예배를 보고 있었다. 브리스틀의 북동쪽 피쉬폰즈에 있는 올 세인츠 교회였다. 나는 신도들 사이에 있었는데, 모두 일어서서 찬송가를 부르고 있었다. 그때 갑자기 모든 사람들이 노래하는 소리가 한꺼번에 내 귀에 들렸다. 그것은 넋이 나갈 정도로 아름답고 매혹적인 소리였다. 나는 그 순간 완전히 음악에 사로잡혔다. 물론 그 전에도 음악을 들은 적이 있었다. 하지만 그것이 내가 처음으로 음악을 '이해한' 순간이었고, 음악이 얼마나 특별한지 깨달은 순간이었다.

나는 곧 음악이 마법 같은 것일 뿐만 아니라 내가 음악에 재능을 타고 났다는 것을 알게 되었다. 머릿속으로 음조를 기억할 수 있었고, 종종 귀로 들은 음악을 그대로 연주할 수 있었다. 교회에서 어떤 음악을 한번 들으면 거의 노력을 하지 않아도 다시 노래할 수 있었고, 피아노로 연주할 수 있었다. 나는 음악이 내 인생의 중요한 부분이 되리라는 것을 깨달았다.

교회에서는 아이들이 일곱 살이 되면 주일학교로 가게 된다. 나는 그때 이미 일 년 전부터 교회 성가대에서 노래를 부르고 있었는데, 주일학교로 가기보다는 노래를 계속 부르고 싶었다. 둘 다 할 수는 없었다. 주일학교와 성가대 연습이 같은 시간에 있었기 때문이다. 부모님은 나에게 성가대를 그만두라고 설득했지만, 나는 내 뜻을 굽히지 않았다. 나는 존 형 옆에서 소년 성가대원으로 참여했다. 토니는 우리 학교 옆에 있는 성 요한 교회의 성가대원이었다. 제인은 성가대에 관심이 없었고, 주일학교를 좋아했다. 결혼식과 예배 때 노래를 부르면 그 대가로 돈을 조금 받았다. 큰돈은 아니었지만, 그것을 모아두면 휴일에 놀이동산에 갈 수 있는 용돈이 되었다.

음악이 왜 나를 행복하게 하는지 그 이유는 확실하지 않았다. 나는 그저 음악이 너무나 좋았다. 예배를 보는 동안 목사님이 노래를 여러 곡 부르는 것을 보면서, 한동안 나는 성직자가 되기를 원했다. 목사가 되고 싶어서가 아니라 노래를 부를 수 있기 때문이었다!

어렸을 때조차도 나는 노래를 크게 부르는 걸로 유명했다. 나는 아름다운 목소리로, 언제나 최대한 큰 소리로 노래했다. 반항하거나 나서고 싶어서가 아니었다. 단순히 그렇게 부르는 게 즐거웠다. 나는 다른 교회에서 예배를 드릴 때도 매우 큰 소리로 노래를 했고, 아주 큰 교회의 맨 앞줄에 앉아 있는 사람들도 내 목소리를 들을 수 있는 것에 도취되곤 했다.

어느 일요일, 집에서 나는 성냥 몇 개와 종이로 실험을 해보기로 했다. 다른 무엇보다도 호기심 때문이었다고 생각한다. 나는 형제들과 같이 쓰는 침실 서랍 안에 불붙은 종이를 집어넣었다. 연기와 냄새가 아래층까지 퍼졌다. 예상대로 나는 아버지에게 붙잡혀서 그날 저녁 교회에 가서 하나님에게 용서를 빌라는 명령을 받았다. 그리고 어떤 벌을 받을지 선택하라는 말을 들었다. 하나는 일주일 내내 보이즈 브릿지와 클럽 스카우트 · 성가대 같은 특별활동을 하지 않는 것이었고, 다른 하나는 몇 달 뒤 클럽 스카우트에서 엑스무어로 가는 야영 여행을 빠지는 것이었다. 나는 정말로 야영을 가고 싶었기 때문에 일주일 동안의 특별활동을 하지 않기로 했다.

그날 저녁 예배에서 나는 아버지 명령대로 용서를 구하는 기도를 충실하게 했다. 내가 기쁨에 가득 차서 집에 오는 바람에 아버지가 놀랄 정도였다.

"있잖아요, 하느님께서 저를 용서했어요!"

내가 부모님에게 말했다.

아버지는 깜짝 놀라며 물었다.

"무슨 일이 있었어? 왜 그런 말을 하는 거냐?"

"오늘 저녁에 성가대 급여를 올려주셨어요!"

어린 시절부터 난 혼자 노래를 부르기를 원했다. 여덟 살 때 BBC에서 방영했던 〈짐이 해결해 줍니다〉라는 쇼에서 성 바울 대성당에서 노래를 부르게 해달라고 편지를 보냈던, 최고 음역을 지닌 소년을 보고 지독한 질투심을 느꼈던 기억이 난다. 나는 독창을 하고 싶었고, 성 바울 대성당 같은 곳에서 노래하는 것을 꿈꿨다. 다른 사람이 내가 원하는 곳에서 독창을 하는 것을 보는 건 즐겁지 않았다. 그런 일은 나에게 일어나야 했다.

마침내 나는 훨씬 더 좁은 공간이지만 노래할 기회를 얻었다. 내가 다니던 초등학교에서 학생들을 모아 작은 성가대를 만들었는데, 대부분은 여학생들이었다. 그 성가대는 일 년에 한 번 학교 옆에 있는 성 요한 교회에서 크리스마스 캐럴을 부르는 공연을 했다. 1978년 11월에 나는 〈언젠가 다윗 왕의 나라에*Once in Royal David's City*〉의 첫 번째 절을 반주 없이 불러달라는 부탁을 받았다. 나는 흥분과 두려움을 동시에 느꼈다. 그것은 나에게 중요한 순간이었으며, 그 노래를 부르던 때 젤리처럼 다리가 풀려 후들거리던 것이 여전히 기억난다. 이후로도 두려움은 늘 나를 따라다녔다.

1980년은 나의 성악 발전에 중요한 해였다. 우리는 《브리스틀 이브닝 포스트》라는 지역 신문을 통해, 브리스틀 중심가에 있는 교회들 가운데 하나이며, 성 이언을 기리기 위해 조지아 왕조 식의 건물로 멋지게 지어진 크라이스트 교회에서 소년 성가대원을 뽑는 오디션을 본다는 사실을 알게 되었다. 내겐 놓칠 수 없는 좋은 기회라 오디션을 보기로 했다.

오디션은 오르간 연주자이자 성가대 지휘자인 브라이언 버셀과 부지휘자인 데이비드 문 앞에서 조용하게 진행되었다. 버셀 씨는 쾌활한 성격에 매우 차분한 인품을 지닌 사람이었다. 하지만 성가대 앞에 서면 굉장한 지도력을 발휘했다. 그는 거의 머리가 벗겨진 중년의 상냥한 사람이었지만, 누가 봐도 책임자라는 것을 알 수 있었다.

첫 오디션은 성공적이었다. 성가대원으로 뽑힌 나는 일 년에 2백 파운드의 급여를 받고, 버스 요금도 따로 받았다. 나는 매우 흥분했다. 크라이스트 교회는 크지는 않았으나, 성가대는 오랜 전통을 지니고 있었다. 많은 유산을 남긴 한 후원자에 의해 성가대가 유지되었는데, 그 돈으로 성가대원의 연봉을 지급했다.

내가 그 성가대에서 처음 노래를 하던 날 존 형과 제인, 토니를 포함해서 온 가족이 참석했다. 존 형은 교회 위원 가운데 한 사람 앞에서 노래를 부르게 되었는데, 나중에 성가대에 참여하라는 제의를 받았다. 오디션을 본 나로서는 조금 불만스러웠다. 그렇지만 난 그 자리에 있는 것만으로, 특히 독창을 할 수 있어서 매우 행복했다.

새로 들어온 소년들은 늘 같은 교구에 있는 올 세인츠 교회로 가서 그다지 어렵지 않은 입단식을 치렀다. 그 교회에는 헨리 8세가 단행한 영국 수도원 해산 때 건물 안에 숨겨진 보물들을 지키다가 죽은 수도사들의 유령이 나온다는 소문이 있었다. 몇몇 소년들이 유령들처럼 소름끼치는 소리를 내면서 모퉁이를 빙빙 돌 때 우리 모두는 문을 등지고 서 있어야만 했다.

형과 나는 성가대에서 재미있게 지냈고, 친구도 사귀었다. 어느 목요일 교회에 가는 길에 폭풍우를 만났다. 일찍 도착했기 때문에 존 형은 다른 친구들 몇 명과 뛰어놀다가 몸을 돌려서 말했다.

"내가 만약 거짓말을 한 적이 있으면, 하느님이 나를 혼내실 거야!"
그 순간 번개가 번쩍이더니 곧이어 천둥소리가 울려 퍼졌다. 형은 자지러지게 놀랐고, 나는 배꼽이 빠질 것처럼 웃어댔다.

성가대원으로서 우리는 교회에서 융숭한 대접을 받았다. 용돈을 충당할 수 있는 수입 외에도 성악 교습비를 보조받았으며, 정기적으로 여행을 갔다. 또한 크리스마스 바로 전에 연례행사로 외식을 했다. 나에게는 참으로 드문 일이었다.

우리는 보통 브로드 거리에 있는 버니 인에 갔는데, 메뉴에 있는 것 중에 원하는 것은 뭐든지 먹을 수 있었다. 그곳은 스테이크 전문 식당이어서 우리 가족들이 평소에 갈 수 있는 곳은 아니었다. 비싼 음식을 주문해도 되는 건지 불편해하는 나를 보고는 버셀 씨가 괜찮다고 말했다. 나는 결국 (다른 모든 성가대 아이들과 마찬가지로) 빵가

루를 묻혀 튀긴 버섯과 우둔살 스테이크, 그리고 후식으로 아이스크림이 나오는 세 가지 코스 요리를 먹었다. 마지막에는 리큐어(알코올에 설탕과 식물성 향료를 섞어 만든 술) 커피(물론 리큐어는 빼고)가 나왔는데, 나는 응석받이가 된 기분이었다.

크라이스트 교회에서 활동하면서 한 해 가운데 가장 좋아한 시기는 크리스마스 때였다. 교회의 공간이 좁아서 향 냄새가 빨리 퍼졌다. 촛불 옆에서 캐럴을 부르면 부드러운 불빛에 우리 성가대의 하얀 단복이 은은하게 빛났고, 차가운 하얀색 벽 앞에 선 신부님의 녹색 사제복이 두드러져 보였다.

나는 데스캔트(선율보다 보통 더 높게 부르거나 연주하는 기법)를 즐겨 불렀고, 문제가 없다면 음을 높여 크게 불러도 된다는 허락을 받았다. 내가 좋아하는 데스캔트는 무엇보다도, 〈천사 찬송하기를*Hark, the Herald Angels Sing*〉이었는데, 노래가 꽤 길고 매우 높기 때문이었다.

성가대에게 가장 특별한 봉사는 크리스마스이브에 자정 미사를 할 때이다. 단순히 매우 늦은 밤에 브리스틀 중심가의 클럽들이 밀집한 유흥가와 가까운 곳에서 성가대 봉사를 하기 때문만은 아니었다. (이것 때문에 많은 취객들이 교회 안으로 들어왔다. 대부분은 아무 해도 끼치지 않았고, 캐럴에 지나치게 빠져든 행복한 취객들이었다.) 크리스마스이브에는 교회 분위기가 언제나 특별했다. 향 냄새는 다른 때보다 자극적이었으나, 촛불들의 향과 빛 그리고 신부님이 응답하는 부드러운 노랫소리가 균형을 맞춰 주었다. 그날은 한 해 중 유일하게, 신부님이 모든 사람들과 악수를 하면서 한 사람 한 사람에게 "행복한 크리스마스를 보내세요."라고 빌어주는 때이기도 하다. 이날 성가대는 가장 멋진 캐럴들을 최고의 데스캔트로 노래하곤 했다.

내가 좋아하는 또 다른 시기는 부활절 즈음이었다. 성 금요일과 부활절이 가까워지는 수난 주일은 언제나 마음이 아팠다. 성 금요일 전날인 세족식이 있는 목요일이 되면, 초들은 거의 다 타버렸고, 제단은 텅 비었다. 그런 상황은 어쩐지 스산했고, 그래서 나는 쓸쓸함을 느꼈다. 이와 대조적으로 성 금요일은 교회에서 정신없이 노래를 부를 수 있어서 좋았다.

우리는 해마다 존 스테이너의 〈십자가상의 죽음*Crucifixion*〉과 테오도르 뒤부아의 〈그리스도의 마지막 일곱 말씀*Seven Last Words of Christ*〉을 번갈아 공연했다. 두 곡은 나름대로 각각의 매력이 있었다. 스테이너의 곡은 활기찬 합창과 훌륭한 성인 독창(슬프게도, 소년 트레블(고음부의 아이 목소리)을 위한 독창은 없었다)이 몇 부분 들어 있는 매우 전형적인 영국 빅토리아 시대의 음악이었다. 반면에 내가 선호했던 뒤부아의 곡은 좀 더 감성적이었다.

크라이스트 교회에서 지내는 시간은 즐거웠다. 그럭저럭 성가대의 소년들과 어울렸고, 마치 꿈이 이루어진 것 같은 느낌이었다. 이로 인해 내 목소리가 곧 내 친구라는 사실을 다시 확인할 수 있었다. 노래를 하는 순간만은 내게 적이 없다는 것을 느꼈고, 그래서 나는 그 순간을 반겼다. 단 한 가지 문제가 있다면 내가 너무 음악에 빠져들어서 나머지 성가대원들을 종종 잊어버린다는 것이었다. 크라이스트 교회에 스물다섯 명의 성가대원(어른들을 포함해서)이 있든지 또는 브리스틀 콜스턴 홀에 성가대원들이 함께 모여 있든지 신경 쓰지 않았다. 내 목소리는 언제나 튀었다.

이 때문에 성가대 지휘자인 버셀 씨와 종종 문제가 생겼다. 저녁 예배 시간에 버셀 씨가 있는 오르간 석으로 때때로 불려 나가 내가 없으면 성가대의 노래가 얼마나 조화로운지 귀 기울여 보라는 충고를 들었다. 저녁 예배 시간 내내 유서 깊은 거대한 오르간 옆 의자에 앉아 있기도 했다. 버셀 씨가 예배 끝 무렵에 비도르(마를 비도르, 프랑스의 오르간 연주자 및 작곡가)의 〈토카타*Toccata*〉를 연주하는 모습을 지켜보는 것은 매혹적인 일이었지만, 나는 성가대석에서 노래하는 것이 훨씬 더 좋았다. 나는 스스로를 통제하려고 노력했으나, 여섯 주쯤 지나면 다시 오르간 석 옆으로 불려나가 똑같은 이야기를 들어야만 했다.

버셀 씨는 심성이 좋고 쾌활한 사람이었지만, 자신의 불쾌감을 드러내는 것을 주저하지 않았다. 때때로 그가 우리들이 성가대 제의실로 퇴장할 때 어떤 곡을 오르간 독주로 연주하느냐에 따라 그날의 기분을 알 수 있었다. 만약 비도르의 〈토카타〉(내가 좋아했던)를 연주하면, 그날은 그가 기분이 좋다는 의미였다. J. S. 바흐의 〈토카타〉였다면(이 곡은 언제나 공포 영화의 배경 음악처럼 들린다), 우리는 호통을 들을 각오를 해야 했다.

버셀 씨가 목소리를 높이는 경우는 매우 드물었지만, 그의 기분이 좋지 않을 때를 우린 언제든지 알아차릴 수 있었다. 정말로 짜증이 나면 그는 극도로 효과적인 전략을 사용하곤 했는데, 성가대에 여자애들을 투입한다고 위협하는 것이었다. 우리는 영리했기 때문에 그것이 무엇을 의미하는지 알 수 있었다. 성가대 의자의 맨 앞자리에는 기껏해야 열다섯에서 열여섯 명의 소년들이 앉을 자리밖에 없었다. 성가대에 여자애들이 들어오면, 우리 가운데 몇 명은 나가야 한다는 것을 의미했다. 따라서 그것은 매우 효과적인 위협이었다.

난 꽤 자주 오르간 옆자리로 추방당했지만, 버셀 씨와는 관계가 좋았다. 늘 재미있고 유쾌했던 그는 내가 성가대 생활을 마칠 즈음 나에게, 내가 가장 뛰어난 소년 성가대원 가운데 하나이며 함께 노래를 해서 즐거웠다는 말을 해주었다. 그 말은 내게 대단한 칭찬이었으며, 그 말을 듣고 나는 매우 행복했다.

성가대 생활을 하면서 번 돈으로 나는 성악과 피아노 교습을 받았다. 윌콕스 선생님은 브리스틀 외곽에 있는 부유한 동네인 킹스우드의 사운드웰 지역에 살고 있었는데, 그곳에서 수업을 했다. 나는 일주일에 두 번 교습을 받으러 버스를 타고 선생님 집까지 왔다 갔다 해야 했다. 재능 있는 제자들이 많이 있었던 윌콕스 선생님은 성질이 까다로운 걸로 유명했는데, 너무 무서워서 학생들의 부모들조차 선생님 앞에서는 겁을 먹을 정도였다. 여든 살이 넘은 선생님은 매우 권위적인 말투로 말했고, 제자들이 어리석게 구는 것을 봐주는 법이 없었다. 선생님은 의자에 앉은 채 거의 몸을 움직이지 않았지만, 팔은 매우 능숙하게 움직였다.

어느 월요일 저녁이었다. 성악 교습이 늦게 끝나는 바람에 자칫 버스를 놓칠 것 같았다. 나는 버스정류장까지 달려가서 겨우 버스를 잡아 막 타려는데, 다른 교습생인 크리스 개먼의 아버지가 뒤에서 나를 불러세우며 말했다.

"얘야, 너의 집까지 내 차로 데려다주마."

"그럴 필요 없어요. 그냥 버스 타고 가면 돼요. 아저씨 댁은 모퉁이만 돌면 있잖아요." 내가 대답했다.

"얘!" 버스 기사가 소리쳤다. "버스 탈 거야 말 거야?"

"안 탈 거예요." 개먼 씨가 뒤에서 나를 끌어당기며 말했다. "윌콕스 선생님이 너를 집에 데려다주라고 했어." 그러는 동안 버스는 떠나버렸다.

개먼 씨의 얼굴은 겁에 질려 백짓장처럼 하얗게 변해 있었다.

이는 윌콕스 선생님을 대할 때 흔히 있는 일이었다. 선생님은 모든 일을 주관하셨다.

윌콕스 선생님은 매우 엄격했고 과제도 많이 내주었다. 나의 성악 실력은 피아노 실력보다 훨씬 나았는데, 난 늘 피아노 연습을 좀 게을리했다. 윌콕스 선생님이 나에게 연습하라고 준 곡들을 연주할 때마다 그것이 고스란히 드러나곤 했다. 선생님은 나에게 점점 더 실망했고, 서슴없이 그것을 표현했다. 나는 우리 집 피아노가 조율이 안 되어서 그렇다고 변명했다. 윌콕스 선생님은 그 말을 곧이곧대로 받아들이는 대신 피아노 조율사를 우리 집으로 보내 피아노를 손보게 했다.

내 피아노 실력을 향상시키기 위해 윌콕스 선생님은 또 다른 방법을 쓰기도 했다. 체벌을 하면 더 나아질 수 있을 거라고 판단했지만, 몇 주가 지나도 나아지지 않고 엉터리 연주를 하자 선생님은 마당에서 회초리를 구해 와 내가 실수를 할 때마다 손가락을 톡톡 때렸다. 실수를 하면 할수록 선생님은 점점 더 세게 때렸다. 지금 생각해 보면, 선생님이 자기 돈을 들여서 피아노 조율사를 보내 내 피아노를 조율하게 한 것은 그만큼 음악에 열정이 있었고, 제자들이 최선을 다해 연주할 수 있도록 하기 위함이었다. 하지만 불행하게도 선생님의 계획은 정반대의 효과를 불러왔다. 나는 손가락을 회초리로 맞는 것을 견딜 수 없어 피아노 공부를 포기하고 말았다. 부모님에게 회초리에 대해서는 말하지 않았다. 그냥 더 이상 피아노 연주를 하고 싶지 않다고 말했을 뿐이다. 만약 내가 사실대로 말했다면 꾸중을 들을 것이 뻔했다. 나는 결코 위대한 피아니스트가 되지 못하리라는 것을 알았기 때문에, 그다지 아쉽지는 않았다.

한 가지는 말할 수 있다. 내가 노래할 때 실수하는 것에 대해서는 윌콕스 선생님이 똑같은 방법으로 체벌하지 않은 것이 매우 기쁘다! 노래의 경우 난 연습을 많이 하여 실수를 줄여나갔다. 내 노래 실력은 타고난 것이었고, 이따금 전혀 힘들이지 않고 수월하게 불렀다. 내가 만약 노래를 잘 하지 못했다면, 선생님은 내게 가차 없이 한마디 했을 것이다. 내 동생 토니는 선생님으로부터 교습을 취소당했다. 선생님은 토니가 노래하는 동안 마치 껌을 씹는 것 같은 소리를 낸다고 잔소리를 해댔다고 한다. 윌콕스 선생님은 아무도 못 말린다!

처음으로 내가 홀딱 반한 소녀가 있었다. 그녀는 윌콕스 선생님의 제자들 가운데 하나인 앤젤라 허긴즈였다. 그녀는 사춘기 전의 소년이 바라는 소녀의 모습 그대로였다. 키가 크고(나는 절대로 그렇지 못했고), 금발의 곱슬머리가 무척 예뻤다. 그녀는 매우 부유한 동네에 살았다. 나는 그녀처럼 노래를 부르려고 애썼고, 그녀는 그런 나를 보고 킥킥 웃곤 했다.

앤젤라(나보다 서너 살 위였다)와 사귀고 싶다는 희망을 완전히 버리게 된 것은 내가 그녀와 약혼한 척했기 때문이다(그때 내 나이가 열 살이었던 것을 생각하면 좀 지나친 것이었다).

학교 친구인 알렉스와 나는 부모님에게 행선지를 제대로 알리지 않고 하루 종일 쏘다니며 놀았다. 알렉스는 자기 어머니에게 우리가 앤젤라를 만나러 간다고 말했다. 전혀 사실무근이었다. 게다가 내가 엄마에게 말했던 곳보다 집에서 훨씬 멀리 떨어진 곳까지 갔다. 걱정이 된 엄마가 앤젤라의 어머니에게 전화를 해서 우리가 어디에 있는지 알려 달라고 하는 바람에 우리의 거짓말이 들통났다. 나는 너무 당황해서 나중에 앤젤라에게 말을 걸 수도 없었다.

나의 성악 실력은 크게 향상되어 지역 음악 경연 대회에 대표로 뽑히기도 했다. 나는 지역 경연 대회로는 가장 높은 수준인 브리스틀 음악 콩쿠르에 한두 번 참가했을 뿐 아니라, 스테이플 힐 콩쿠르, 롱웰 그린 페스티벌, 그리고 킹스우드 콩쿠르에서는 어느 정도 성공을 거두었다. 이러한 경연 대회들은 냉정하게 계산된 행사였다. 그래서 나는 그런 대회에 참가하는 게 썩 즐겁지 않았다. 청중들의 대부분은 경연 대회 참가자들과 그들의 가족들이었고, 세 사람의 심사위원이 심사평을 맡았다. 때문에 삭막하고 편안하지 않은 분위기인 데다 심지어 불안을 자아내기도 했다.

어머니는 나를 응원하기 위해 언제나 함께 경연 대회에 가곤 했다. 때로는 제인과 토니도 왔다. 토니도 경연 대회에 한두 번 나갔지만, 긴장감을 견디기 힘들어 했다. 아버지는 가능하면 보러 오려고 했지만 그럴 기회가 거의 없었다. 대신 경연 대회 다음에 열리는 수상자들의 음악회는 보러 오겠다고 약속했다. 그리고 경연 대회에 오지 못한 데 대한 미안함을 그 후 몇 년 동안 보상해 주었다.

나는 브리스틀에서 음악 콩쿠르에는 어디든지 참가하려고 무진 애를 썼다. 대개는 순위에 들 만한 점수를 얻었지만, 3등이 가장 좋은 성적이었다. 나는 대체로 스테이플 힐에서는 좋은 성적을 거두었고, 몇 개의 메달을 받았다. 그 덕분에 난 브리스틀 대성당 성가대 지휘자의 눈에 들었다. 그는 어머니에게 나를 자신의 성가대에 입단시키고 싶다고 말했다.

브리스틀 대성당의 성가대원이 되려면, 성당 부설학교에 다녀야만 했다. 사실 나는 한 해 전에 성가대원 장학금을 받으려고 그곳의 입학시험을 본 적이 있었는데, 그때 학교에서는 일 년 일찍 중학교에 입학하기를 요구했다. 나는 모든 과목의 성적이 상위권이었고, 특히 영어 성적이 좋았다. (책을 읽고 이해하는 능력이 다른 아이들보다 앞서 있었기 때문이다.) 하지만 수학은 그렇지 못해 탈락했다. 만약 부모님이 등록금을 낸다면 진학할 수 있는 기회를 주겠다는 제의를 받았으나, 우리 집에는 그만한 여유가 없었다. 성가대 지휘자는 내가 입단할 수 없다는 사실을 알고 실망했다. 나 또한 마찬가지였다. 자기가 사는 곳의 대성당에서 노래하는 것은 모든 성가대원이 가장 바라는 일이었다.

노래 부르는 것을 즐거워한 반면, 나는 경쟁하는 것은 싫어했다. 그런 요소들 때문에 종종 끔찍한 기분이 되곤 했다. 보통은 내 차례가 되어서 앞으로 불려 나갈 때까지는 괜찮았다. 이런 행사들에는 대기실 같은 건 아예 없다. 그냥 관객석에 앉아 있다가 불려 나간다. 자기 차례 전후로 노래하는 다른 사람들을 지켜보고 있어야 한다. 나에게는 다른 사람들 모두가 정확하게 노래하는 것처럼 들렸다. 나만 음이 조금 흔들려서 결국은 꼴등을 하고, 그건 언제나 변하지 않는 사실처럼 여겨졌다. 보통 나는 이중창 부문에서는 더 나은 성적을 거뒀는데, 그곳에서 늘 크레이그라는 소년과 경쟁을 했다. 크레이그는 부유한 집 출신에 정확한 영어로 말하고 노래했다. 반면에 나는 언제나 브리스틀 사투리를 사용했다. 그 애는 보통 트로피와 메달 한 쌍을 갖고 갔지만, 다른 사람들로부터 노래를 더 잘한다는 말을 들었던 나는 그 애와 이중창을 부른 뒤 빈손으로 돌아가곤 했다.

초조함은 종종 나를 압도했다. 감리교회에서 열리는 스테이플 힐 대회에서는 문제가 덜한 편이었다. 빅토리아 양식의 커다란 건물은 음향 시설이 좋았고, 대회 내내 청중이 꽉 차 있었다. 객석은 두 개의 층으로, 무대 바로 앞과 발코니여서 작은 극장과 다르지 않았다. 내 문제는 청중들 숫자가 적고 작은 공간, 예를 들어 롱웰 그린 같은 곳에서 노래할 때 불거졌다. 그곳에서는 평균 점수도 얻지 못했다. 초조해지면 머릿속이 텅 비어버렸다. 그래서 거꾸로도 부를 수 있는 노래 가사를 도중에 잊어버리곤 했다.

청중이 없으면 아무런 피드백을 얻을 수 없기 때문에 비어 있는 객석을 보면서 노래하는 게 두려웠다. 노래는 내가 다른 어떤 것보다 잘할 수 있는 것이었기에 나는 인정받기를 기대했다. 인정받는 것을 느낄 수 없을 때는, 공격당하는 것 같아서 상처받기 쉬운 기분이 되었다. 그런 압박을 느끼면 나는 무너졌고, 제대로 노래를 부를 수 없었다.

이 무렵 나는 고전음악을 열광적으로 들었다. 스티븐 스필버그의 영화 〈이티*ET*〉를 본 영향이 컸다. 그 영화에서는 또래 친구들에게 따돌림을 당하는 소년을 보여주는 장면들과 함께 어떤 음악들이 나왔는데, 그것이 나의 심금을 울렸다. 음악이 나에게 거세게 밀려오는 듯한 느낌이었다. 그래서 나는 존 윌리엄즈가 작곡한 〈제3의 존재와의 조우*Close Encounters of the Third Kind*〉, 〈스타워즈*Star Wars*〉, 〈이티*ET*〉의 영화 음악들을 런던 심포니 오케스트라가 연주하는 LP 레코드를 구해서 들었다.

레코드를 듣고 있노라면 나는 환희에 가득 차서, 단지 그것을 듣기만 하는 것으로는 성이 차지 않았다. 내가 직접 음악에 참여하고 싶었다. 아무도 보고 있지 않다는 게 분명할 때는 어머니의 뜨개바늘을 쥐고 지휘봉이라고 상상하며 지휘를 했다. 그렇게 하고 있노라면 힘이 생기는 것 같았고, 음악이 전해 주는 감동을 더 많이 느낄 수 있었다.

열두 번째 생일 날, 어머니와 아버지는 비싸지 않은 휴대용 오디오 기기를 사주었다. 나는 카세트테이프 몇 개를 샀는데, 그 가운데 한두 개만 대중음악이었고 대부분은 고전음악이었다. 나는 늘 가장 높은 볼륨으로 음악을 들었기 때문에 버스에서 "바이올린 소리 좀 줄여 줄래?"라는 말을 종종 들었다. 대개는 이 말과 함께 주위에서 킥킥거리는 소리가 들려왔다.

나는 고전음악들 가운데 특히 가장 극적인 음악을 즐겨 들었다. 내가 좋아하는 곡들은 차이코프스키의 〈1812년 서곡〉, 본 윌리엄스의 〈런던 교향곡〉, 그리고 드보르작의 〈첼로를 위한 교향곡〉이었다. 그 음악들 대부분은 헤르베르트 폰 카라얀이 지휘하는 베를린 필하모니 오케스트라의 연주였다.

내가 가장 좋아했던 관현악곡은 (지금도 그렇지만) 차이코프스키의 교향곡 6번 〈비창〉이다. 그 곡의 슬픈 느낌은 내 가슴을 부여잡고 쥐어뜯은 뒤 사라지지 않았다. 그 음악을 처음 들었을 때의 느낌을 나는 아직도 기억한다. 집 근처의 피쉬폰즈 로드를 걷고 있었는데, 난 충격을 받았다. 삶 속에서 느낀 모든 슬픔이 울려 퍼지는 것 같았다. 나는 살아 있음을 느꼈다. 현악기로 시작되었던 라이트모티프(오페라나 다른 작품들에서 특정 인물·물건·사상과 관련된, 반복되는 곡조)를 목관악기로 반복하면서 끝나는 것 같았다. 고요하고 차분하게. 나는 만족해하면서 숨을 깊이 내쉬었다. 그리고…… 빠밤! 오케스트라가 포르티시모(매우 세게를 가르키는 음악 용어)로 등장했다. 마치 권총의 방아쇠가 당겨지는 것 같았고, 놀란 난 허공으로 펄쩍 뛰어올랐다가 겨우 바로 섰다. 설상가상, 나를 보고 있는 사람들이 있었다. 나는 버스 정류장에 있었는데, 마침 이층 버스가 바로 내 앞에 멈춰 서 있었던 것이다. 내가 펄쩍 뛰어오르는 것을 본 몇몇 사람들의 눈은 휘둥그레졌고, 키득거리는 웃음소리도 들렸다.

그건 모두 음악 때문이었다. 음악은 내 가슴과 영혼 속으로 들어왔고, 나는 그 속에 빠져들었다.

내가 크라이스트 교회의 성가대원일 때 일어난 한 사건은 몇 년 동안 나에게 영향을 미쳤다. 1985년 오월 말 무렵, 성가대 연습을 막 마치고 나왔을 때였다. 평소보다 조금 늦게 끝나 버스를 타기 위해 볼드윈 스트리트로 부랴부랴 가고 있었다. 이 차를 놓치면 다음 버스는 한 시간이나 기다려야 했다.

하늘은 꽤 어두워져 있었지만 희미한 빛은 아직 남아 있었다. 비도 부슬부슬 내리는 축축한 날씨였다. 눈앞이 그리 잘 보이는 상태는 아니었다. 손목시계를 들여다보았다. 버스가 몇 분 일찍 올 때도 있기 때문에 난 브로드 스트리트를 가로질러 하이 스트리트 위를 달렸다. 그 도로를 따라 8백 미터 정도의 거리를 몇 분 안에 가야 했다. 하지만 나는 그렇게 할 수 없었다. 일 분 정도 열심히 달렸는데 갑자기 통증이 느껴지면서 길 위에 널브러졌다. 숨이 찬 것도 아니었다.

하이 스트리트는 제2차 세계대전 기간 동안 폭격을 피한 중세의 건물 몇 채가 남아 있는 지역 가운데 하나였고, 16세기에 지어진 목재 골조 건물이 있었다. 당시는 그 건물이 수리 중이라 공사장 발판이 인도 깊숙이까지 차지하고 있었다. 나는 아무 생각 없이 두 개의 기둥 사이를 달리고 있었다. 발판 위에는 조명이 전혀 없었다. 따라서 마지막 연결 부분이 비스듬히 튀어나와 있는 것을 미처 보지 못했던 것이다. 머리와 입이 발판에 부딪혔고, 이마에는 출혈이 심했다.

성가대 부지휘자 문 씨가 막 교회에서 나오다가 사고를 목격하고 달려와서 도와주었다. 나는 내색을 하지 않으려고 애를 썼지만 너무 아팠다. 문 씨는 나를 차에 태워 브리스틀 로열 병원으로 데려갔다. 내가 문 씨의 차를 얼마나 엉망으로 만들었는지는 상상만 할 수 있을 뿐이다. 눈에 띄는 부상이 두 군데 있었다. 왼쪽 이마가 10센티미터 정도 찢어져서 열다섯 바늘을 꿰맸는데, 마치 프랑켄슈타인에 나오는 괴물처럼 보였다. 하지만 정작 심각한 부상은 입이었다. 발판에 너무 세게 부딪히는 바람에 앞니 두 개가 잇몸을 뚫고 코 뒷부분, 그러니까 입천장과 비강 사이로 밀려들어갔다. 그 때문에 출혈과 고통이 끔찍할 정도였다. 문 씨는 우리 집에 전화를 하고는 어머니가 병원에 올 때까지 기다려주었다.

의사는 겨우 상처를 꿰맨 뒤 치아는 손도 대지 못했다. 그리고는 다음 날 나를 브리스틀 치과 병원으로 보내주었다. 그곳의 치과 의사가 말하길, 치아는 대부분 저절로 제자리로 돌아오기 때문에 현재 자신이 할 수 있는 일은 아무것도 없다는 것이었다. 그 의사는 내 치아가 여전히 살아 있는 것인지 아닌지도 몰랐다.

그 뒤 몇 주가 지난 뒤에야 치아는 의사 말대로 원래 자리로 되돌아와 자리를 잡았다. 그러나 완전히 회복된 것은 아니었다. 나는 그때까지 경험해 보지 못한 가장 끔찍한 고통을 맛보았다. 진통제도 효과가 없었다. 가운데 치아는 신경이 심하게 손상되어 이가 저절로 뽑혔다. 그것들 가운데 하나는 내가 알렉스의 여동생 자전거를 타고 가다가 지하도 벽에 부딪힌 바로 그 치아였고, 금속으로 완전히 씌워야 하는 상태가 되었다.

치아를 씌우는 비용이 만만치 않았지만, 다행히도 나는 치과 병원 응급 상황 팀의 치료를 받았다. 무엇보다 브리스틀 대학 치과대학에 재학 중인 가장 예쁜 여학생들 몇 명에게 치료를 받았다. 사고를 당해도 좋은 점이 있었던 것이다! 나는 투덜거리지 않고 몇 시간 동안 치과 의자에 조용히 앉아 있는 법을 배웠다. 여섯 달 동안 매주 의자에 앉아 세 시간씩 보냈기 때문에 그럴 수밖에 없었다. 뿐만 아니라 내 잇몸은 국소마취가 되지 않았으므로 의사들의 모든 치료 과정을 고스란히 느낄 수밖에 없었다. 나는 가지런하지 않은 아래 치아들을 바로잡기 위해 무료 교정 치료를 제의받았으나, 치과 치료로 너무 많은 시간이 소모된다는 핑계를 대면서 치료를 사양했다. 궁극적으로 내 손해였다.

성가대원으로서, 그리고 나에게 두 번째 집이 된 크라이스트 교회에서의 경력이 서서히 막을 내릴 준비를 하고 있었다. 아버지의 직장 때문에 우리 집이 브리스틀 외곽의 스톡 기포드로 이사를 가게 되자 교회 가는 게 더욱 복잡해졌다. 난 존 형을 따라 성가대 연습을 몇 번 빼먹었다.

1987년 무렵, 이런 행동들도 더 이상 지속되지 못했다. 나는 크라이스트 교회 성가대를 그만두어야 했기 때문이다. 성가대원들 용어로 표현하자면, 난 노후 연금 수령자였다. 고음부 목소리를 내는 대부분의 소년들은 열네 살이나 열다섯 살 무렵이면 목소리가 변했다. 그런데 내 경우에는 열일곱 살인데도 여전히 소년 고음의 목소리로 노래하고 있었다.

교회에서 나를 후원해 주던 몇몇 사람들이 고음으로 계속 노래를 하면, 성인인 된 후 목소리에 영향을 미칠지도 모른다는 우려를 표했다. 나는 7년 이상 지속된 나의 봉사에 대한 감사와 더불어 50파운드 상당의 도서상품권을 받았다.

나는 떠나고 싶지 않았다. 사람들이 나에게 가장 좋은 방향으로 결정을 내렸다는 것을 알지만 그래도 나는 낙담했다. 나의 성인 목소리가 어떻게 변할지 몰랐고, 노래하는 사람들의 세상을 어쩌면 영원히 떠나야 할지도 모른다는 사실이 두려웠다.

4
따돌림 당하던 중등학교 시절

"포츠, 넌 어느 중학교에 갈 거야?"

초등학교의 마지막 해가 저물 무렵이었다. 운동장에서 나를 괴롭히던 아이들이 뜻밖에도 내가 진학할 학교에 관심을 보였다.

"화이트필드." 나는 피쉬폰즈 지역의 한 중학교 이름을 댔다.

"그래?" 한 아이가 기쁜 듯이 손을 비비면서 말했다. "나도 그 학교에 갈 건데. 어쩌면 네가 학교에 적응하는 걸 내가 도와줄 수 있을 거야. 다른 애들에게 너에 대해 알려주면서 말이야." 그 애는 킬킬거리면서 덧붙였다. "그럼, 여름방학 끝나고 보자."

나는 그 애와 패거리들이 킬킬거리면서 계속 나를 괴롭힐 것을 생각하며 그 자리를 떠나는 것을 지켜보았다. 그들이 사라지는 것을 보면서 나도 속으로 웃었다. 내가 화이트필드에 다니지 않으리라는 것을 그 아이들은 결코 모를 것이기 때문이다. 난 우리 형제들과 같이 브리스틀 중심가에 있는 성 메리 레드클리프 교회 학교에 입학할 예정이었다. 새롭게 출발할 기회였다.

성 메리 레드클리프 학교는 부분적으로는 자발적인 기부금으로 운영되는 교회 학교라서 거의 그 지역의 퍼블릭 스쿨(public school, 영국, 특히 잉글랜드의 퍼블릭 스쿨은 사립학교인데, 학생들은 연령이 13~18세 사이로 흔히 기숙사 생활을 한다.)로 여겨질 정도였다. 그 학교는 학과 성적이 높은 것으로 유명해서 입학하기가 쉽지 않았다. 입학 허가를 받으려면 학생과 학부모가 세례를 받아야만 했고, 빠지지 않고 예배에 정기적으로 참석해야 했다. 예배에 규칙적으로 참석하고 있다는 것을 입증하는 서류에 교구 목사나 신부의 서명을 받아 와야 했다. 다행히도 우리 아버지는 올 세인츠 교회의 교구위원이었으므로 쉽게 서류를 준비할 수 있었다.

우리 형 존은 이미 성 메리 레드클리프 학교 3학년이었고, 또한 가장 유명한 학생 가운데 하나였다. 형은 학교에서 처세술에 능했고, 운동장에서는 우두머리 노릇을 했다. 한 번은 존 형이 신문 배달을 하다가 피쉬폰즈 거리에 여우가 죽어 있는 것을 발견한 적이 있었다. 형은 집으로 달려와 빵 자르는 칼을 가지고 가서 죽은 여우의 꼬리를 잘랐다. 형은 여우 꼬리를 팔라는 제의를 많이 받았고, 결국은 가장 낮은 가격을 제시한 사람에게 그것을 팔았다. 어리석게 들릴지 모르지만, 가장 낮은 가격을 제시한 사람은 3학년에서 가장 잘나가는 학생 가운데 하나였다. 그 뒤로 형은 학교에서 그 패거리에 끼게 되었다.

나와는 달리 존 형은 학교에서 잘 지내는 법을 알고 있었다. 나는 내 문제들을 나만의 것으로 생각했고, 만약 존 형을 끌어들이면 형이 안 좋은 상황에 처하게 될 것 같았다. 나는 믿을 수 없는 오직 단 하나의 '친구'가 있었을 뿐, 사회적 상황에서 어떻게 행동해야 할지 모르는 채 7년을 지냈다. 과장하지 않고 말하자면, 내가 사람들을 대하는 방식에는 한계가 있었다. 비록 중학교에서 새롭게 출발할 기회를 얻기는 했지만, 나는 여전히 어떻게 해야 할지 알지 못했다.

레드클리프 학교에서의 처음 두 해 동안 나는 드문드문 괴롭힘을 당했다. 솔직히 말하자면 동급생들의 어떤 행동에는 내 탓도 있었다. 놀림이나 공격을 무시하려고 노력했지만 그게 최선의 방법은 아니었다. 참다 참다 못해 결국엔 폭발하곤 했다. 초등학교 때 나를 괴롭히던 아이들에게는 익숙한 일이기도 했다. 나는 대체로 소심하고 자신감이 없었으나, 화가 나면 가장 힘센 아이가 될 수 있었다. 내가 폭발하는 것을 본 아이들 몇몇은 나를 '짜증쟁이 포츠' 라고 놀렸다.

나의 가장 큰 문제는, 내 잘못을 인정하라거나 내 행동이 잘못될 것으로 간주를 하면, 그것을 나에 대한 직접적인 공격으로 여기는 것이었다. 난 놀리는 아이들과 말다툼을 벌였는데, 늘 먼저 반발부터 하고 나서 나중에 이유를 물었다. 담임선생님인 풀린 씨는 나를 한쪽 구석으로 불러내서 다른 방식으로 문제를 해결하라고 타이르곤 했다. 그는 상황을 무시하면 저절로 문제가 사라질 거라고 말했다.

이는 선생님들과 부모님이 늘 하는 말이 되어버렸다. 나는 그들의 충고를 따르려고 매우 열심히 노력했지만, 항상 성공하지는 못했다. 나는 오랫동안 참기도 했지만 결국에는 발끈하고 말았다. 지금 생각해 보면, 그런 모습을 보고 주위 아이들이 더 재미있어 한 것 같다. 나를 자극해서 화를 내게 하는 아이들에게는 더더욱 그랬을 것이다. 하지만 당시 나는 그런 상황에 대처하기가 매우 힘들었다. 나는 아이들이 나를 좋아해 주기를 바랐지만, 레드클리프 학교에 입학하는 순간부터 그런 일이 일어나지 않으리라는 것을 깨달았다.

체육은 내가 가장 좋아하는 과목 중 하나였다. 나는 학교에서 가장 빨리 달리는 학생들 축에 들었는데, 크로스컨트리 달리기에 학교 대표로 뽑혔다. 내 실력은 이십대까지 지속되었다. 나중에는 내가 사는 지역 대표로 전국을 도는 크로스컨트리 경기에 출전하기도 했다.

브리슬링턴 학교 운동장에서 야외 체육 수업이 있었다. 우리는 버스를 타고 브리스틀 외곽에 있는 브리슬링턴까지 갔다. 그리고 붉은 색과 검은색이 섞인 럭비 셔츠로 갈아입고 줄무늬 양말을 신었다. 보통 우리는 주로 평평한 길을 달리는 크로스컨트리로 시작해서 럭비 경기를 20분 동안 했다. 럭비는 남학생들이 주로 하는 스포츠였고, 여학생들은 하키를 했다.

나는 달리기를 좋아했고, 언제나 5등 안에 들었다. 그렇지만 럭비는 싫어했다. 럭비 경기는 아이들이 나를 때리는 것에 대해 공식 허가를 받은 것과 같았다. 나를 향해 날아오는 공을 잡으면, 갑자기 열여덟 명의 소년들이 공을 잡으려고 몸싸움을 벌이는 것처럼 하면서 나를 덮쳤다. 그리고는 나를 가운데 두고 둥글게 둘러싼 채 내 배에 계속 주먹질을 해댔다. 공은 이미 오래 전에 땅바닥에 떨어져 있음에도 불구하고. 레드클리프에서 지낸 몇 해 동안 이런 일들이 주기적으로 일어났다. 난 럭비 경기가 두려웠다. 럭비 경기장이 물에 잠기기를 늘 바랐다. 그러면 대신 크로스컨트리 경주를 더 오래 할 수 있으니까.

나는 운동 경기를 하고 나서 아이들과 같이 옷을 갈아입거나 샤워를 하는 것도 싫어했다. 그때 아이들의 괴롭힘이 가장 심해졌기 때문이다. 감시하는 어른이 없을 때, 패거리 성향은 더욱 강해졌다. 나는 다른 애들이 샤워를 모두 마칠 때까지 기다려야만 했다. 하지만 체육을 두 시간 동안 하는 경우에는 꼼짝없이 당했다. 종종 완전히 발가

벗겨진 채 샤워실에 거꾸로 밀어넣어져 발길질을 당했고, 모두들 내 꼴을 보고 웃음을 터뜨렸다.

이런 일은 매우 자주 일어났기 때문에 나는 점점 익숙해졌다. 때때로 '그냥' 이름만 불릴 때도 있었지만, 대개는 발길질을 당했다. 끈으로 후려치는 일을 당할 때도 있었는데, 사타구니를 맞으면 알다시피 엄청 아팠다. 끈으로 세게 후려치면 맞을 때 '찰싹' 소리가 귀에 들릴 정도였다. 탈의실에는 숨을 곳이 없다는 게 최악이었다. 나는 여러모로 무방비 상태였다.

어느 야외 체육 수업이 끝날 무렵 나는 레드클리프에서 처음으로 진짜 친구를 사귀었다. 보통 때처럼 나는 다른 애들과 샤워를 함께 하고 싶지 않아 마지막으로 들어가려고 기다렸다. 그 바람에 나는 우리가 타고 온 버스가 떠난 뒤에야 주차장에 도착했다.

그런데 돌아갈 버스를 놓친 또 다른 남학생 하나가 있었다. 니콜라스였다. 그 애는 나와 키가 비슷하고 짧고 검은 머리카락을 갖고 있었다. 우리 둘 다 브리스틀 중심가로 가는 버스표를 살 돈이 모자랐다. 난 우리가 끊은 버스 승차권이 유효한 템플 미즈 역까지 6.5킬로미터쯤 걸어가야 할지도 모른다고 예상했다.

그 운동장은 베레치아 아이스크림 공장 근처에 있었는데, 길가에는 아이스크림 진열장이 있는 가게가 있었다. 닉은 오래 걸어갈 걸 대비해서, 친절하게도 나에게 아이스크림을 사주었다. 우리는 이야기를 나누었고, 친구가 되었다. 닉과 나는 같은 노선 버스를 타고 다녔으므로 수업이 끝난 뒤에 많은 시간을 함께 보내게 되었다. 최신 비디오 게임과 자전거를 가지고 있던 그 아이는 언제나 너그럽게 그것들을 나와 함께 갖고 놀았다. 내가 컴퓨터 게임을 결코 잘하지 못했음에도 말이다. 그래도 스파이 헌터 게임은 잘하는 편이었는데, 요즘 게임들에 비하면 기초적인 것이었다. 하지만 그 당시에는 가장 인기 있는 게임이었다. 나는 지금도 카세트테이프로 그 게임의 배경 음악을 듣는다.

우리들 사이에 집안 환경의 차이는 결코 문제가 되지 않았다. 닉의 어머니가 그 애의 신중함을 믿었기 때문이다. 그 애는 레드클리프 학교에서 가장 오랜 기간 동안 믿을 수 있는 친구로 남았다.

그러나 대부분의 시간에 나는 적응하기 위해 무진 애를 써야 했다. 담임선생님은 나에게 '다투기 좋아한다'는 평가를 내렸다. 다른 모든 아이들은 매우 쉽게 친구를 사귀는 것 같았다. 난 아이들과 사이좋게 지내려고 노력했지만, 내겐 여전히 어려운 일이었다. 내가 안전을 위해 아이들의 무리 속으로 들어가려고 할 때마다, 많은 사람들이 적의를 갖는 것을 느낄 수 있었다. 나는 또래에 비해 훨씬 앞선 책읽기를 했고, 종종 책 속으로 도피했다. 덕분에 내 독해 실력은 매우 향상되어 영어 과목은 풀린 선생님으로부터 언제나 훌륭한 점수를 얻을 수 있었다.

레드클리프 학교는 '하우스'들로 나뉘어져 있었다. 이는 일반적인 집의 개념과는 달랐다. 본관의 각층이 하나의 하우스에 해당됐다. 하우스에는 여러 사람의 이름이 붙여졌는데, 학교에 후원을 하는 사람들의 이름이었다. 내가 입학했을 때, 신입생들은 제임스 하우스로 들어갔다. 제임스 하우스에서의 학교 교육은 매우 구식이었다. 훈육이 엄격했고, 체벌도 잦았다. 특별히 장난이 심한 아이들은 하우스의 엄격한 감독관인 그레이엄 선생 앞으로 불려갔다. 그리고 '퍼시'라고 불리는 신발로 얻어맞아야 했다. 그것은 낡은 던롭 캔버스화이거나 운동화인데, 그것으로 맞아본 아이들은 두려움에 떨며 얘기하곤 했다. 우리들은 그런 벌은 받지 않으려고 노력했다.

2학년 때부터 우리는 서머셋 스퀘어에 있는 학교 본관 건물에서 지냈다. 유리와 콘크리트로 지어진 1970년대 빌딩이었다. 나는 곧 선생님들 사이에서 학업에 정진하면서 공부를 잘하는 학생이라는 평판을 들었다. 특히 영어와 독일어를 잘했고, 학기 말에는 늘 일등을 했다. 수학에서는 좀 진땀을 빼야 했지만, 과학은 정말 열심히 공부해서 성적이 많이 올랐다.

2학년 때 한 가지 안심되는 일이 있었다. 더 이상 바느질을 하지 않아도 된다는 것이었다. 바느질에 매우 서툰 난 단추다는 법을 배우기는 했지만, 도대체 그걸 왜 배워야 하는지 알 수 없었다. 식단을 짜거나 요리를 하는 가정 과목은 오히려 괜찮았다. 실제로 나는 요리하는 게 즐거웠고, 머랭(달걀 흰자위와 설탕을 섞은 것. 또는 그것으로 구운 과자), 버터 바른 빵으로 만든 푸딩, 그리고 코티지 파이(다진 고기와 양파를 이겨서 감자에 싸서 구운 것) 같은 여러 요리를 할 줄 알았다. 내가 가장 좋아했던 것은 고등어를 손질하는 일이었다. 어느 화요일 아침, 우리는 각자의 조리대에 고등어가 있는 것을 발견했다. 그때 고등어의 배를 가르고 창자를 떼어내 씻은 다음 속을 채워서 굽는 법을 배웠다. 나는 그 일을 하는 게 즐거웠다. 요리는 여전히 내가 좋아하는 일이다.

3학년이 되면서 난 학기 중에 성적을 올리기 위해 애를 쓴 결과 상위권으로 진입했다. 난 체계적으로 공부를 못하고 모든 과목의 과제를 항상 마지막에 몰아서 했는데, 늘 그게 문제였다. 선생님들은 게으름 때문이라고 생각했지만, 실은 체계적이지 못한 탓이었다. 게다가 난 몰아서 벼락치기로 할 때 공부가 되레 잘 되는 편이었다. 이것이 내가 시험에서 높은 점수를 얻는 방법이었다. 그래서 난 학기 중에도 시험을 친다는 생각으로, 학기 말이 다가오는 것처럼 공부하곤 했다.

나는 등하교 하는 버스 안에서 공부를 할 때가 종종 있었다. 버스가 울퉁불퉁한 길을 지날 때마다 내 펜은 오르락내리락 했고, 그로 인해 내 글씨는 읽기 힘든 경우가 많았다. 선생님들마다 내게 글씨가 머리를 따라가지 못한다고 말했다. 학창 시절 내내 나는 시험은 수월하게 통과했으나, 선생님들이 숙제에 점수를 거의 주지 않아 매번 실망했다.

3학년 때 괴롭힘은 더욱 심해졌다. 체육 시간이 있는 어느 날, 탈의실에서 누군가가 나를 젖은 샤워장 바닥으로 밀쳤다. 그리고는 벌거벗은 내 등에 발을 올려놓고 소리쳤다.

"폴 포츠는 죽었다!"

모든 아이들이 환호했다. 그 소리가 너무 커서 체육관에 있던 선생님들에게 들렸고, 나를 향해 소리쳤던 아이는 서둘러서 수업 준비를 해야 했다.

나는 죽기를 바랐다. 그러면 적어도 다른 학생들이 행복해할 테니까. 나는 운동장에 서서 다른 아이들이 주위 아이들과 어울려 활기차게 지내는 것을 지켜보면서, 나 자신에게 물어보았다. 왜 나일까? 내가 무슨 말을 하고 어떤 행동을 하기에 다른 아이들은 나를 싫어하는 걸까? 또 다른 체육 시간에 나는 구타를 당하면서 아이들에게 같은 질문을 했다.

"왜 날 그렇게 미워하는 거지? 내가 어떻게 하면 좋겠어?"

그러자 아이들은 큰 소리로 웃으며 말했다.

"네가 폴 포츠이기 때문에! 그리고 네가 살아 있기 때문에 싫다고!"

나는 뭔가 도움이 되는 사람이 되려고 존 형이 돌려주지 않았던 교과서를 돌려주려고 했다가 상황은 더 악화되었다. 그것은 우리 학년에서 쓰고 있는 물리 교과서였다. 나는 당연히 좋은 일을 했다고 생각했지만, 물리를 가르치는 샘피어 선생님의 생각은 달랐다. 선생님은 내가 지난주에 그 책을 훔쳤다고 의심했다. 내가 상황 설명을 해도 샘피어 선생님은 나를 믿어주기는커녕 반 전체 아이들 앞에서 나를 비난했다.

내가 훔치지 않았다고 계속 주장하자, 선생님은 나에게 남은 시간 동안 교실 밖으로 나가 있으라고 명령했다.

그날은 야외 체육 수업이 있는 날이었고, 그래서 나는 브리슬링턴까지 타고 갈 버스에 마지막으로 오르는 아이들 가운데 하나가 되었다. 불쾌한 광경이 나를 맞았다. 쉰다섯 개 좌석이 있는 버스 두 대에는 남학생들이 가득 차 있었다. 모든 아이들이 자리에서 일어나 손가락질하면서 소리쳤다.

"도둑놈! 도둑놈!"

내가 타야 할 버스에 올라타서도 도둑 대접을 받아야 했다. 엎친 데 덮친 격으로 샘피어 선생님이 내가 탄 버스에 올라탔다. 오십 명의 학생들이 나를 향해 소리칠 때, 그 선생님과 옆 좌석에 앉은 다른 선생님은 아무 일도 없다는 듯이 그냥 잡담을 하고 있었다. 나는 그저 내 자리에 앉아서 아이들의 고함소리를 들으면서, 아이들 스스로 지겨워서 그만두기를 기다릴 수밖에 없었다. 특히 버스에 타고 있는 선생님들이 그런 짓을 말리지 않아 꽤 오래 기다려야 했다. 나는 매우 침울해졌다.

단순히 언어적인 학대만 당하는 것이 아니었다. 주중의 모든 날, 수업 시작 전, 수업하는 동안, 수업이 끝난 뒤, 수시로 폭력의 위협에 시달려야 했다. 체스터 파크 초등학교에서처럼 집으로 가는 다른 길을 찾아내려고 노력했지만, 나를 괴롭히는 아이들이 대부분 나와 같은 버스를 탔기 때문에 그것도 어려운 일이었다.

마지막 수업이 끝난 뒤에 난 그냥 빈둥거리면서 시간을 보내려고 애썼다. 하지만 많은 아이들이 내가 집으로 가기를 기다리고 있었다. 나는 오직 금요일 오후만을 기대했다. 성가대의 연습이 있는 날이라 한 시간 늦게 끝났기 때문이다.

어느 비 오는 날이었다. 성가대는 교무실에 있어도 좋다는 허락을 받았고, 그 덕에 나는 괴롭힘을 피할 수 있었다. 그외에는 난 쉽게 희생양이 되었다. 우리 학년 여학생들은 남학생들에게 나를 내버려두라고 말하면서, 자주 내 편을 들어주었다. 그러면 남자애들은 "오, 넌 얘를 좋아하는구나, 그렇지?" 하고 맞대응했다. 그들은 마치 나를 좋아하는 게 사형에 처해질 범죄라도 된다는 듯 여학생들을 공격하면서 놀림감으로 만들었다.

점심시간에는 다소 정도가 약했으나, 주먹으로 치거나 발로 차고 조롱하는 등의 괴롭힘으로 밥을 먹지 못할 때가 있었다. 괴롭힘은 종종 매우 심각한 지경에 이르렀다. 한 번은 한 불량한 여학생이 벽돌을 집어 들어 내 머리를 향해 던졌다. 나는 겨우 피했다. 남학생들이 그걸 보고 엄청 웃어대면서 그 여학생에게 벽돌을 다시 건네며 나에게 또 던지라고 부추겼다. 하지만 이번에도 그다지 정확하지 못해 다행히 피할 수 있었다.

정말로 악의적인 공격도 있었다. 한 번은 나보다 힘센 아이가 뒤에서 나를 움켜잡더니, 이중으로 암록(레슬링에서 상대방의 팔을 걸어 꼼짝 못하게 하는 기술)을 걸었다. 그리고는 나를 과학실 유리창을 향해 밀어버리려 했다. 나는 간신히 버텼지만 열려 있는 창문 모서리에 뒤통수를 깊이 베이고 말았다. 그 바람에 약 10센티미터 정도나 찢어져 병원에 가서 몇 바늘 꿰매야 했다.

물론 나는 선생님들이나 부모님에게 실제로 일어난 일을 그대로 이야기할 만큼 어리석지는 않았다. 내가 그렇게 할 경우 어떤 일이 일어날지에 대해 경고를 받았기 때문이다. 선생님들에게는 걸어가다가 유리창을 미처 보지 못해 머리를 부딪혔다고 말했다. 나를 괴롭힌 아이는 내 뒤에 서서 구경하며 걱정하는 척했다. 그는 내가 진실을 말하지 않으리라는 것을 확신했다.

가끔 점심시간에 음악실을 은신처로 삼을 때도 있었다. 성가대 연습이 있는 수요일마다 나는 음악실로 달아날 수 있었다. 하지만 다른 날에는 음악실은 출입금지 구역이었다. 연습은 금요일에도 있었다. 나는 음악부장인 위버 선생님과 성가대 위원인 여학생들, 그리고 친한 친구들에게서 암묵적인 허락을 받아 그곳에 머무를 수 있었다. 운동장에 나가는 횟수가 줄어든다는 의미였다.

난 레드클리프 학교의 교직원들로부터도 충분한 도움을 받지 못한다고 느꼈다. 학교를 졸업할 즈음에는 그런 느낌이 더욱 분명해졌다. 한번은 내가 등을 걷어차이고 내 물건들이 내던져졌음에도, 선생님은 그저 물건을 잘 간수하라고 말했을 뿐, 내 물건들을 던진 아이들에게는 아무 말도 하지 않았다.

6학년 담당자에게 내가 당하고 있는 사실에 대해 의견을 말해 달라고 요구하기도 했다. 늘 그렇듯 그런 상황을 무시하고 대응하지 말라는 말을 들었다. 결국 그것에 대해 말한다는 것은, 오십 명의 학생들이 수업 끝난 뒤 나를 기다리고 있을 것이며, 그들의 계획대로 나는 관 속에 들어가 있을 거라는 내용의 쪽지가 사물함에 붙게 된다는 것이기도 했다. 나는 두 주일 동안 학교에 가지 않았다. 부모님에게 내가 당한 괴롭힘이나 그로 인해 내가 느끼는 기분에 대해 말하지 않았다. 그것이 무엇보다도 나를 외롭게 했지만, 그들에게 말하는 것은 내가 쓸모없는 존재임을 인정하는 것이나 마찬가지였다. 우리 부모님이나 다른 식구들에게 아무 말도 하지 않는 것으로, 나는 그런 일이 일어나지 않은 척할 수 있었다.

가만히 앉아서 신체적이나 정신적 괴롭힘을 당하는 건 나에게 엄청난 영향을 미쳤다. 나는 내 외모를 포기했고, 그것은 괴롭힘을 더 악화시켰다. 하지만 나는 외모를 관리해야 할 이유를 전혀 찾지 못했다. 왜냐하면 그것으로 내가 상황을 달라지게 할 수 없다는 것을 알고 있었기 때문이다. 모든 모욕을 용인하다 보니 내가 소중하지 않은 사람처럼 느껴졌다.

나는 그 모든 것을 끝내고 싶었다. 그러나 초등학교 시절 계단에서 몸을 던지려고 했던 경험을 통해 나는 겁이 너무 많아서 그런 일을 해낼 수 없음을 알게 되었다. 나는 내가 속하고 싶지 않은 세상에 갇혀 있었다. 그리고 더 나쁜 일들이 일어났다.

열두 살 때부터 화요일과 금요일 저녁에 나는 청소년 해양 훈련단에 나갔다. 그곳은 왕립 해군의 청소년 버전 같은 것이었다. 내가 그곳에 참여한 것은 우리 가족들이 포츠머스 해군 기지에서 열리는 해군의 날 행사에 자주 놀러갔기 때문이다. 존과 토니 역시 그 단체에 참여하고 있었다. 비록 토니는 능력 있는 포츠가의 선원들로 한몫을 담당하는 것을 별로 좋아하지 않았지만 말이다.

우리는 TS 어드벤처에 있는 핫웰에 근거를 두고 있었는데, 그곳은 브리스틀 부두의 정문인 컴벌랜드 분지에 가까웠다. 해군들은 그곳을 '돌 구축함' 이라고 불렀는데, 다시 말해서 '건물' 이라는 의미다. 거기에 돛대는 있었지만 오직 의례적인 목적과 퍼레이드만을 위한 것이었다.

청소년 해양 훈련단에 참여하는 것은 엄청나게 '때 빼고 광내기' 를 한다는 것을 의미한다. 존과 나는 몇 시간씩 밑창에 징을 박은 부츠를 닦아서 거울처럼 빛나게 만들었고, 황동 버클을 황금처럼 반짝이게 했다. 화요일은 청소를 하는 날이라 우리는 두 번째로 좋은 옷인 푸른 셔츠와 바지를 입곤 했고, 금요일은 퍼레이드를 하는 날이었으므로 우리는 가장 좋은 옷을 입었다. 선원용 재킷과 나팔바지, 밧줄, 깃, 그리고 하얀 모자로 완전한 선원 복장을 갖췄다. 존과 내가 그 복장으로 버스에 올라탈 때면, 우리는 언제나 여러 사람들의 눈길을 끌었다.

나는 밧줄을 다루는 데 능숙하지 않았기에 선박 조종술 배지를 타기 위해 열심히 연습해야 했다. 아주 어렸을 때 배운 기본적인 축범부 매듭 외에 다른 것들은 매듭짓는 게 매우 어렵다는 것을 깨달았다. 하지만 인내심을 갖고 꾸준히 해서 마침내 배지를 탔다. 이것은 일단 '해상' 과정을 통과하기만 하면, 선원 배지를 탈 만한 능력이 있음을 의미했다. 그 과정에는 웨이모스까지 항해하는 것과 제2차 세계대전 시기의 구형 상선이자 어선인 MFV를 타고 항해하는 게 포함되어 있었다. 올더니와 저지 섬까지 가는 해협을 배로 건너는 게 목표였다. 우리 모두는 차례로 키를 잡고 배를 조종하고 또 배의 프로펠

러에 걸려들곤 하는 어업용 부표를 관리하기로 되어 있었다.

항해할 시간이 다가오자, 풍력 7의 강풍이 불어 바다가 거칠어졌다. 그것은 채널 제도Channel Islands까지 항해할 수 없다는 것을 의미했다. 우리 배는 작은 양동이처럼 오르락내리락 요동쳤고, 몇몇 사람들은 뱃멀미를 했다. 나는 배가 흔들려도 아무렇지도 않았다. 포츠 형제들 가운데 유일하게 뱃멀미로 괴로워하지 않는 사람이었다. 나는 다른 사람들이 한쪽 구석에서 구역질을 하는 모습을 바라보는 게 매우 재밌었다.

항해를 할 때 나는 열다섯 살이었고, 학교에서 최악의 괴롭힘을 당하고 있던 때였다. 항해는 닷새 동안 이어졌고, 열두 명의 소년이 그 과정에 참가하고 있었다. 우리 조에 속한 시민 자원봉사자들 중에는 예전에 왕립 해군의 선장이었던 버튼 배리 씨가 있었다. 나는 가장 일찍 일어나는 편에 속했는데, 아침에 일어나면 언제나 버튼 배리 씨가 나를 뚫어지게 바라보면서 내 침대 앞에 앉아 있었다. 그는 우울한 목소리로 "아침이야." 하고 말할 뿐, 아무 말도 하지 않았다. 버튼 배리 씨는 보통 키에 회색 머리카락, 비슷한 회색의 수염을 가진 사람이었다. 그는 어느 모로 보나 소금기 묻어나는 노련한 뱃사람이었다. 처음에 나는 그가 노려보는 것을 아무렇지도 않게 생각했고, 그저 그가 잠을 깨는 중일 거라고만 생각했다.

그 무렵 나는 습관적인 것은 아니었지만, 이따금 담배를 피우기 시작했다. 그러나 연기를 들이마시지는 않았다. 존 형이 담배를 피운다는 사실 이외에는 내가 왜 그랬는지 정말로 모른다. 항해하는 중에 버튼 배리 씨가 나에게 담배 몇 개비를 피우라고 건넸다. 나는 아무 해가 없을 거라고 생각했다. 더욱이 그가 오직 나에게만 담배를 주었다는 사실을 알지 못했다. 이후로 며칠 동안 그는 나에게 매우 많은 담배를 주었고, 그 때문에 나는 머리가 아팠다. 그 결과 난 담배를 끊었다.

그 모든 신호들에도 불구하고, 나는 그것이 성적인 접근임을 알아차리지 못했다. 그 주의 마지막 날, 버튼 배리 씨는 나에게 낮에 지부 사무실에 와서 봄맞이 대청소 하는 것을 도와달라고 부탁했다. 버튼 배리 씨가 청소년 해양단원들과 지나치게 가깝게 지내지 말라는 경고를 받았다는 사실을 내게 털어놓았지만, 어쩐 일인지 나는 아무 대응도 하지 못했다. 그 자리를 피했어야 했음에도 오히려 그에게 말려들어가 나에게 부적절하고 모욕적인 행위를 할 수 있게 용인했다.

그 일은 버튼 배리 씨가 자기 사무실에서 나를 그의 무릎 위에 앉히는 것으로 시작되었다. 나는 무슨 일이 일어나고 있는지, 혹은 왜 그러는 건지 몰랐다. 그냥 몸이 굳어버린 것 같았다. 그때 사무실에는 오직 우리 둘밖에 없었으므로, 아무도 보는 사람이 없었다. 그는 나를 무릎에 앉히더니, 내가 배 안의 침대에서 일어나 나올 때 소년들에게 둘러싸여 있으면 흥분하고 있는 게 보였다며, 은근히 외설적인 말을 건넸다. 그러고 나서 그는 내 입술에 키스를 했다. 거기서 끝나지 않았다. 그는 여러 핑계를 대면서 나를 제복 보관소로 불러내기도 했다. 그곳에서 나에게 키스를 하고 부적절하게 몸을 더듬었다. 그는 나의 허벅지와 사타구니를 만지고는 내 성기를 움켜잡았다. 그러나 그가 기대했던 반응은 일어나지 않았다.

나는 결코 신체적으로나 언어적으로 반응하지 않았다. 나로서는 아무런 느낌도 없었다. '흥분' 하지 않았고, 즐겁지도 않았다. 그와 단둘이 있는 상황을 피하려고 애썼으나, 그는 아무런 의심도 받지 않는 것처럼 보였다. 나는 제복 보관소나 다른 부서의 사무실로 불려 나가곤 했다. 그곳에서 그는 나를 만졌지만 한 번도 저항하거나 그를 제지하지 않았다. 그냥 그 일을 받아들였다.

왜 나는 누군가 이처럼 내 몸에 손을 대도록 허용했을까? 나는 그가 나를 만지는 것을 결코 원하지 않았다. 그 일은 나에게 죄책감과 혐오감을 불러일으켰다. 비명을 지르고 고함을 치고 싶었지만, 아무 소리도 나오지 않았다. 오히려 그 일에 대해 끊임없이 나 자신을 다그쳤다. 어떻게 다른 사람이 나에게 그런 짓을 하도록 허용하는지 스스로에게 물어보면서. 하지만 나는 아무 대응도, 아무 말도 하지 못했다. 그의 행동이 부적절하다는 것을 그에게 한 번도 지적하지 못했다. 그를 신고했어야 했지만 그렇게 하지 못했다. 내 말을 믿어줄지도 의문이었다. 게다가 내가 결코 그를 거부하거나 제지하지 않았기 때문에 그것이 내 잘못으로 보일 것 같았다.

몸을 만지고 키스를 하는 행위는 일 년 이상 산발적으로 지속되었다. 나는 그 일을 직접 해결할 수 없었다. 내가 대처한 방법은 퍼레이드에 나가지 않는 것이었다. 시간이 지날수록 빠지는 횟수가 많아졌다. 마침내 지휘관이 내가 몇 주 동안이나 불참했다는 사실에 주목했다. 비밀을 고백할 기회가 왔다. 나는 그에게 내가 왜 불참했는지 모든 것을 말할 수 있었다.

내가 그렇게 했냐고? 아니었다. 우리 집이 아버지의 직장 때문에 필턴으로 이사를 갔고, 따라서 더 이상 그쪽 지부에 있기 힘들다는 서툰 변명을 늘어놓았다. (아버지는 그 당시 필턴 고등학교에 관리 책임자가 되었으므로, 학교 사택에 사는 게 의무였다.) 오히려 그 당시 나는, 지금은 내가 추행이라는 것을 알게 된 그 행위에 대한 책임이 나에게 있다고 생각했다. 그가 그렇게 하도록 내가 허락했다는 느낌이었다. 나는 더럽고 쓸모없는 인간이었다. 그러므로 무슨 일이 일어나도 상관없었다. 왜? 나는 아무것도 아니니까.

이 모든 일들이 일어나던 무렵, 학교에서는 신체적 · 정신적 모욕이 최악의 상태였다. 우선 나는 쓸모없다는 말을 들었다. 백 명이 넘는 소년들이 나를 향해 욕설을 퍼붓고, 별명을 불러대고, 학기말이 오기 전에 죽어버리라는 참기 힘든 말들을 해댔다. 말보다 행동은 더 심각했다. 내가 가는 곳마다 사람들이 나를 부적절하게 만지거나 더듬었고, 사타구니를 발로 찼고, 나를 향해 물건을 던졌고, 나를 밀쳐댔다. 나는 짜증나는 물건이었고, 침을 뱉고 싶은 물건이었다. 나는 결코 사람이 아니었다.

나는 해양 청소년단에서 일어난 일을 아무에게도 말하지 않았다. 거기에는 많은 이유가 있었다. 실제로 나는 누가 나를 믿어줄지 확신할 수 없었다. 내 말은 해양 청소년단의 관리자인 누군가에 대해 부정적인 내용일 테니까. 또한 내가 그 행위를 거부하거나 저항하는 말을 하지 않은 것도 사실이었다. 그러나 가장 중요한 것은 내가 누군가에게 그 사실을 말하는 순간, 나는 그들뿐만 아니라 나 자신에게도 아무것도 아닌 존재, 하찮은 존재라는 것을 보여주게 된다는 것이었다.

내가 겪은 모든 일들이 나에게 그 사실을 확인해 주고 있었다. 나는 그저 두 손 놓고 물러나 그런 일들이 벌어지게 내버려두기만 했다. 그런 일들을 즐기거나 참여한 것은 아니었다. 나는 아무것도 하지 않았다. 열다섯 살에서 열일곱 살까지, 내가 바라는 것, 내가 바라지 않는 것, 그리고 나의 느낌은 아무 상관도 없었다. 나는 그저 나를 이용하고자 했던 누군가의 장난감이었을 뿐 아무것도 아니었다.

이 시기에 일어났던 일들은 훗날 나의 인간관계에 영향을 미쳤다. 누군가 나에게 호감을 가지면 나는 언제나 그것을 거짓이라고 느꼈다. 그래서 나는 불안했고 누군가에게 호감을 갖기 힘들었다. 나는 사랑받고 싶었다. 누군가를 좋아하고 싶었다. 그러나 나에게 호감을 가진 사람은 조만간 내가 아무것도 아니라는 사실을 알게 되어 떠나버릴 것 같은 느낌이 들었다.

몇 년 뒤 줄즈를 처음 만났을 때, 나는 행운을 빌면서 그녀에게 내가 겪은 모든 일들을 털어놓았다. 나는 그녀가 떠나버릴까 봐 두려웠다. 오히려 그녀는 내 손을 잡았고, 나에게 함께 그것을 극복해 나가자고 말했다. 내가 그녀를 만난 것이 얼마나 행운인지 말로 표현할 수 없다.

5
고통 속에서 노래하다

쿵! 학교에서의 지리한 오전 시간이 지나고 있을 때 내 바로 옆에서 커다란 소리가 났다. 한 치의 오차도 없이 겨냥된 칠판지우개가 옆 책상에 떨어졌다. 지우개는 같은 반 친구인 크리스를 맞추려고 한 게 아니었다. 바로 그 앞에 떨어져 엄청난 분필가루를 흩날리게 하려는 것이었다. 나는 그의 검은 재킷이 하얗게 변한 것을 건너다보면서, 그가 듣지 못하게 한숨을 내쉬었다.

"미안하네, 크리스. 내가 자네를 귀찮게 했나?"

위버 선생님이 지우개를 가지러 걸어오면서 말했다. 학교 밖에서는 필이라고 불러도 된다고 허락해 준 위버 선생님은 내가 레드클리프 학교에서 가장 좋아하는 선생님이었다. 그는 칠판지우개를 던질 정도로 짓궂을 뿐 아니라 음악 부장이기도 했다.

"죄송합니다, 선생님. 다시 이런 일 없도록 할게요."

크리스가 말했다.

"내가 자네를 계속 지켜보게 만들지 말게. 성가대 연습을 하는 동안 내내 말이야."

선생님은 나를 바라보면서 우호적인 태도로 한쪽 눈을 깜빡였다.

학교 성가대는 혼란과 상심 속에서도 내가 오랫동안 계속 해온 일이었다. 나를 견딜 수 있게 하는 것은 오직 그 일뿐이었다. 위버 선생님은 혹독하게 가르쳤고, 우리는 일주일에 두 번 수요일 점심시간과 금요일 방과 후에 연습을 했다.

우리는 다양한 레퍼토리를 가지고 있었고, 공연 일정도 꽉 차 있었다. 우리의 주된 의무는 학기 시작과 끝, 그리고 하우스 성체성사(성찬식에서 '성체성사' 라고 하는 것인데, 모든 학기가 시작될 때 학교에서 하는 종교 행사를 말한다.) 때 드리는 예배에서 노래하는 것이었다. 그리스도 승천일이나 콜스턴데이 예배 같은 특별한 날에도 노래를 했다.

콜스턴데이는 1709년에 학교를 설립한 브리스틀의 자선가 에드워드 콜스턴을 기리는 날이었다. 콜스턴데이는 콜스턴 교회 학교의 창립기념일인데, 그 학교는 나중에 그보다 역사가 더 오래된, 1571년에 세워진 성 메리 레드클리프 학교와 합쳐졌다. 우리가 성가대에 서는 것은 큰 특권이었다. 왜냐하면 콜스턴 기념 예배의 좌석은 학교마다 전체 교사 당 석 장씩 밖에 할당되지 않았기 때문이다.

콜스턴데이 예배에서 노래하는 것에는 많은 장점이 있었다. 학교의 오후 수업을 빼먹고 집에 일찍 돌아갈 수 있는 것도 그중 하나였다. 그 예배에는 두 가지 매우 전통적인 요소가 있었다. 학생들 각각 10펜스 동전과 콜스턴 번을 하나씩 받았다. 콜스턴 번은 건포도와 슈트로이젤(커피 케이트 위에 얹는 장식으로 설탕 · 시나몬 · 밀가루 · 버터 · 잘게 썬 나무 열매 따위를 섞어서 만든다.) 장식을 한 끈적거리는 번 빵이었다. 그 전통은 아주 오래 전으로 거슬러올라가 2실링과 번 빵 하나를 선물로 주는 것에서 시작되었다. 그 빵은 매우 인기가 있어서 10펜스 동전을 주고 번 빵을 하나 더 갖고자 하는 아이들 사이에서 활발한 교환이 이루어졌다.

성가대가 가장 바쁠 때는 크리스마스가 다가올 무렵이었다. 우리는 지역 노인정과 병원을 방문해서 캐롤과 크리스마스 노래를 불렀다. 이러한 행사들은 언제나 환영을 받았다. 나는 크라이스트 교회에서 그렇게 부르기 좋아했던 데스캔트를 더 자주 부르게 되었다. 학교를 졸업할 무렵 나는 성가대에서 테너로 노래하기 시작했으므로 계속 데스캔트를 불렀고, 나보다 먼저 데스캔트를 노래하던 소프라노들은 그만큼 실망했다.

노래는 나를 자유롭게 했다. 그냥 행복감만 느끼게 했던 게 아니다. 나에게 성취감을 주었고, 학교나 다른 그 어디서든 내게 무슨 일이 벌어질지라도 노래할 때만은 내가 특별하다고 느꼈다. 내 노래는 사람들을 미소 짓게 만들었다. 특별 예배나 공연을 할 때, 가족들이 나를 보러 왔다. 내가 사람들과 무관하다고 느낄 때 노래는 내가 중요한 사람처럼 여겨지게 했다.

크리스마스를 앞두고 우리는 브리스틀에 있는 주요 열차 역의 관문인 템플 미즈 역에서도 공연을 했다. 우리는 성 피터스 요양원이나 노숙자 보호시설 같은 지역 자선단체를 위해 모금을 했다. 그러면서 관대함에서 무례함에 이르기까지 여러 가지 반응을 볼 수 있었다. 어떤 사람들은 우리에게 길을 가로막고 있는 '끔찍한 방해꾼'이라면서 열차를 놓치겠다고 투덜거렸다.

성가대는 또한 결혼식장이나 장례식장에서 노래를 하는 경우도 있었다. 레드클리프 학교 2학년 때 나는 교장실로 불려 갔다. 뭔가 문제가 생겼다고 걱정하면서, 교장실 밖에서 안으로 들어오라는 신호인

초록색 불이 켜지기를 기다리고 있었다. 그러나 걱정과는 달리 에커스 선생님은 나에게 특별한 제안을 했다. 선생님은 브리스틀에 살고 있는 아프리카 사람들이 그들 왕자의 장례식에서 노래할 사람을 찾아봐 달라는 부탁을 받았다고 했다. 브리스틀의 베드민스터 구역에 있는 교회에서 열리는 장례식이었다. 나는 사뮤엘 세바스찬 웨슬리의 찬송가 〈주여, 저를 이끌어주소서*Lead Me, Lord*〉를 부르게 되었다. 짧은 예배였는데, 20파운드의 사례금을 받았다. 나는 그 돈을 휴가 때 쓰려고 신문 배달해서 모은 저금에 보탰다.

크리스마스 공연 예약뿐만 아니라 성가대원으로 지내면서 경험하는 중요한 일 가운데 하나는 특별한 여행을 많이 다닌다는 것이다. 학창 시절 내내 나는 성가대와 함께 영국의 주요 도시들을 모두 돌았다.

1학년 때는 햄프셔 주의 윈체스터로 기차를 타고 갔다. 윈체스터 대성당 성가대로 초대받은 것이었다. 우리는 연습을 하기 위해 아침 일찍 출발해 성당으로 곧장 갔다. 연습이 오후 1시에 끝날 예정이라 부모님들은 우리를 기다려야 했다. 여기서 나는 스케줄은 고무줄과 같다는 사실을 배웠다. 음악가들은 완벽주의자인 경우가 많아서, 위버 선생님은 거의 2시까지 우리를 붙잡아두었다. 시내를 돌아보기는 커녕, 저녁 기도 노래를 부르러 가기 전까지 간신히 점심 먹을 시간이 났을 뿐이다.

중세에 지어진 성당은 노래하기에 매우 아름다운 장소였다. 우리 목소리가 교회 안에 울려 퍼지는 것을 들을 수 있었고, 그 소리에 나는 매우 뿌듯했다. 그곳은 앵글로색슨 시대에 영국의 수도였던 윈체스터를 이끈 수장의 조각상을 내부에 둘 정도로 웅장한 건물이었다. 유리창이 크고 신도석은 매우 길었다. 교회 관리인이 그 신도석은 유럽에 있는 어떤 성당의 것보다 더 길다고 우리에게 설명해 주었다. 어쨌든 나는 아름다운 풍경과 도시를 탐색할 충분한 시간이 없었다는 것이 아쉬웠다. 그 뒤로도 위버 선생님은 공연 연습을 해야 하기 때문에 시내 관광은 제한하였다. 다음에 우리가 성당이나 지역 교회에서의 공연을 위해 일주일 동안 여행을 하게 되면, 주변 지역을 돌아볼 수는 있을 거라고 했다. 위버 선생님은 하루의 많은 시간이 돌아다니는 일 때문에 낭비된다고 생각했다. 그래서 관광은 우리가 공연하는 장소의 부근으로 제한했다.

우리의 첫 번째 관광지는 브리스틀에서 네 시간 동안 차를 타고 가면 나오는 경치 좋은 요크셔 데일에 있는 스킵턴의 예쁜 시가지였다. 그곳에 가기 위해 나는 신문 배달로 여행 경비를 모았고, 어머니와 아버지가 모자라는 돈을 대주었다. 나는 커다란 성당들과 색다른 장소에서 노래할 기회와 새로운 곳을 구경하게 되는 데 대한 기대감이 컸다.

물론 여행을 다니면서 우리가 호텔에 묵은 것은 아니었다. 심지어는 침대가 없을 때도 있었다! 성가대원들 각자 배낭이나 슈트케이스와 더불어 침낭을 가져왔고, 그것을 교회 바닥에 깔고 잤다. 많은 아이들이 에어 매트리스도 함께 가져왔는데, 코 고는 소리와 매트리스 위에서 뒤척거리는 소리가 밤새도록 간간이 들려왔다. 내 침낭은 딱딱한 교회 바닥 위에 직접 닿아 있었다.

우리는 템플 미즈 역에서 단체로 기차를 타고 함께 여행을 하곤 했다. 위버 선생님은 여행 경비를 절감하는 기발한 방법들을 동원했다. 철도 카드(어른에게는 요금을 33퍼센트 할인해 주고, 어른 한 명 당 네 명의 아이는 무료로 해주는)를 갖고 있는 학부모에게 그것을 빌려

달라고 부탁해서 기차표를 엄청나게 싸게 샀다. 우리는 기차에 함께 모여 앉아 우리의 모든 레퍼토리를 불렀고, 그 자리에 있는 승객들에게서 감사하다는 인사를 많이 받았다.

식사도 거의 대부분 우리가 머물고 있는 교회에서 했지만, 저녁 값으로 1파운드씩을 받는 경우도 있었다. 그러면 우리는 그것을 가지고 동네 피시 앤 칩스(생선 튀김에 감자 튀김을 곁들여 먹는 음식) 가게에 가서 튀김과 음료수, 소시지 같은 것을 샀다. 1984년에는 1파운드가 지금보다 훨씬 가치 있었다!

우리는 모든 일을 함께 했다. 설거지도 조를 짜서 차례로 했고, 당번을 정해서 샌드위치를 만드는 일도 나누었다. 콘비프에서 참치 마요네즈, 달걀 또는 치즈에 이르기까지, 다양한 샌드위치를 만들었다.

성가대 안에는 강한 공동체 의식이 있었다. 성가대는 내가 밖에서 경험하는 세상과 분리된 세상이었다. 그 속에서, 특히 성가대원들과 여행을 다니면서 나는 짜증나는 그 무엇이 아니라 중요한 사람이 된 것 같은 기분을 느꼈다. 성가대 생활은 운동장과 나를 사로잡고 있는 모든 공포를 잠시 잊을 수 있는 완벽한 휴식 시간이었다.

첫 번째 성가대 여행은 그야말로 새로운 발견이었다. 나는 많은 친구들과 우정을 쌓았고, 몇 명은 오늘날까지 계속 만나고 있다. 한 번은, 일레나 베일리와 루스 몰드 두 여학생이 성가대 남학생 둘을 만나기 위해 남학생들이 자는 숙소로 몰래 숨어들어왔다. 지금 루스는 그때 몰래 보러 왔던 남학생이자 나의 크라이스트 교회 성가대 동료였던 팀 데이와 결혼했다. 몇몇 친구들과의 오랜 관계는 이런 여행에서 비롯되었다.

즐거운 한 주였다. 우리는 스킵턴 패리쉬 교회에서 공연을 했고, 아름다운 요크 대성당에서 저녁 기도를 이끌었다. 우리가 그곳에서 공연하고 나서 몇 달 뒤 남쪽 트랜셉트(십자형 교회당에서 본당과 부속 건물을 연결해 주는 공간)가 번개를 맞아 큰 불이 났는데, 지붕과 함께 아름다운 부조물과 목조 돌출부들이 많이 허물어지는 일도 있었다. 바로 석 달 전에 우리는 바로 그 트랜셉트 안에서 성가대석으로 들어가기 위해 줄을 서서 기다리고 있었다.

위버 선생님은 당일 여행에도 우리를 몇 차례 데리고 갔다. 한 번은 스카보로로 갔고, 다른 날에는 요크셔 데일의 황야를 하루 종일 걸었다. 또한 세틀과 칼라일 사이를 운행하는 증기기관차를 타기도 했다.

이듬해에 성가대는 마게이트로 여행을 갔다. 그곳에서 나는 한 여학생에 대해 제대로 된 첫 번째 사랑의 열병을 앓았다. 상대는 일레나 베일리로, 앞에서 이야기한 남학생들을 만나러 몰래 숨어들어왔던 여학생들 가운데 하나였다. 날씬하지만 마르지 않은 몸매에 긴 금발인 일레나는 나에게 완벽한 소녀였다. 그래서 나는 그녀에게 어떤 표현을 한다는 게 무척이나 힘들었다. 이런 상황에서는 무기력해졌다. 경험이 전혀 없었기 때문에, 여자애들에게 데이트 신청을 하면 반드시 거절당하리라고 늘 예상했다. 수줍음이 많아 더욱 그랬다. 일레나는 내가 적절한 행동을 취하고 있지 않다는 강력한 힌트를 담아 여러 번 언질을 주었다. 레드클리프 시절 나는 일레나를 늘 좋아했다. 하지만 결코 어떤 행동도 하지 못했다. 우리는 학창 시절 내내 가까운 친구 사이였고, 모든 것은 변하지 않았다.

그 다음 해에, 성가대는 성 아이브의 아름다운 휴양지로 여행을 갔다. 그곳은 예술가들에게 인기가 있었는데, 충분히 그럴 만했다. 경치가 워낙 아름다운 데다가, 세계에서 석양을 보기에 가장 좋은 장소로 꼽히는 곳이었다. 처음으로 내 동생 토니가 동행했다. 첫째 날 밤, 짧은 리허설을 마친 뒤 잠자리에 들 시간이었다. 홀에 있는 피아노, 한때 좋았던 시절도 있었겠지만 지금은 심각하게 음이 맞지 않는 그 피아노 아래에 토니의 침낭이 깔려 있었다. 아마도 홀에서 우리가 첫 리허설을 마친 뒤에, 그 밑으로 밀려들어간 것 같았다.

우리는 침낭을 빼내려 애썼지만 아무 소용없었거나, 혹은 그러려니 생각했던 거 같다! 토니가 자기 침낭을 세게 잡아끌다가 피아노가 밀려나면서 엄청난 소리를 내고는 벽에 부딪혔다.

토니는 충격을 받고 기겁했다. 문제를 일으켰다고 생각한 것이다. 하지만 위버 선생님이 걸어 들어오더니, 얼굴이 벌겋게 되도록 웃어 댔다. 나중에 알고 보니 피아노가 충격을 받은 게 오히려 잘된 일이었다. 훨씬 더 정확한 음정에 가까운 소리가 났던 것이다. 토니가 피아노를 고친 셈이었다.

북부 웨일즈로 갔던 여행도 기억할 만한 것이었다. 우리는 란두드노(빅토리아 시대에 개발된 아름다운 해안 관광 도시) 시내에서 시간을 보내고, 역시 교구 교회의 마룻바닥에서 잠을 잤다. 감시가 소홀한 틈을 타 우리는 여러 명이 무리를 지어 란드두노 해안가를 쏘다니며 목청껏 노래를 불렀다.

호텔이나 게스트하우스에 있던 사람들에게는 우리가 돌아다니면서 부르는 가스펠 소리가 이상하게 들렸을 게 분명했다. 우리는 돈을 모아서, 6학년생 가운데 한 명을 보내 맥주를 사오게 했다. 그것은 반드시 일탈이라고 할 수는 없었다. 우리는 한 명 당 맥주 캔 하나 이상을 마시지 않았고, 빈 캔을 조심스럽게 쓰레기통에 버렸다. 그러고 나서 〈데이 바이 데이*Day by Day*〉를 힘차게 부르면서 돌아왔다.

여행은 나에게 매우 특별한 경험을 하게 했다. 여행하는 동안 나는 여러 사람들에게 둘러싸여 있었다. 그들 모두가 나를 좋아하지는 않았지만, 적어도 그들 모두가 나를 미워하지는 않았다. 나는 친구들 속에서 말하고 웃고 농담을 할 수 있었다. 성가대 활동을 할 때, 특히 성가대와 함께 했던 여행에서만 그런 일이 일어났다.

우리는 여행을 다니면서 멋진 장소들을 많이 방문했다. 스코틀랜드의 서쪽 해안에 있는 오번도 그런 곳이었다. 우린 그곳을 출발해 이너 헤브리디스 제도에 있는 아이오나 섬의 고요한 수녀원에 노래를 부르러 갔다. 하얀 모래 해변이 있는 아이오나 섬은, 차갑고 세찬 사월의 바람만 없다면, 마치 카리브 해의 섬 같았다. 그 여행에서 우리는 돈을 모아 잘게 다진 해기스(양의 내장으로 만든 순대 비슷한 스코틀랜드 음식)와 튀김을 사 먹었기도 했고, 나는 매일 밤 무엇인가를 먹었다. 그때부터 나는 처음으로 풍경을 사진에 담는 것을 좋아하기 시작하게 되었다. 스코틀랜드는 특별한 느낌이 있는 땅이었다.

성가대와 마지막으로 함께 한 여행은 '레이크 지방'(Lake District, 영국 잉글랜드 북서부에 있는 산과 계곡, 호수가 많은 지역)에 간 것이었다. 그곳에서는 바닥에 침낭을 깔고 자지 않고 혹스헤드에 있는 유스호스텔에 묵었다.

내 등산에 대한 열정은 이 지역에 대한 사랑과 함께 시작되었다. 나는 기상 상태가 매우 안 좋을 때 '올드 맨 오브 코니스턴'에 올랐지만, 지도를 읽을 줄 알았기 때문에 걱정은 하지 않았다. 다행히 올라가는 도중에 구름이 걷혔다. 그것은 새로운 자극이 되면서도 동시에 피곤한 일이었다. 빨리 걸어야 했기 때문에 종아리가 타는 것처럼 아팠다. 하지만 등산은 보람 있는 일이었다. '레이크 지방'은 지구상에서 가장 아름다운 곳 가운데 하나이며 나는 15년 동안 그곳을 찾았다. 그 지역의 고요함과 호수와 계곡의 경관은 나에게 평화를 안겨주었고, 주위 사람들을 좋아할 수 있도록 마음의 여유도 주었다.

여행은 영혼을 풍요롭게 해주었다. 신선한 공기를 들이마실 수 있었으며, 우리가 함께 산책하는 것을 좋아했다. 나에게는 35밀리 컴팩트 카메라가 있어서 적절한 때에 순간을 포착할 수 있었을 뿐만 아니라, 마음에 드는 풍경을 찍을 수도 있었다. 풍경 사진은 같은 장소라고 해도 다른 날 찍으면 또 다르게 보였다. 사진을 통해 난 모든 것은 바라보는 시각에 따라 달라질 수 있다는 사실을 알게 되었다. 같은 풍경도 다양한 모습으로 바라볼 수 있다. 인생과 마찬가지로.

내가 학교에서 살아남을 수 있었던 것은 오직 성가대 덕분이라고 나는 이따금 생각한다. 화요일 점심시간과 금요일 저녁에 나를 괴롭히는 아이들을 피할 수 있었기 때문만은 아니다. 성가대는 내가 그 어느 곳에서도 가질 수 없었던 소속감을 주었다. 성가대 아이들은 별다른 이유 없이도 나를 참고 견디는 것처럼 보였다. 아마도 그들은 가장 인기 있는 아이들이 아니었기 때문이었을 것이다. 내가 노래하고 있을 때면 언제나 내 모든 문제들이 눈 녹듯 사라지는 것을 깨달았고, 음악 속으로 빨려 들어갔다. 노래할 때마다 나는 감사했다. 학교 강당에서 노래할 때는 예외였다. 그곳에서는 나의 동료 성가대원들조차도 내가 괴롭힘을 당할 때 침묵했다.

무엇보다도 나는 노래를 부를 때 환영받는 느낌을 받았다. 노래를 하는 순간에만 나는 내가 어딘가에 속해 있음을 진정으로 믿었다. 내가 왜 그렇게 느끼는지 정확하게 말할 수는 없지만, 만약 노래하면서 느끼는 기분의 비밀을 알게 된다면 그것이 사라질지도 모른다는 생각이 들었다. 노래는 자연스럽게 나에게 왔고, 나는 그것에 대해 생각할 수 없었다. 노래는 그 무렵 내 인생에서 유일하게 좋은 것이었다. 내 목소리는 내 친구였고, 이따금 단 하나의 친구처럼 느껴졌다. 나는 오직 노래를 통해서만 나 자신을 드러낼 수 있었다. 노래를 하면 할수록 나는 더욱더 노래하는 직업을 갖고 싶었다. 그것은 내 인생의 꿈이었다. 하지만 그 꿈을 이루어야 할지 몰랐다. 특히 시험 결과가 내가 원하는 대로 나오지 않았다.

레드클리프 중학교 5학년이 되었을 때 학업 성적에 심각한 문제가 생겼다. 나는 상위권에 속해 있었고, 따라서 나는 대부분의 과목에서 GCE(교육 자격 검정시험) O레벨(과거 잉글랜드와 웨일즈에서 보통 16세 된 학생들이 치르던 과목별 평가시험. 1988년에 GCSE로 대체됨.)을 볼 것이라고 기대했다. 모든 선생님들이 나를 완전히 믿었던 건 아니었다.

비록 내 성적은 향상됐지만 나는 여전히 선생님들의 기대만큼 노력을 하지 않았다. 그 결과 독일어는 자비를 내고 O레벨 시험을 치러야 하거나 가장 낮은 수준의 CSE(중등교육 검정시험)를 쳐야 한다는 통보를 받았다.

신문 배달을 해서 모은 돈으로 독일어 O레벨 시험을 따로 치렀다. 선생님들에게 내 실력을 증명해 보고 싶었다. 그리고 증명해 냈다. 나는 독일어 O레벨 시험에 보란 듯이 통과했다. 매우 만족스러웠다. 다른 시험 결과들은 희비가 엇갈렸다. 종교학에서는 좋은 점수를 얻었고, 역사와 영문학은 통과했다. 하지만 영어 시험을 일찍 봤는데 기대에 미치지 못했다. 또한 수학과 물리는 둘 다 CSE 3등급으로 그저 평균 수준이었다. 앞서 말했다시피, 나는 해군의 기관사가 되고 싶다는 생각도 해봤지만, 이제 기술자가 되는 것은 불가능했다. 영국에서는 특정한 직업 훈련을 받기 위해 필요한 점수의 등급이 있다.

그러나 내가 가장 실망한 것은 음악 과목에서였다. 나는 기본적인 이론에서는 아무 문제가 없었다. 하지만 좀 더 심화된 단계에서 조금 고전했다. 음악에 대한 나의 지극한 사랑에도 불구하고, 나는 작곡 실력이 모자랐다. 사실 내가 작곡한 곡들은 정말 형편없었다. 설상가상으로 그것들을 연주할 때 난 다친 상태였다. 남학생 하나가 학교에서 나를 때렸는데, 자제력을 잃고 그 아이에게 주먹을 날리고 말았다. 실제로 맞받아치는 데는 젬병인 난 엄지손가락을 주먹 안으로 집어넣고 있다가 엄지손가락을 부러뜨렸다. 오른손잡이인 난 그 때문에 왼손밖에 사용할 수 없었다. 예상된 결과였다.

이와는 달리 하이든의 《천지창조》에서 〈저 하늘은 말한다*The Heavens Are Telling*〉를 녹음한 성악에서는 A를 받았다. 나는 소프라노, 알토, 테너, 베이스 네 파트를 모두 노래했다. 내 목소리는 변성기를 맞았지만, 목소리가 갈라진다든가 하는 변화는 없었다. 그러나 형편없는 작곡 실력 탓에 점수가 깎였고, 그래서 최종 성적은 겨우 낙제를 면하는 수준인 낮은 E등급을 받았다. 나는 매우 실망했다. 위버 선생님도 마찬가지였다. 선생님은 내가 작곡가가 될 수 없다는 내 의견에 동의했지만, 적어도 내가 이론 시험에서는 더 좋은 점수를 받을 수 있을 거라고 생각했다.

당시 나는 음악에서 O레벨을 따지 못한 게 전문 성악가가 되는 데 큰 걸림돌이 된다고 생각했다. 그건 내가 A등급에서 음악 공부를 할 수 없다는 것을 의미했다. 순진했던 난 그것만이 가수가 되는 유일한 길처럼 보였던 것이다. 내가 전문적으로 노래할 수 있는 기회를 잃어버린 건 아닌지 걱정스러웠다. 나 스스로 전문적인 성악가가 되려면 비평을 견뎌내야 했다. 내가 그것을 어떻게 받아들일지는 확신할 수 없었다. 그렇게 통렬한 비판의 최전선에 나설 수 있을 만큼 자신감이 없었다. 부모님이 아셨다면 지원을 아끼지 않았겠지만, 나는 그분들에게 성악가가 되고 싶다는 생각을 한 번도 꺼내놓은 적이 없었다. 결국 노래는 나만의 것, 나 홀로만의 것이라는 결론을 내렸다.

나는 지역 경연 대회에 참가하면서 노래를 계속 부를 수 있었다. 레오나드 번스타인의 《웨스트 사이드 스토리》에 나오는 〈마리아 *Maria*〉를 불렀고, 또 《예멘의 경기병》에 나오는 〈그의 엄혹한 족쇄에서 풀려나 *Free from His Fetters Grim*〉를 불러서 브리스틀 음악 콩쿨에서 우승했으며, 뮤지컬 시어터와 길버트 앤 설리번 수업을 들을 수 있는 상을 받았다. 나는 이런 성과에 매우 만족했다. 고음으로 노래하는 가수로서 한 번도 브리스틀 콩쿨에서 입상한 적이 없었기 때문이다. 그럼에도 여전히 비평에 대해 예민했는데, 만일 한 가지라도 지적을 받으면 난 그것을 전혀 못한다고 생각했다.

난 노래하는 것을 직업으로 선택하겠다는 생각을 접고, 취미로 계속 노래하기로 마음먹었다. 내가 노래하는 것을 직업으로 삼을 수 있으리라고는 생각하지 않았다. 이러한 결정을 내린 것에 대해 슬퍼하거나 좌절하지 않았다. 그저 어쩔 수 없는 일이라고 생각했다. 노래하는 것은 내가 겪어야 했던 일들에 대한 개인적인 위로였다. 내 마음이 불편한 것을 감수하면서 다른 사람들과 나누고 싶지는 않았다. 노래는 누구의 것도 아닌 나만의 것이었다. 천직이라는 면에서는, 나는 다른 일들에 눈을 돌렸다.

비록 음악에서 겨우 E를 받았지만 모든 과목에서 충분히 6학년으로 진급할 수 있을 만큼 좋은 성적을 거두었다. 나는 종교학과 역사에서 심화된 A레벨을 선택했고, 미국학에서 새로운 GCSE(중등 교육 자격 검정 시험)을 선택했다. 종교학과 역사는 둘 다 내가 매우 잘하는 과목이었다. 한동안 나는 일곱 살 때 그랬던 것처럼, 목사가 되는 것에 대해 다시 생각해 보았다. 하지만 단지 노래하는 일이 포함된다는 이유로 목사를 선택하려 했기 때문에 그것은 올바른 동기가 아니었다. 목사는 소명이지 직업이 아니었다. 그래서 나는 그 생각을 버렸다.

내가 공부해야 할 과목들은 모두 독서를 많이 해야 하는 것들이었고, 내 적성에도 딱 맞았다. 게다가 내가 속한 학년의 종교학 수업에는 오직 두 사람뿐이었다. 따라서 우리는 일대일로 집중적인 수업을 받았다. 나의 학습 수준은 매우 높았다. 특히 첫해에 그랬다. 나는 미국 역사와 문화를 공부하는 것, 특히 아미쉬 종파(현대 기술 문명을 거부하고 소박한 농경생활을 하는 미국의 한 종교 집단)에 대한 연구를 포함해서 독립전쟁의 근본 원인을 살펴보는 것, 그리고 '보스턴 차 사건'이 그 이후 일어날 분쟁들에 어떻게 중요한 조짐이 되었는지를 공부하는 것이 매우 흥미로웠다.

나는 그해의 학기말 A레벨 모의고사에서 두 개의 C를 포함해서 좋은 성적을 거두었다. 이제 어느 대학을 선택해야 할지 생각해 볼 시기가 온 것이다. 내가 좋아하는 고장인 뉴캐슬, 노팅엄, 엑세터의 대학 세 곳을 골랐다. 엑세터 대학은 탈락한 반면, 노팅엄과 뉴캐슬 두 군데는 모두 입학 제의를 받았다. 원하는 대학에 가려면 최선을 다해 좋은 성적을 거두어야 했다.

불행하게도 예전과 마찬가지로 체계적이지 못한 공부 방식이 또 내 발목을 잡았다. 그로 인해 성적이 뒤처지기 시작했고, 과제를 마지막까지 미루다 결국 하지 못하는 습관은 점점 더 심해졌다. 또 한

편 북부 브리스틀에 있는 '브리스틀 가톨릭 플레이어' 라는 회사에서 길버트 앤 설리번(19세기 후반 영국 코믹 오페라의 선두주자. 순화된 가사, 현실적인 대사를 영국어로 사용하는 캐릭터와 익숙하고 부르기 쉬운 노래로 관객을 사로잡는다.)의 노래를 부르고 있었기 때문이기도 하다. 그러느라 시간을 많이 빼앗겼다. 교회 사람이 나를 그 회사에 소개시켜 주었는데, 처음에는 합창단에만 속해 있었지만 종종 독창을 해달라는 부탁을 받았다. A레벨 시험이 다가올 무렵, 나의 첫 번째 제작사가 어렴풋이 눈앞에 드러나기 시작했다. 노래를 자주 하면 할수록 성적은 더 많이 떨어졌다.

학교 선생님들은 이를 반기지 않았다. 웨이트로즈에서 진열대 담당자로 아르바이트 하는 것도 도움이 되지 않았다. 시간을 많이 잡아먹었기 때문이다. 시험 결과에 책임을 져야 하는 선생님은 나에게 공부를 더 열심히 해야 한다고 재촉했다. 나는 학과목 담당 선생님들의 지원을 받았다. 그 선생님들은 내가 공부하는 방식에 익숙한 분들이었다. 그래서 내가 조금 더 노력하면 목표하는 점수를 얻을 수 있으리라고 여전히 믿고 있었다.

그러나 《군함 피나포*HMS Pinafore*》(길버트의 대본으로 설리번이 1878년에 작곡한 오페레타)의 초연이 있던 날 밤, 모든 것이 변했다.

사건은 공연을 하기 위해 웨스트버리 파크로 가던 길에 일어났다. 공연장은 이스트빌 테스코까지 버스를 타고 간 다음, 그곳에서 버스를 갈아타고 헨리즈에 가서 뉴먼홀까지 걸어가야 나왔다. 버스를 갈아타는 곳에서 난 반대편 도로에 내가 타야 할 버스가 오는 것을 보았다. 그런데 어리숙하게도 방금 내린 버스 바로 앞을 가로질러 길을 건넜다.

그리고 모든 것이 암흑으로 변했다.

눈을 뜨자 사람들이 나를 빙 둘러싸고 있었다. 정신이 혼미한 상태에서 나는 몸을 일으키려고 했다.

"헨리즈에 가야 해요. 7시 30분에 무대에 서야 한다고요."

"앰뷸런스가 올 때까지 꼼짝할 수 없어요, 젊은이." 걱정스러운 목소리가 들렸다.

나에게 말을 한 사람은 자기 차로 나를 친 사람이었다. 그는 피쉬폰즈에 살고 있는 의사였는데, 장을 보러 가는 길이었다. 나는 정말로 조심성 없게도 길을 건넜던 것이다. 버스 주위에 차가 오고 있는지를 살필 생각도 하지 않았다. 나는 매우 익숙한 병원인 프렌체이로 실려갔다. 앰뷸런스에서 내리자마자, 소변 샘플을 받아 오라는 말을 들었다. X레이 촬영도 하지 않은 채 비틀거리면서 환자용 화장실에 갔다. 그리고 모든 수도꼭지를 틀어놓고 소변을 보기 위해 노력했다. 시간이 매우 오래 걸렸다. 환자복을 입은 채 소변이 가득 든 플라스틱 병을 들고 비틀거리며 걷는 내 모습이 매우 볼 만했을 것이다.

검사 결과가 나왔다. 13호 병실에 입원하라는 통보를 받았다. 의사들은 내 신장에 문제가 있을까 염려해 다음 날 X레이 촬영을 해야 한다고 했다. 그리고는 곧 신장이 손상되었는지 확인할 수 있는 약물을 내 몸 안에 넣어야 한다고 했다. 그 약물은 끔찍한 맛과 냄새가 났지만, 다른 음료수를 마시는 것은 허락되지 않았다. 때문에 입 안을 씻어낼 수 없어 그 역겨운 맛은 하루 종일 남아 있었다.

검사 결과는 좋지 않았다. 의사들은 내 신장이 심하게 멍이 들었을 뿐 아니라 아래에서 네 번째 척추에 머리카락처럼 얇은 금이 갔다고 말했다. 그 때문에 난 13호 병실에서 한 주 더 입원해야 하고, 한동안 움직일 수 없을 것이라고도 했다. 이는 내가 가장 듣고 싶지 않은 소식이었다. 나는 노래도 해야 했고, A레벨 시험이 3주밖에 남지 않은 상태였다.

그때까지 나는 정확한 시험 날짜를 알지 못했다. 나는 조금은 까다롭고 단호해 보이는 병실 간호사에게 내 상황을 설명했다. 그녀는 학교에서 정확한 시험 날짜를 병원에 알려 주면, 인가를 받은 병원 학교에서 시험을 볼 수 있을 거라고 일러주었다. 그러나 부모님이 학교에 문의했지만 아무 대답도 듣지 못했다.

나는 통원 치료를 받기로 하고 퇴원했다. 2주 동안 목 받침대를 하고 휠체어를 타고 다녔다. 거동이 불편함에도, 브리스틀 가톨릭 플레이어가 제작한《군함 피나포》를 보러 뉴먼 홀에 갔다. 휠체어에 앉은 채 가장 눈에 잘 띄는 자리인 홀 중앙에 자리 잡았다. 이상하게도 그 공연장에는 장애인을 위한 화장실이 없었다. 나는 휠체어를 밖에 세워두고 일반 남자용 화장실을 사용했다. 그러자 고정 고객들을 위한 클럽에서 킥킥거리는 소리가 났다.

중간 방학이 끝난 뒤, 나는 우리 가족의 주치의인 쿠센 박사를 만나러 갔다. 그는 내게 지금 상태로 시험을 쳐서는 안 된다고 말했다. 그리고 시험 관리 위원회에 현재 나의 상태를 고려해 달라는 편지를 보내는 데 동의했다. 하지만 그날 밤 10시 30분에 우리 집 전화벨이 울렸다. 6학년 학년 주임이었다.

"이제 와서 귀찮게 변경하려 하지 마. 그냥 내일 아침 아홉시에 첫 번째 A레벨 시험을 보도록 해." 선생님은 말했다.

나는 충격을 받았다. 몇 번이나 시험 날짜를 알려달라고 요청했지만, 아무런 정보도 주지 않았을 뿐더러 맨 꼭대기 층에서 시험을 봐야 한다는 것이었다. 나는 계단을 올라가지 않아도 되게 맨 아래층 홀에서 시험을 보게 해달라고 부탁했다. 그러나 내 상태는 안중에도 없이, 꼭 그렇게 된다고 보장해 줄 수 없다는 대답이 돌아왔다.

다음 날 아침 학교에 간 난 아래층 홀에는 자리가 없기 때문에 그곳에서 시험을 보는 것은 불가능하다는 말을 들었다. 나는 어깨를 으쓱해 보이고는 온힘을 다해 계단으로 8층까지 올라갔다. 의사의 소견서를 시험 담당 선생님에게 제출하고는 자리에 앉았다. 여섯 과목 모두 꼭대기 층에서 봐야 했다. 그 건물에는 엘리베이터가 없었고, 그것은 곧 엄청난 고통 속에서 모든 시험을 치러야 한다는 의미였다. 나는 집에 가서 아무에게도 이 상황을 말하지 않았다. 삶에서 내가 부딪히는 모든 문제들은 나 홀로 풀어야 한다고 생각했다.

최선을 다했지만 통증 때문에 집중할 수 없었다. 주치의의 말이 옳았다. 나는 시험을 볼 상태가 아니었다. 단 하나 성공적인 점수를 받은 것은 미국학의 GCSE에서였다. 그 시험에서 C를 받았다. 그것은 상당 부분 지난 2년 동안 수업 시간에 했던 과제물을 통해 얻은 점수였다. 그러나 창피하게도 두 과목이나 A레벨 시험에 붙지 못했다. 나중에 알게 된 사실인데 시험 담당 선생님은 내가 제출한 의사 소견서를 위원회에 보내지 않았다고 한다. 그는 내가 A레벨 시험 공부를 열심히 하지 않았다고 생각했고, 그래서 정상 참작을 해줄 필요가 없다고 판단했던 것이다.

나는 A레벨 시험을 포기하고 싶은 심정이었다. 학교에서 나에게 아무 지원을 해주지 않는 것에 매우 화가 났기 때문이다. 감사하게도 나는 끝까지 참아낼 수 있었다. 그후 체스터와 사우스햄튼, 그리고 플리머스 대학에서 면접을 본 뒤, 다음 해 1월에 성공적으로 시험을 다시 치렀다. 플리머스에 있는 세인트 마크 앤 세인트 존 대학에 지원했을 때, 나는 A레벨 시험을 통과해야 한다는 조건으로 받아들여졌다. 내가 시험 담당 선생님을 만났을 때 그는 으레 하는 소리를 늘어놓았다. "이번에는 열심히 공부해야 한다. 잘해야 해." 나는 그에게 실제로 열심히 공부하지 않은 적이 없다고 말하지 않았다.

마침내 나는 대학 입학 자격을 취득했다. 당시 내 계획은 소매경영학 쪽의 직업을 목표로 하는 것이었다. 전문적인 가수가 될 가능성이 줄어들면서, 그것이 안전하고, 확실하고 그리고 위험하지 않을 거라고 생각했다.

진학을 위해 여러 방면의 노력을 한 다음, 내게 남은 문제는 대학에서 내가 완전히 새로운 출발을 할 수 있을지 여부였다. 나는 반드시 그렇게 되길 바랐다.

제2부

힘겨운 싸움

STRUGGLES

1352킬로미터를 걷고 난 뒤 란즈엔드에서 나와 남동생 토니.

이탈리아에서 음악을 배우던 시절. 왼쪽부터 풀비아, 앨리사, 그리고 나.

위) 2001년. 캐나다 온타리오의 교회에서 노래를 부르고 있다.

오른쪽) 오, 28인치 청바지가 딱 맞던 시절의 나!

6
대학으로

우리가 어떻게 차 안에 모든 짐을 실을 수 있었는지 나는 아직도 의문이다. 부모님은 나를 대학에 데려다주기 위해, 뒤에 짐 실을 공간이 있는 스테이션 왜건을 빌렸다. 그렇다고는 해도, 온갖 책 상자와 옷, 그리고 다른 물건들까지 다 싣기에는 비좁았다. 제인과 존 형을 제외한 우리 가족들은 억지로 차 안에 포개 앉아서 플리머스까지 나를 데려다주었다. 다들 앞으로 3년 동안 내가 지낼 곳을 간절히 보고 싶어했기 때문이다.

우리는 브리스틀을 출발해 고속도로 말고 더 좁은 길을 고수하면서 경치 좋은 도로를 따라 달렸다. 9월 말, 가을 햇살 속 데번의 시골 풍경은 아름다웠다. 우리는 엑세터를 거쳐 바람이 세차게 부는 아름다운 다트무어를 가로질러갔다. 나는 유리창 밖을 바라보면서 대학 생활은 어떨지 상상해 보았다.

나는 '마존즈'라는 애칭으로 불리는 세인트 마크 앤 세인트 존 대학에서 문학사 학위를 따기 위한 과정으로 철학과 신학, 역사, 영화학, 그리고 방송학을 선택했다. 교회의 많은 사람들이 내가 철학 공부하는 것에 대해 반대를 했다. 신앙에 의심을 갖게 될까 봐 우려하는 것이었다. 나는 만약 내 신앙이 의심으로 인해 없어질 거라면, 다른 어떤 장애물로도 사라질 수 있을 정도로 충분히 강하지 못하다는 의미라고 대답했다.

렌터카를 타고 플리머스로 향하면서 난 그곳을 사랑하게 될 거라는 것을 직감했다. 플리머스는 브리스틀처럼 활기찬 남서부 도시였다. 데번 해변에서 남쪽으로 160킬로미터쯤 떨어진 이곳은 영국 역사에서 오랫동안 중요한 역할을 해온 항구다. 1588년 스페인 무적함대의 침공과 관련해서 프랜시스 드레이크 경에 대한 유명한 이야기들이 내려오는 곳이기도 하다. 전설에 의하면 그는 볼링 게임을 끝마치고 나서야 반격에 나섰다고 한다. 또한 1620년에는 바로 이곳에서 청교도들이 뉴욕으로 출발했다고 한다. 우리 가족이 자주 여름 휴가를 보냈던 포츠머스처럼, 플리머스도 중요한 해군 도시다. 도시의 서쪽에 있는 HMNB 데번포트는 서유럽에서 가장 큰 해군 기지다.

나는 바위투성이인 해안선과 바닷가 가까이에 있는 역사적인 감시망루 지역에 매료되었다. 그렇다. 그곳에는 비가 많이 내렸지만 고향과 그리 멀지 않았고, 동시에 내가 새롭게 시작할 수 있을 만큼 충분히 떨어져 있기도 했다. 나는 어느 학창 시절보다 그곳에서의 생활이 행복했다. 여전히 사람들을 만날 때 어려움을 겪었지만, 적어도 별명으로 불리거나 성 메리 레드클리프에서 겪어야 했던 괴롭힘은 당하지 않았다. 나는 좋은 친구들을 몇 명 사귀었는데, 그 가운데 가장 가까운 친구가 필립이었다. 필립과 그의 친구 닐은 2학년과 3학년 때 나의 하우스 메이트가 되었다.

나는 공부와 새로운 도전을 즐겼다. 특히 영화학과 방송학, 철학 공부가 재미있었다. 하지만 1학년 말에 나는 역사 과목을 그만두어야 했다. 우리는 1년 동안 르네상스를 공부했고, 예술과 마키아벨리의 『군주론』 같은 교재를 공부하는 것을 좋아했지만, 영화학과 방송학 같은 새로운 과목이 나에게 새로운 방향을 제시해 줄 것이라고 생각했다. 역사를 좋아하는 나에게는 힘든 판단이었다.

영화학과 방송학에서 내가 가장 좋아한 것은 모든 시대의 위대한 영화들, 예를 들어 〈이중 배상〉, 〈포스트맨은 벨을 두 번 울린다〉, 그리고 〈용서받지 못한 자〉와 같은 영화들을 공부했던 것이다. 나는 1930년대와 1940년대의 필름 느와르들을 좋아했다. 어둠과 불길한 배경음 등으로 쉽게 구분할 수 있었기 때문이었다. 하지만 내가 정말 좋아했던 것들은 1950년대 후반과 1960년대 초반 영국 영화의 키친-씽크 드라마(kitchen-sink drama, 1950년대~1960년대의 노동자 계급의 생활을 그린 연극) 시대에 만들어진 영화들이었다. 나는 〈토요일 밤과 일요일 아침〉, 그리고 〈꼭대기 방〉 같은 영화들을 좋아했다. 그것들은 재미있으면서 충격적이었다. 낙태나 다른 인종 사이의 연애 등 그 시대에 논란이 많았던 문제들을 다루었다. 모든 영화들 가운데 최고는 토니 리처드슨의 〈성난 얼굴로 돌아보라〉였다. 리처드 버튼은 뛰어나고, 충격적이며 동시에 비열했다. 나는 이런 영화들을 보는 것과 배우는 것을 좋아했으며, 전혀 공부라고 느껴지지 않았다.

철학은 또 다른 이유에서 내가 좋아하는 과목이었다. 성실하게 노력해야 하는 과목이었으며, 철학에는 완전히 옳은 대답도 완전히 틀린 대답도 없었다. 우리는 자유롭게 난상토론을 했고, 대처의 통치 스타일과 도덕의 상관관계에서부터, 대처 다음 정권인 존 메이저의 '계급 없는 사회'가 성취 가능한 목표인지에 이르기까지 다양한 것들을 공부했다. 이제까지 철학을 공부하면서 가장 어려웠던 책은 키르케고르의 『이것이냐 저것이냐』였다. 그 책을 내가 제대로 이해했는지 아직도 확실히 알 수 없다!

그 무렵 이라크의 사담 후세인이 쿠웨이트를 침공해서 막 전면전이 벌어지기 직전이었다. 난 존 형이 군함 글로체스터 호에 타고 있었기 때문에 걱정이 되었다. 글로체스터 호는 전쟁 중에 영국 함대를 노리는 엑조세 미사일을 제거하는 중요한 역할을 맡고 있었다. 또한 미국 군함 미주리 호가 과녁이 될 경우 스스로 희생해야 하는 군함이기도 했다.

전쟁이 시작되었을 때, 나는 몇몇 학생들이 보여주는 강경 외교론자적 태도를 보고 충격을 받았다. 가욋돈을 벌기 위해 그들은 예비군이 되겠다는 서명을 한 후, 실제로 전쟁터에 나가게 될까 봐 두려워했다. 나는 위험에 처해 있는 형이 걱정스러웠다. 그 무렵 나는 크리스 드 버그의 음악을 많이 들었는데, 한 장의 종이에 전쟁의 무익함을 이야기하는 그의 노래 〈국경선*Borderline*〉의 일부분을 써넣었다. 그리고 그 종이를 내 방문에 테이프로 붙였다. 누군가 그 밑에 군대에 있는 사람들은 나라를 위해 목숨을 바쳐야 한다고 덧붙여놓은 것을 보고 나는 화가 났다. 힘든 시기였으나, 고맙게도 존은 석 달 뒤에 아무 탈 없이 돌아왔다.

대학을 다니기 시작한 지 몇 달 동안 이른 저녁마다 나는 수위실에 있는 공중전화 앞에서 줄을 서 있곤 했다. 아직 휴대전화가 널리 보급되기 전이라 전화를 걸고 싶은 사람은 누구나 기숙사에 있는 몇 개 안 되는 공중전화 앞에 줄을 섰다. 나는 내 전화카드를 가지고 있었는데, 그것은 대학에 갓 입학했을 때 상당한 돈을 들여서 산 것이기도 했다. 대학에 입학하기 직전 연애를 시작했기 때문이었다.

앨리슨은 집안끼리 친하게 지내는 가족의 딸이었다. 그녀는 예쁘고, 재미있고, 매우 외향적이었으며, 하얀 피부에 붉은색 머리카락을 가지고 있었다. 나는 언제나 붉은 머리 소녀들을 좋아했다. 그래서 다른 사람의 도움 없이 혼자서 앨리슨에게 일요일의 성찬식 예배가 끝난 뒤에 만나자고 부탁할 작정이었다. 나는 앨리슨이 주일학교에서 어머니를 돕고 난 뒤 밖으로 나오기를 교회 밖에서 기다리고 있었다.

"안녕." 나는 어색해하면서 말했다.

"안녕." 그녀가 대답했다.

"다음 주에 영화 보러 가지 않을래?"

"좋아. 무슨 영화 볼 건데?" 난 그녀의 말에 나는 크게 안도했다.

앨리슨은 내가 겨우 두 번째로 데이트를 하게 된 소녀였다. 처음 사귀었던 소녀는 레드클리프 학교에서 만난 헬렌이었고, 우리는 18개월 동안 만났다. 아버지는 헬렌을 좋아하지 않았다. 그래서 우리는 그녀 때문에 수없이 말다툼을 했다. 우리가 헤어진 뒤에도 나는 아버지에게 그 사실을 말하지 않았다. 아버지에게 만족감을 주고 싶지 않았기 때문이다. 나는 아버지가 헬렌을 좋아하지 않아서 그랬던 게 아니라고 생각했다. 앨리슨에게도 같은 태도를 보였으니까. 앨리슨과 나는 금세 매우 가까워졌고, 이는 아버지를 짜증나게 만들었다. 아버지는 우리의 관계 때문에 두 가족 사이의 친밀한 관계가 깨질지도 모른다고 생각했다. 나는 아버지를 이길 수 없을 것 같은 기분이 들었다. 게다가 아버지는 내가 누군가를 사귀면, 가족들과 멀어질 거라고 생각하는 모양이었다.

처음 만나기 시작할 무렵, 우리는 온갖 어려움 속에서 데이트를 했는데, 그중 기억에 남는 것이 있다. 프렌체이 커몬에 있는 골든 라이언 펍에서 앨리를 만나기로 약속했다. 그래서 몇 가지 자질구레한 물건들을 산 다음 자전거를 타고 브리스틀의 중심가로 갔다. 이제는 사용하지 않는 철길과 나란히 따라가는 자전거 전용도로로 달려 로렌스 힐 지역에 들어서서 속력을 냈을 때다. 갑자기 나는 땅으로 굴렀다. 어떤 산악자전거와 정면으로 충돌했던 것이다.

상대방 자전거는 바퀴가 찌그러졌지만, 그 밖에 다른 손상은 없었다. 그러나 내 자전거는 몸체가 완전히 휘어버리는 등 엉망진창이 되었다. 내가 긁힌 손바닥에서 흙을 털어내고 있는데, 나를 도우려고 다가온 사람이 나에게 다리를 살펴보라고 했다.

바짓가랑이 사이로 피가 흘러나오고 있었다. 바지를 걷어올려 본 나는 깜짝 놀랐다. 자전거에서 떨어지면서 날카롭고 들쭉날쭉한 쇠로 만들어진 페달에 부딪힌 것 같았다. 무릎에 크게 벌어진 구멍이 보였다. 그런데도 전혀 아프지 않았다.

앰뷸런스가 왔고, 자전거의 잔해와 함께 나는 브리스틀 로열 병원으로 이송되었다. 응급실에서 기다리고 있자니 의사가 들어왔다. 난 피가 나는 게 비위도 상하지 않고 아무렇지도 않았다. 의사는 내게 무릎을 구부렸다 폈다 해보라고 했다.

"음, 한 가지 위로가 되는 건 있네요." 한숨을 쉬면서 여의사가 말했다.

"뭐죠?" 내가 물었다.

"X레이 촬영을 위해 줄을 설 필요는 없다는 거예요."

국소마취를 위해 무릎 주위에 일곱 대의 주사를 맞은 뒤에야 난 그 말을 이해할 수 있었다. 그녀는 내 무릎을 손으로 감싸고는 주위를 만져 보더니 말했다.

"뼈가 부러지지는 않았어요, 하지만 힘줄과 인대가 절반이 끊어졌어요."

무릎 내부는 나중에 녹아버리는 실로 서른다섯 바늘 꿰맸고, 무릎 밖은 상처가 아문 다음에 제거하는 실로 스무 바늘을 꿰맸다. 나는 앨리가 보고 싶었다. 그래서 마취 기운이 아직 남아 있는 상태에서 프렌체이에서 4킬로미터나 떨어진 곳까지 우스꽝스러운 걸음걸이로 그녀와 그녀의 친구를 만나러 갔다. 그날 밤, 너무 무리한 덕분에 다리가 너무 아파 잠을 이룰 수 없었다. 그 후 완전하게 회복되기까지 일 년 이상 걸렸다.

내가 대학으로 가게 되었을 때 앨리를 두고 떠나기가 힘들었다. 기숙사로 들어갈 때 그녀는 나와 함께 대학까지 왔다. 그런데 작별 인사를 하기가 정말로 쉽지 않았다. 우리는 한참 동안 복도에 서 있었다. 나는 가능한 한 오랫동안 앨리를 안고 있었다.

"나중에 전화 해." 앨리가 말했다.

"하지만 네가 가지 않았으면 좋겠어." 내가 말했다.

"알아." 앨리가 내 뺨을 만지면서 말했다. "너를 다시 내 품에 안게 될 때까지 그리 오랜 시간이 걸리지 않을 거야. 약속해."

나는 사랑에 너무 깊이 너무 빨리 빠지고, 좋아하는 사람에게는 심하게 매달리는 성향이 있었다. 나는 매우 간절히 사랑하기를 원했고, 사랑받기를 바랐다. 따라서 연애를 할 때 떨어져 있는 게 너무나 힘들었다.

나는 브리스틀에 자주 갈 형편이 아니었으므로, 앨리와 편지를 주고받으면서 많은 시간을 보냈다. 우리는 보통 노랫말을 인용해서 편지를 끝맺었다. 또한 우리는 여러 가지 노래를 녹음한 테이프를 교환했다. 그리고 나는 밤마다 시간이 나면 전화카드를 손에 쥔 채 공중전화 앞에서 차례를 기다려 앨리에게 전화를 했다.

한 번은 내가 전화 통화를 이용해서 그녀를 놀라게 한 적이 있었다. 브리스틀 치과 병원에서 치료를 받고 있을 때였는데, 어느 특별한 날에 고향에 갔다. 하지만 앨리에게는 간다는 말을 하지 않았다. 나는 그녀의 집 근처 모퉁이에 있는 공중전화 부스에서 그녀에게 전화를 했다. 내가 어디에 있는지 알려주지 않은 채 평소처럼 십 분 동안 통화를 했다.

"내가 지금 뭘 하려는지 알아?" 내가 말했다. "너한테 어떤 노래 가사의 한 부분을 읽어주고 싶었어. 그런데 그걸 내 방에 두고 왔어. 너 전화를 끊지 말고 조금만 기다려줄래? 방에 가서 갖고 와서 너에게 읽어줄게."

나는 앨리의 집 전화가 바로 현관 앞에 놓여 있다는 걸 알고 있었다. 그래서 앨리가 기다리고 있는 동안, 재빨리 모퉁이를 돌아 현관으로 가서 문을 두드렸다. 나를 본 앨리는 거의 천장까지 뛰어오를 뻔했다! 나는 그녀에게 아주 길고 긴 키스를 했다.

플리머스로 돌아간 난 앨리와 떨어져 있는 것이 더 이상 견디기 힘들다는 사실을 깨달았다. 나는 그녀와 멀리 떨어져 있는 게 싫었다. 그런 가운데 내 안의 악마는 끊임없이 왜 그녀와 비슷한 다른 누군가와 사귀지 않느냐고 속삭여댔다. 게다가 학교에서, 그리고 버튼 배리 씨에게 내가 당한 모든 부당한 대우로 인해 여전히 내가 아무것도 아닌 사람이라고 느낀다는 사실이었다. 나는 앨리에게 내가 겪은 일들을 말하지 않았다. 우리는 같은 학교를 다녔기 때문에 내가 당한 괴로움에 대해 알고 있었지만, 성적인 모욕에 대해서는 아무것도 몰랐다. 내가 정말 무가치하다는 사실을 그녀가 알게 될까 봐 두려운 나머지 그 이야기를 할 수 없었다.

그 일에 대해 생각하면 할수록 나는 앨리가 곧 나보다 훨씬 나은 사람을 찾을 것 같다는 기분이 들었다. 그런 생각이 들자 나는 앨리가 다른 사람을 만날까 봐 그녀가 파티에 가지 않기를 바랐다. 아무런 의미도 없는 농담을 주고받는 일만으로도 나는 불안해졌고, 질투와 소유욕이 일어났다.

떨어져 있는 데다가 이런 악마들까지 다스려야 한다는 것은 우리의 연애가 막바지에 이르렀음을 뜻하는 것이었다. 수업이 없는 독서주간에 브리스틀로 돌아가자, 앨리는 우리가 그냥 친구로만 지냈으면 좋겠다는 내용의 편지를 보내왔다. 기분이 좋지 않았다. 그 제안을 받아들일 수 없었고, 그녀와 뭔가 이야기를 해보려고 했다. 비참했다. 난 그녀에게 자살을 하겠다는 위협을 하기도 했다. 이는 그녀를 화나게 만들었다. 아마도 내가 그녀에게 했던 가장 불쾌한 짓이었을 것이다. 그래도 아무 소용없었다. 일주일 뒤 앨리는 내가 경쟁자로 여겼던 남자와 데이트를 하기 시작했다. 나는 그녀를 탓하지 않았다. 내가 그녀를 그렇게 만들었다는 사실을 깨달았으니까.

독서 주간이 끝난 뒤 나는 완전히 황폐해진 마음으로 대학으로 돌아갔다. 대학에 입학하던 해, 자기처럼 생각하라면서 앨리가 준 원숭이 인형을 껴안고 있었다. 비 오는 월요일 아침 일찍, 버스가 잿빛 플리머스를 향해 달려가고 있는 동안 나는 원숭이 인형을 꼭 끌어안은 채 울었다. 뼈저리게 외로웠다.

대학 생활 중 가장 중요한 부분 가운데 하나는 친교이다. 나는 넉넉지 못한 주머니 사정에다 많은 사람들과의 관계를 어떻게 해야 할지 몰랐기 때문에 친구 사귀는 일은 여전히 힘들었다. 그러나 앨리와의 연애가 끝난 뒤 나는 모든 활동을 열심히 하려고 노력했다.

목요일 밤에 나는 플리머스의 유니온 스트리트로 갔다. 학생의 밤 행사가 열리고 있었으므로, 클럽 입장료가 무료에다 맥주값이 매우 쌌다. 나는 춤에는 젬병이었다. (지금도 그렇다.) 나는 그냥 서 있을 자신도 없었고, 내가 어떻게 보일지 상관하지도 않았다. 그래서 덱시스 미드나잇 러너스의 〈컴 온 아일린*Come on Eileen*〉, 하우스 마틴즈의 〈해피 아워*Happy hour*〉, B-52' s의 〈러브 쉑*Love shack*〉 같은 음악에만 춤을 추었다. 이런 노래들은 대개 팔 다리를 휘젓기만 하면 되기 때문이었다. 따라서 춤을 아무리 못 춰도 상관없었다!

이따금 몇몇 여대생들이 나를 가엾게 여겨 함께 앉자고 할 때도 있었다. 하지만 나는 그들에게 어떻게 데이트 신청을 해야 할지 몰랐다. 그들은 1990년대 초반의 테크노 음악에 맞춰서도 매우 춤을 잘 추는 데 반해 나는 그런 음악에는 춤을 출 수 없었다. 나의 자신감에 아무런 도움을 주지 않는 일이었다. 앨리는 더 이상 곁에 없었지만 나는 그녀를 대신할 사람을 찾을 용기조차 없었다.

밤에 클럽에 가지 않게 되면서 나는 음악에 빠져들었다. 또한 브리스틀에서 당한 자전거 사고의 후유증으로 여전히 고통받고 있었지만 스포츠에도 열중했다. 달리기를 다시 시작해 보려고 시도했다. 그러나 불행히도 무릎이 전혀 제 기능을 하지 못했다. 나는 좀 더 쉬운 수영을 해보았는데, 너무 지루했다. 마침내 나는 농구를 시작했다.

170센티미터의 키에 무릎이 부실한 농구 선수라니, 이상하게 들릴지도 모르겠다. 하지만 사실이었다! 나는 온갖 선수들이 뒤섞여 있는 마존즈의 농구 팀에서 뛰었고, 비록 첫해에는 주로 코트를 비틀거리며 돌아다니기만 했지만, 매우 성공적인 플레이를 했다. 나보다 30센티미터는 키가 큰 사람들처럼 공을 넣기 위해 점프를 하지는 않았다. 그러나 일시적인 무릎 부상에도 불구하고 코트를 누비며 돌아다니다가 3점 슛을 가로채는 것을 매우 잘했다. 가능성이 적은 위치에서 점수를 낼 때 엄청난 만족감이 느껴졌다.

무릎이 회복되고 난 뒤 나는 대학 대표로 선덜랜드에서 열리는 영국 학생 크로스컨트리 챔피언십 대회에 출전했다. 나는 십대 때 육상 선수로 언제나 좋은 성적을 냈었다. 글로체스터에 있는 브리스틀 체육 클럽과 그웬트 크로스컨트리 리그의 대표로 뛰었고, 주 대표로 뽑히기도 했다. 그래서 내 능력을 보여주려는 의욕에 차 있었다. 1992년 1월, 챔피언십 대회가 열리는 바로 그 무렵에 무릎도 마침 회복되었다. 북동쪽으로 가는 도중에 우리는 북부 요크셔 지방의 리치몬드에서 폭설에 갇혔다. 그래서 우리가 타고 가던 미니버스를 눈 속에서 1.6킬로미터 이상 밀면서 가야만 했다. 이것이 내 무릎에 좋은 영향을 끼쳤을 리 없었다. 나는 다음 날 간신히 경주를 끝마칠 정도로 매우 형편없는 기록을 냈다. 그것이 내가 참가한 마지막 크로스컨트리 경주였다. 나는 환멸을 느꼈고, 좌절했다. 달리기를 그만두거나 야외 활동을 그만둔 건 결코 아니었지만, 운동으로 경쟁을 하는 것은 그것이 마지막이었다.

1992년 여름 학기가 막바지를 향하고 있을 때, 나는 맨체스터에서 시작한 장거리 도보 여행에 참여하고 있었다. 동네 유령의 이름을 따서 '보글 스트롤' 이라고 부르는 행사였다. 스트롤(stroll, 거닐다는 의미) 이라는 말은 조금 오해의 여지가 있었다. 맨체스터 중심에서 시작해서 위건, 스탠디시, 파볼드, 그리고 촐리를 경유, 101킬로미터의 거리를 순환하는 경로를 따라 멈추지 않고 걷는 것이었으니까. 우리는 술집이 문 닫을 시간에 그 앞을 지나가다가 욕설을 듣기도 했고, 어떤 참가자들은 얻어맞기까지 했다. 아무 이유 없이 적대감을 드러내는 사람들도 있었다. 대부분 술을 많이 마신 불량배들이었다. 나는 열여섯 시간 만에 완주했는데, 마지막 3.2킬로미터는 뛰어야 했다. 다리가 마비되어서 코스를 완주하기 위해 다른 근육을 사용해야만 했기 때문이다.

대학에서의 성가대 활동은 특별한 것이 없었다. 마존즈에는 매우 작은 규모의 성가대가 있을 뿐이었다. 나는 플리머스 필하모니 성가대의 일원이 되어서, 가장 어려운 성가곡인 윌리엄 월튼의 〈벨샤자르의 향연*Belshazzar's Feast*〉 공연에 참가했다. 그 음악은 위대한 드라마와 훌륭한 오케스트라의 간주가 들어있는 뛰어난 곡이었다. 우리는 운좋게도 앤드류 리턴이 지휘하는 본머스 교향악단과 플리머스 파빌리온에서 협연했다. 1991년 3월에 팬터마임 공연도 했다. 나는 동화 『알라딘』을 학생들이 새롭게 해석한 공연에서 캡틴 버즈아이의 청년 버전인 노련한 뱃사람 역할을 맡았다. 난처한 농담들이 많이 나왔는데(전통적인 영국 팬터마임에서는 보통 그렇듯이), 첫 공연 바로 전날 밤까지 내가 대사 외우기를 기다리던 연출진은 공황 상태에 빠지기도 했다. 그렇지만 나는 한 줄도 빠뜨리지 않았다. 부모님이 나의 공연을 녹화했는데, 그 뒤에 내가 테이프를 압수했다. 그래서 다른 사람들은 아무도 그걸 보지 못한다!

3학년이 끝나가면서, 내 논문 점수는 내가 졸업할 때 받을 학위를 결정하게 되었다. 좋은 기말 시험 결과와 함께 높은 등급을 받아야

2:1(영국의 학위 분류 시스템. 1등급 학위(First Class Honours)-약 11%가 취득 / 상 2등급 학위(Second Class Honours, upper division)(2:1) /하 2등급 학위(Second Class Honours, lower division)(2:2)/3등급 학위(Third Class Honours)(3)-약 7.2%가 취득 / 보통 학위, 통과(Ordinary degree(Pass))에 들어갈 수 있었다. 두 번째 등급에 들어간다는 것은 더 좋은 직업, 더 높은 수준의 자격증을 얻을 수 있음을 의미했다. 논문은 1만 5천 단어 분량으로, 늦어도 월요일 오후 1시까지 제출해야 했다. 마감 바로 전 토요일 새벽까지 나는 아직 한 글자도 쓰지 못하고 있었다.

대학에서도 나는 중·고등학교 때와 달라진 게 별로 없었다. 언제나 참고 서적을 읽고 있었지만, 과제는 마감을 코앞에 두고 시작했다. 그래야 가장 잘할 수 있었기 때문이다. 급하다는 느낌이 있어야 잘할 수 있는 것 같았다. 마감이 닥쳐서 전력투구를 하는 것 말고는 다른 방법이 없는 지점에서야 비로소 공부를 할 수 있었다.

마감 기한이 다가오면 나는 밤새 많은 과제를 해치우곤 했다. 대학에서 마지막 해에 3천 단어 분량의 에세이를 동시에 네 편 써야 했다. 나는 그것들 모두를 마지막 주까지 쓰지 않고 내버려두었다. 그것들을 완성하려면 밤을 새야 한다는 의미였다. 그 주의 매일 밤마다 머리를 맑게 하기 위해 6킬로미터씩 걸었고, 그 다음에 앉아서 과제를 했다. 커피를 몇 잔 마시고 난 뒤, 난 매우 조용한 음악을 틀었다. 커피에 들어 있는 카페인이 나를 깨어 있게 한 게 아니었다. 그보다는 화장실을 왔다 갔다 하느라고 잠을 자지 못했다!

나는 그 주일 내내 거의 잠을 자지 못한 채 네 편의 에세이를 시간에 맞춰 완성했다. 에세이들을 제출하고 신학 수업에 들어갔는데, 나중에 그 수업 시간 내내 내가 코를 고는 바람에 모두들 웃었다는 이야기를 들었다. 집에 돌아와서 TV 앞에 앉자마자 곧 다시 잠이 들었다. 나는 이틀 뒤에 목이 너무 아파서 일어났다. 그러나 그럴 만한 가치가 있었다. 제출한 에세이들을 다시 돌려받았을 때, 내가 마존즈에서 3년 동안 받은 점수들 가운데 가장 높은 점수가 매겨져 있었다. 그래서 2:1 등급을 받는 게 거의 확실할 것 같았다.

내 논문은 「신정론이 가야 할 방향-신이 창조한 세상에서 일어나는 악과 고통의 문제에 대한 해결 방법 연구」라는 제목의 종교학에 대한 것이었다. 나는 폭넓은 독서를 했고, 성 어거스틴의 원죄에 대한 개념에 이의를 제기하면서 마무리를 했다. 왜냐하면 나는 사람들이 태어나기 전 선조가 저지른 일 때문에 벌을 받는 건 공정하지 않다고 생각했기 때문이다.

그 주제는 나에게 철학적 문제 이상의 것이었다. 논문을 준비하고 쓰면서 이따금 나는 스스로에게 물었다. 왜 나에게 그런 일이 일어났을까? 왜 나는 학창 시절에 정신적 · 육체적 모욕을 당해야 했을까? 왜 버튼 배리에게 성적인 추행을 당해야 했을까? 나는 정말로 고통의 필연성을 받아들이려고 애썼다. 어디에 더 큰 선이 있는 걸까? 나의 고통이 어떻게 다른 사람들을 돕고 있나? 그것이 어떻게 나에게 도움이 되는 것일까?

나는 계속 해답을 찾았지만, 만족할 만한 어떤 것도 찾지 못했다. 의문만 점점 많아질 뿐이었다. 나는 너덜너덜해졌다. 고통에 대해 인류 탓을 하는 오거스티니언(성 오거스틴의 교리 신봉자) 개념에 강하게 이의를 제기했음에도, 나는 여전히 모욕과 고통에 대해 나 자신을 비난하고 있었다. 내가 겪은 일들에 대해 선조들의 탓을 하는 것은 납득할 수 없었지만, 마음 속으로 난 그들이 그런 짓을 했던 이유가 반드시 있을 거라고 생각했다. 나는 공통분모였을 것이다.

논문 마감 기한 직전의 토요일 새벽까지 내 생각들을 노트에 정리하면서 주말 내내 대학 컴퓨터실에서 그것들을 타이핑할 준비를 마쳤다. 체육관 근처를 걸어가다 나는 밖에서 공사를 하고 있는 사람들 옆을 아무 생각 없이 지나쳐버렸다.

컴퓨터 앞에 앉아서 약 4천 단어 가량을 썼을 때였다. 갑자기 전기가 나가버렸다. 땅을 파서 전선 공사를 하던 사람들이 전기를 끊었고, 내가 썼던 모든 것들이 날아갔다.

주말이라 도서관이 닫혀 있어서 나는 그곳 컴퓨터를 쓸 수 없었다. 나는 수위실로 가서 내 상황을 설명했다.

"역사서 구역에 있는 컴퓨터를 쓰면 될 거 같은데." 수위가 제의했다. "하지만 내 근무 시간이 끝날 때까지만이야. 그때는 문을 걸어 잠가야 하니까."

대단히 감사하다는 말을 하고 나는 다시 타이핑을 시작했다. 수위가 일요일 저녁에 문을 잠그러 올 때까지, 1만 5천 단어 가까이 써 이제 거의 마무리 단계였다. 타이핑을 마치는 것은 다음 날 아침으로 미루고, 나는 논문의 각 장의 파일을 한 파일에 모아 저장하고 틀린 철자가 있는지 교정을 본 뒤 다시 저장했다.

월요일 아침, 나는 일찍 일어났다. 일이 순조롭게 진행되어 정시에 과제를 제출할 수 있을 것 같았다. 파일들을 하나로 모은 뒤 다시 한 번 철자법을 확인하기 전에 저장 키보드를 눌렀다. 그런데…….

모니터가 깜박거렸다!

내가 두려워했던 대로 또 정전이 된 것이다! 이틀 동안 두 번이나 문서를 저장할 때 전기가 나간 것이다. 내가 작성한 글이 날아갔다.

그것은 논문 전체를 처음부터 끝까지 다시 타이핑해야 한다는 의미였다. 남은 시간은 두 시간뿐, 그 안에 할 수 있는 일이 결코 아니었다. 나는 인문학 교학과 교직원을 찾아가 기한을 연기해 달라고 사정했다. 그는 다음 날 아침 10시까지 논문을 제출하라고 말했다.

고맙게도, 나에게 도움을 주었던 그 수위가 야간 근무를 하고 있었다. 그는 다시 역사서 구역의 컴퓨터를 써도 좋다는 허락을 해주었다. 이번에는 무사히 타이핑을 마쳤다. 난 논문의 철자법은 확인했지만, 문법은 미처 확인하지 못한 채 프린트를 해서 묶었다. 그리고 간신히 시간 안에 제출했다.

마지막 시험을 치를 때 행운이 찾아왔다. 종교철학 시험에서 두 개의 주관식 문제가 내가 쓴 논문의 범위에 있는 것이었다. 논문을 세 번이나 거듭 쓴 덕분에 논증에 인용한 많은 자료를 기억할 수 있었다. 시험에서 나는 영광스럽게도 일등급 점수를 받았다. 그리고 논문 지도교수로부터 논문이 통과되었다는 말을 들었다. 나는 환호했다. 그 결과 나는 첫 번째 등급에 들어가게 되었다.

예전 점수와 합산한 결과, 나는 2:1 등급과 2:2 등급의 경계선에 놓이게 되었다. 그래서 내 논문에 대한 외부 평가가 이루어졌다. 외부 심사자들은 논문의 내용에 대해 지도교수의 점수에 동의했지만, 타이핑 실수를 지적하면서 7점을 깎았다. 문법 확인을 할 시간만 있었다면 잡아낼 수 있는 실수였다. 나는 매우 실망했지만, 2:2 등급에 들어가는 것도 좋은 결과라고 위로했다.

지금 드는 의문인데, 나는 왜 대학원에 진학하지 않았을까? 노래하는 직업을 갖는 것이 불가능하다는 결론을 내린 뒤, 마존즈를 다닐 때 내 계획은 소매경제학 공부를 계속하는 것이었다. 그러나 내가 대학을 졸업했을 때, 영국 경제 상황은 그리 좋지 않았다. 1993년, 막 불황이 시작되어 경기가 하락하기 시작했고, 실업률은 매우 높았던 때였다.

모든 대학원으로부터 입학 신청이 쇄도했다. 그러나 학사 과정이 끝날 무렵, 나는 은행에서 초과 대출한 1500파운드를 상환해야 한다는 부담감을 느끼고 있었다. 나는 방학 동안 일했던 임시직 소개소를 다시 찾았고, 결국은 몇 가지 육체노동을 하게 되었다. 농장과 애시턴 게이트에 있는 음식 공장을 거쳐 브리스틀 벤딩 서비스라는 회사로 옮겼는데, 그곳은 혼다와 로버 자동차의 부품을 만드는 공장이었다. 그야말로 더럽고 힘든 3D 업종이었다. 나는 선반 작업에 투입되었는데, 하루 일과가 끝나면 온통 먼지로 뒤덮여 시커멓게 변했다. 어머니와 아버지는 내 능력에 좀 더 어울리는 직업을 찾을 수 없는 것에 실망했지만, 내가 실업 수당이나 받으면서 무기력하게 지내려 하지 않는 것을 자랑스럽게 여겼다.

평생 할 수 있는 직업을 구하지 못한 채 나는 공부를 계속하기로 결심하고는 마존즈 대학의 응용신학 석사과정에 입학했다. 일주일에 한 번 플리머스로 가서 강의를 들어야 했는데, 임시직 소개소에서 지속적으로 직업을 구하는 게 힘들었으므로 나에게 가장 중요한 문제는 등록금을 마련하는 것이었다.

그런데 뜻하지 않은 곳에서 도움의 손길을 내밀었다. 그 무렵 나는 지역교구협회에서 올 세인츠 교회를 대표하고 있었다. 그 단체는 브리스틀 대성당의 수사이자 그 지역에 거주하는 신학자가 관장하는 것이었다. 나는 회의가 끝난 뒤 수사와 잠시 대화를 나누다가 크리스마스 때까지 대성당에서 임시 관리인을 찾고 있음을 알게 되었다. 그는 매우 친절하게도 나를 그 자리에 추천해 주겠다고 했고, 간단한 면접을 마친 뒤 나는 그 일자리를 얻게 되었다.

관리인의 역할은 성가대를 성당 안으로 들어오게 하거나 내보내는 일같이 주로 의식을 진행하는 것이었다. 이는 내가 일하면서 매일 노래를 할 수 있다는 것을 의미했다. 내겐 정말 굉장한 것이었다! 대성당은 10초 동안 메아리(그곳에는 매우 길고 높은 아치형 천장이 있는 신도석이 있었다. 따라서 소리가 교회 뒤까지 전달되는 시간이 오래 걸린다.)가 울리는, 노래하기에 매우 특별한 장소였다. 이것은 성가대를 교회 뒤에서 안으로 인도하면서, 성가대 행렬의 허밍이 막 시작될 때 오르간은 이미 일절의 반을 연주하고 있다는 의미였다! 허밍을 하는 내내 우리는 연주를 따라가게 된다.

대성당의 관리직 기한이 끝났을 때 나는 성 메리 레드클리프 교회에서 비슷한 일을 하게 되었다. 학창 시절 예배를 보면서 많은 시간을 보낸 곳이었다. 그곳에서는 육체노동을 더 많이 해야 했다. 특히 바람이 많이 불고 난 뒤에는 교회 뒷마당을 청소해야만 했지만, 그런 훌륭한 건물에서 일하는 것은 만족스러운 경험이었다. 나는 어떻게 수백 년 전 사람들이 오직 나무로 된 비계飛階와 도르래를 사용해서, 그토록 거대하고 아름다운 건물을 지을 수 있었을까 늘 궁금해하면서 앉아 있곤 했다.

그 직업도 임시직이어서 1994년 봄에는 그만두어야 했다. 배스 수도원에 취직이 될 뻔했지만 그렇게 되지 않았다.

나는 직장을 구하려고 분투했다. 정말 하고 싶지 않았으나 실업 수당을 청구할 수밖에 없었다. 나는 계속 여러 직장에 이력서를 넣었다. 하지만 대부분의 고용주들은 내가 필요 이상의 자격을 갖추었다고 생각하는 것 같았다.

석사과정 첫해는 시험 성적으로 통과했지만, 학기 중에 과제를 늦게 낸 데다 소논문들은 그다지 높은 점수를 받지 못했다. 또한 등록금도 연체되어 있었는데, 실업수당 사무소에서는 만약 실업수당으로 대학 등록금을 내면 수당을 삭감하겠다고 경고를 해 상황은 더욱 어려워졌다. 나는 그 상황이 매우 기이하게 느껴졌다. 나 자신을 향상시키기 위해 애를 쓰고 있는데, 그들은 그런 노력에 대해 오히려 벌을 주려고 하다니. 나는 마침내 주 법정에 고발되었고, 등록금을 내지 못해 대학원을 더 이상 다닐 수 없게 되었다. 당시 나는 부모님과 함께 살고 있었으므로, 주거 지원을 받을 필요가 없었다. 따라서 실업수당으로 받은 돈을 개인적 용도로 썼다.

나의 학업은 그것으로 끝나야만 했다. 하지만 드디어 취직을 했다. 1994년 10월, 나는 테스코 수퍼마켓 체인과 6주 동안의 임시직 계약을 맺었다. 소매경제학은 아닐지라도 소매업이긴 했다. 그래도 괜찮았다. 내 학위로는 관리직으로 곧장 들어갈 수 없었으므로, 나는 손이 더러워지는 것을 두려워하지 않고 승진의 사다리를 오를 준비가 굳게 되어 있었다. 결국 나는 테스코에서 10년 동안 일하게 되었다. 몸을 많이 쓰는 일이었으나 사람들과 상호 교류하는 것을 즐겼다. 그러나 밤늦게까지 일하는 날이 잦아 그것에 적응하기는 매우 힘들었다.

새로운 직업에 적응하면서 지역 정치에도 관심을 갖게 되었다. 어머니 아버지와 마찬가지로 남동생은 이미 자유민주당 지구당에 소속되어 홍보용 전단을 돌리는 일을 하고 있었다. 나는 지구당 일에 더 참여하고 싶었다. 그래서 이슈가 되는 주제의 글을 자유민주당 지역구 소식지에 기고했다. 학교에서 리포트 쓰는 일에 익숙해져 있었던 난 지역 소식지에 알맞은 문체를 찾아야 했다. 젊은 독자들을 위해 타블로이드 신문 스타일의 글을 쓰라는 충고를 듣기도 했다.

1995년에 나는 지역 선거에 후보로 출마하기로 결심했다. 내가 정치에 관심을 갖게 되면서 어머니, 아버지, 토니도 적극적으로 정치에 참여했다. 자유민주당은 이스트빌 지역에서 오랫동안 아무 영향력도 없었기 때문에 내가 승리할 가능성은 없었다. 선거 운동 기간 동안, 그리고 선거 당일에도 나는 이웃 지역구의 다른 사람이 당선되는 것을 도왔다.

첫 휴가 몇 주 동안 나는 선거 유세를 해야 했는데, 그것은 진정으로 내가 즐길 수 있는 일이 아니었다. 그러나 나는 나만의 유세 방식을 발견했다. 사람들에게 단순히 어느 정당에 투표할 것인지 묻는 게 아니라, 지역 정당이 그들을 위해 할 수 있는 일이 무엇인지 묻는 것으로 유세를 시작했다. 내 지역구에서 유세가 시작되었을 때 난 나에게는 일상인 세일즈 방법을 선거 유세에 도입했다.

1995년의 첫 선거에서, 나는 지역의 독립 정당보다 아래인 4위를 차지했다. 그런데 의회 개정 기간 내에 한 의원이 사임해 보궐선거를 치르게 되었다. 난 내게 기회가 올 수 있도록 선거 유세에 몸을 던졌다. 1996년 5월, 치열한 선거 운동 끝에 난 4위에서 뛰어올라 당선되었다.

테스코에서 상근직으로 일하면서 동시에 지방의회 의원이 되면서 나는 매우 바쁜 나날을 보냈다. 테스코 경영진은 이를 좋아하지 않았다. 매장에서 일을 하지 않는 시간에도 임금을 지불해야 했기 때문이었다. 회사 정책상 지방의회에서 일을 할 때도 유급휴가로 처리해야 했다. 내가 동네 술집에서 가져간 쇼핑 카트를 돌려받는 문제로 회사와 동네 술집 사이에서 일어난 분쟁에 대해 탄원하자, 회사는 좀 더 협조적이 되었다.

스물다섯 살이었던 난 브리스틀 시 의회에서 가장 젊은 사람이었다. 나는 소매업 직종에서 장래성 있는 시작을 하면서 비로소 직업을 갖게 되었다. 오랜만에 처음으로 내 삶이 안정되었고, 앞으로의 가능성이 엿보였다. 하지만 그 모든 것에도 불구하고, 노래를 하고 싶은 내 꿈은 사라지지 않을 것 같았다.

7
예상치 못한 기회

처음으로 청중들이 내 노래에 환호했던 순간의 기쁨을 난 잊지 못한다. 그 순간은 대학 시절에 찾아왔다. 플리머스에 있을 때는 노래할 기회가 거의 없어서 나는 주로 브리스톨에 돌아가서 노래를 했다. 나는 올 세인츠 플레이어가 제작한 《그리스》에서 배역을 맡아 〈쇼에서 나오는 노래들*Songs from the Shows*〉의 첫 부분 반을 선창했다. 그리고 그때 믿을 수 없을 정도로 열광적인 반응을 경험했다.

내가 선택한 노래는 앤드류 로이드 웨버의 뮤지컬 《사랑의 이모저모》에 나오는 〈사랑은 모든 것을 변하게 한다*Love changes Everything*〉였다. 그 노래를 카세트로 들은 후 충동적으로 악보를 샀다. 쇼의 제작자이자 교회의 오르간 주자인 크리스 개먼과 두 번의 리허설 끝에 나는 그 노래를 부르기로 결정했다.

카세트로 이미 여러 번 반복해서 들었기 때문에 가사를 외우는 것 말고는 노래 전체를 배우는 데 전혀 어려움이 없었다. 그래서 나는 실제로 '공연'을 할 수 있었고, 그것이 처음으로 공연과 사랑에 빠진 순간이었던 것 같다. 나는 언제나 높은 음으로 노래하는 것을 즐겼다. 그 음이 더 크고 오래 지속될수록 더 좋았다! 〈사랑은 모든 것을 변하게 한다〉는 그런 면에서 완벽했다. 그 노래는 여덟 박자 길이의 높은 B플랫 음으로 끝난다. 공연하는 날 밤, 나는 그 음을 열두 박자로 늘였는데, 더 길게 늘이고 싶었다.

난 청중들의 반응에 깜짝 놀랐다. 그들의 반응은 압도적이었고, 처음으로 청중들의 환호를 경험했다. 대단한 순간이었다. 그 느낌이 너무나 좋았다. 등줄기를 따라 내려가면서 전율이 쫙 느껴졌다. 나는 그런 느낌을 느끼고 또 느끼기를 원했다.

대학을 졸업하고 브리스틀로 돌아가 살면서, 나는 브리스틀 가톨릭 플레이어 합창단에서 노래를 시작했다. 직장에 다니고 동시에 지방의회 의원으로 일하면서, 모든 것을 다 해낼 시간적인 여유가 없던 때였다. 나는 공연에서 중요한 배역을 맡기 위해 열심히 노력했지만, 예상치 못했던 이유로 난관에 부딪쳤다. 내 치아 때문이었다.

대학 생활 동안 난 가운데 앞니를 빼야 했고, 다른 치아는 치관에 손상을 입었다. 공연기획사에서는 내 노래는 매우 좋지만 낭만적인 역할을 주기에는 치아가 너무 두드러져 보인다고 판단했다. 물론 상식이 있는 사람이라면 치과 치료를 다시 받았어야 했다. 하지만 그간 나는 보통 사람들과는 다르게 행동해 왔다. 장애를 만나면 난 언제나 그것을 회피할 생각만 했다. 치아가 혐오스럽게 보인다는 사실을 알고 있었다. 그것을 모를 정도로 바보는 아니었다. 하지만 나는 그것들을 변화시켜 봤자 좋을 게 없다고 생각했다.

나는 예전에 오랫동안 브리스틀 치과 병원에서 무료로 치료를 받은 경험이 있었다. 하지만 이젠 치료를 받으려면 많은 돈이 들어야 했고, 그것을 감당할 여유가 없었다. 나는 고집도 센 편이었다. 오디션에서 외모를 지적하면서 치아의 상태 때문에 배역을 줄 수 없다는 말을 들으면 화가 났다. 왜 단지 치아 때문에 거절을 당해야만 하는지 부당하게 느껴졌다.

치아 때문에 중요한 배역을 맡을 수 없었으므로, 난 주로 대역을 하거나 브리스틀 지역에서 열리는 연주회에서 독창을 했다. 나는 낭만적인 주연을 맡는 것은 아예 포기할 수밖에 없었다. 게다가 어떤 사건으로 인해 패배주의에 사로잡히게 되었다. 나는 《예멘의 경기병》 공연을 위해 뉴먼 홀에 갔다. 사소한 역할의 대역을 하기 위해서였다. 대역들은 종종 곤란한 입장에 처해진다. 주연이 갑자기 아프거나 공연에 불참할 경우에는 그들이 출연할 장면의 리허설을 전혀 하지 못하고 무대에 오를 수도 있기 때문이다. 나는 주연 역할을 맡아본 적이 없었고, 연극이 어떻게 진행되는지 알지 못했기 때문에, 징검다리 역할을 하는 이 조연이 실제로 연기하는 것을 볼 기회가 없었다. 그 배역에 대해 나에게 가르쳐 주는 사람도 없었다. 어느 날 밤, 내가 대역을 맡은 배우가 나타나지 않았다. 그의 의상을 입으라는 말을 듣고, 나는 겁을 먹었다. 그만한 이유가 있었다. 나는 노래할 준비가 되어 있지 않았으므로, 그 결과 자신감이 산산조각 났다.

그렇다고 해도 나는 브리스틀 가톨릭 플레이어에서 일하는 시간이 즐거웠다. 리허설은 뉴먼 홀 옆에 있는 가톨릭 학교에서 했으며, 지휘는 아드리안 앵글린이 맡았다. 그는 또한 《군함 피나포》의 제작사에서 심술궂은(정말로 심술궂었다!) 딕 데드아이를 지휘했었다. 나는 길버트 앤 설리번의 작품을 좋아했다. 그것들은 음악적으로 도전할 만한 것이었을 뿐 아니라 유머를 지니고 있었다. 나는 또한 도보 여행을 사랑하게 만들어준 것에 대해 브리스틀 가톨릭 플레이어에 감사하고 있다. 그곳에서 공휴일마다 정기적으로 도보 여행을 했다. 박싱 데이(영국 등에서 크리스마스 뒤에 오는 첫 평일을 공휴일로 지정한 것)에 글로스터셔를 걷던 때가 기억에 남는다. 돌계단을 올라갔을 때 커다란 물웅덩이가 보였다. 리더였던 아드리안이 손을 내밀어 나를 도와주려 했다. 나는 혼자서 할 수 있다고 생각해서 도움을 정중하게 거절했다. 나는 그것이 얼마나 어리석은 행동인지 알게 되었다. 사람들은 자만하다가는 떨어지기 쉽다고 말하는데, 여기에서 그 말은 딱 들어맞았다. 나는 그만 발을 헛디뎌서 진흙탕에 얼굴을 박았다! 이 일에서 난 한 가지 교훈을 얻었다. 혼자서 애쓰지 말고, 도움을 받아들여야 할 때는 받아들여야 한다는 것.

"폴, 당신은 어떤 사람으로 출연할 거예요?"

"오페라 가수로요."

브리스틀 중심가 히포드럼 옆에는 테스코 직원들이 잘 가는 '혼과 트럼펫' 이라는 술집이 있었다. 우리들은 일요일에 축구를 한 다음 그곳으로 가서 술을 마셨다. 일요일 밤에는 그곳에서 노래방을 열었다. 처음에 난 자유민주당의 지역 모금 행사를 위해 노래를 불렀다. 사람들의 호응이 좋았다. 그래서 나는 일요일 밤이면 '혼과 트럼펫' 의 노래방에서 계속 노래를 불렀다.

보통은 엘튼 존과 보이존 같은 가수들의 노래를 부르곤 했다. 비록 내가 좋아하는 노래들은 고음역이었지만 말이다. 내가 가장 좋아하는 노래 세 곡은 노래방에서 가장 어려운 세 곡이었다. 퀸의 〈쇼는 계속 되어야 한다*The Show Must Go On*〉, 포리너의 〈사랑이 무엇인지 알고 싶어*I Want to Know What Love Is*〉, 그리고 에어 서플라이의 〈사랑 외의 모든 것*All Out of Love*〉이었다. 퀸과 포리너의 노래는 단순히 가장 높은 D음까지 올라가는 고음역의 노래였기 때문에 좋아했다. 〈사랑 외의 모든 것〉은 다른 이유가 있었다. 높이 올라갔기 때문만이 아니라 마지막 음을 12초 이상 길게 끌어서 노래할 수 있었기 때문이었다.

어느 일요일에 술집 주인이 〈스타 따라잡기〉라는 인기 있는 TV프로그램 형식의 경연 대회를 열 것이라고 발표했다. 경연 대회에서 각 참가자들은 그들이 좋아하는 스타의 스타일로 노래를 할 뿐만 아니라 옷도 비슷하게 입어야 했다. 나는 경연 대회에 꼭 참가하고 싶었다. 문제는 내가 누구 모창을 할 것인가였다. 마침 다행스럽게도 나는 오페라 아리아 몇 곡이 들어 있는 악보집을 산 직후였다. 거기엔 오케스트라의 반주 트랙까지 들어 있었고, 약간은 도박이었지만 그 악보들 가운데 하나는 경연 대회에 딱 맞는 것처럼 보였다.

"나는 파바로티로 출연할 거야." 함께 축구를 하는 친구들에게 말했다. "〈공주는 잠 못 이루고〉를 부르려고."

"뭐? 월드컵 축구 경기에서 나온 노래?" 친구들은 깊은 인상을 받은 것 같았다. 그들은 조금 흥분하며 말했다.

"내일 출근해서 회사 사람들 모두에게 이 소식을 알릴 거야."

내가 '술집에 나타난 파바로티'로 변신할 거라는 소문은 테스코에 순식간에 퍼졌다.

"걱정 마, 폴. 우리가 보러 갈게."

"그런데, 어쩌면 버리려고 했던 토마토를 가지고 갈지도 몰라."

이 일은 평소 위험을 기피하려는 내 태도와는 동떨어진 행동이었다. 내가 노래를 부를 거라고 선언했을 때, 나는 실제로 그 노래를 연습하기는커녕 반주조차 들어본 적이 없었다. 그 뒤 며칠 동안 내가 갖고 있는 세 명의 테너 카세트테이프에서 파바로티의 노래를 계속 들으면서 연습을 시작했다. 내 이탈리아어 실력은 엉망이었다. 나는 학교 성가대에서 라틴어 노래를 불러본 적은 있었지만, 이탈리아어는 전혀 몰랐다. 고맙게도 CD에는 그래픽 기능이 있어서 다른 노래방과 마찬가지로 술집 스크린 위에 가사가 떴다.

경연 대회의 밤은 금세 다가왔다. 이 상황을 내 마음이 불안했다는 말로 표현하기에는 부족하다. 난 노래를 해야 할 뿐만 아니라 의상도 비슷하게 입어야 했다. 브리스틀 가톨릭 플레이어의 연주회에서 입곤 하던 턱시도를 입었지만 옷이 헐렁했다. 축구를 계속하면서 체육관에 다니기 시작했고, 석 달 동안 적어도 3, 4킬로그램의 몸무게를 뺐기 때문이다. 하는 수 없이 나는 쿠션 몇 개를 빌려서 셔츠 속에 넣어 배를 불룩하게 만들었다.

수염도 문제였다. 나는 브리스틀 중심가에 있는 우스꽝스러운 물건들을 파는 가게에 가서 가짜 수염을 샀다. 그런데 그 가게에는 무대 위에서 가짜 수염을 붙일 때 쓰는 PVA 접착제가 없었다. 내가 쓰던 접착제로 붙였으나 잘 붙지 않았다. 그 접착제는 사진을 붙이거나 스크랩북을 만들 때 사용하는 것이라 얼굴에 가짜 수염을 붙이는 데는 무용지물이었다.

그날 밤 그 술집은 테스코에서 온 동료들로 가득 찼으며, 그들은 빈손으로 오지 않았다. 무대 위에 올라갔을 때, 나는 그들이 토마토 한 자루씩을 손에 들고 온 것을 보았다. 노래를 망치면 나에게 던질 준비를 한 것이었다. 노래를 시작하자마자 수염이 턱으로 미끄러져 내려가기 시작하는 것을 느낄 수 있었다. 그리고 공연이 끝나갈 무렵 그것은 거의 바닥에 닿아 있었다. 하지만 노래는 매우 성공적이었다. 다행스럽게도 썩은 토마토는 자루 속에 그대로 있었다. 동료들은 내 노래에 매우 놀란 표정들이었다. 나는 그 경연 대회에서 우승하지는 못했다. 노래와 의상에 점수를 매겼으므로. 하지만 상관없었다. 나는 내 천직을 발견했다.

그러나 그 기쁨은 그 뒤 2주 동안 받은 충격으로 금세 누그러졌다. 다음 날 나는 배심원 봉사를 시작해야 했다. 이전에 성 메리 레드클리프 교회에서 관리인으로 일할 때 배심원 봉사를 한 번 해본 적이 있었다. 비록 운전자 폭행, 그것도 증거 불충분으로 기각된 사건보다는 더 흥미로운 사건에서 배심원 역할을 하고 싶기는 했지만, 참 매력적인 경험이었다.

그러나 내가 보다 '흥미로운' 사건을 원했던 것을 얼마나 후회했는지. 나는 하루나 이틀 정도 기다려야 했고, 마침내 나와 열네 명의 사람들은 법정으로 안내되어 들어갔다. 난 견디기 힘든 충격적인 사건, 즉 아버지에게 성적으로 학대당한 열한 살 소녀의 사건에 배정된 열두 명 가운데 하나였다.

그 소녀는 이제 열세 살이었다. 아버지가 무죄를 주장했기 때문에 소녀는 직접 아버지에게 불리한 증언을 해야만 했다. 소녀는 비디오 영상으로 증언을 했는데, 그것은 더욱 참혹하게 느껴졌다. 지방 검사와의 인터뷰는 소녀를 배려해 주는 차원에서 진행되었으나, 여전히 너무나 노골적이었다. 소녀가 감내해야 했던 학대의 상세한 내용은 문서로 나왔다. 성적인 학대를 한 사람은 다름 아닌 소녀를 사랑해 줘야 할 아버지였다.

변호사가 소녀에게 아버지의 행동에 대해 질문을 할 때 나는 화가 났다. 마치 딸이 원고가 아닌 피고가 된 것처럼 보였다. 변호사는 그 소녀가 자신에게 벌어진 일을 꾸며서 말하고 있는 것처럼 암시하려고 애썼다. 변호사는 소녀에게 만약 법정에서 모든 일을 꾸며서 말했다고 하더라도, 아무 문제가 없을 거라는 말도 했다. 그의 목소리는 친절하지 않았다. 그는 단호하게 그의 의뢰인인 아버지가 무죄로 풀려나기를 바라고 있었다. 끊임없이 소녀가 거짓말을 한 것이라고 유도신문 하는 그의 태도가 나는 매우 불쾌했다. 나는 소녀가 진실을 말하고 있음을 알 수 있었다. 나는 그 징후를 인식했는데, 소녀가 얼마나 내향적인지를, 그리고 그것이 소녀의 눈 속에서 보이는 고통으로 인한 것임을 느낄 수 있었다. 소녀는 전혀 거짓말을 하고 있지 않았고, 아버지의 혐의가 오해로 빚어진 무죄라는 것은 말도 되지 않았다. 아버지는 딸에게 성적인 행동을 강요했다. 그것은 논란의 여지가 있는 키스 같은 게 아니었다.

난 내가 어려운 입장에 놓여 있음을 깨달았다. 소녀가 진실을 말하고 있다는 걸 알았지만, 동료 배심원들에게 어떻게 그 사실을 아는지 증거를 들어가며 설명할 수는 없었다. 저 가냘픈 어린 소녀가 용감하게 증언을 하고 있는 모습을 보고 있자니 내가 겁쟁이고 나약한 인간처럼 느껴졌다. 나는 버튼 배리에게 당한 성적인 학대를 신고한 적이 한 번도 없었다. 경찰에 가면 안 되는 이유를 더 많이 생각했다. 변호사가 거짓말쟁이라는 혐의를 덮어씌우는 데 맞서는 소녀의 강한 모습을 보면서, 과연 난 그렇게 할 수 있을지 의문이었다.

판사는 배심원들에게 물리적인 증거는 없으며, 스스로 믿는 바대로 판단해야 할 것이라고 말했다. 그 소녀가 용감하게도 증언대에 나와 자신이 겪은 일을 말하는 것을 보고 나는 감동을 받았다. 익명의 모든 배심원들이 아버지가 유죄임을 알았다. 그 나쁜 인간을 감옥에 보내는 것에 우리 모두 만족했지만 나는 무기력함을 느꼈다. 나에게는 소녀가 했던 일을 할 용기가 없었던 것이다.

힘든 사건을 겪기는 했으나 그 다음에 일어날 일에 대해 나는 아무런 준비도 하지 못했다. 배심원 봉사 기간이 아직 끝나지 않은 상태라 난 그 다음 주에도 브리스틀 크라운 법정에 가서 다시 호출될 때를 기다리고 있었다. 판결이 이루어지기 전까지는 오랜 시간이 걸리기 때문에 배심원들은 읽을거리나 들을 것을 갖고 왔다. 그주 화요일이었다. 난 가져간 책을 다 읽은 다음, 옆에 버려져 있는《브리스틀 이브닝 포스트》신문을 집어 들었다.

신문을 뒤적이던 난 심장이 매우 빨리 뛰는 것을 느꼈다. 어떤 기사 옆에 내가 결코 잊을 수 없는 사람의 사진이 붙어 있었다. 빅터 버튼 배리, 10년 전에 나를 성적으로 학대한 해양 청소년단 대장이었다. 기사를 읽고 난 내가 그의 유일한 희생양이 아니었다는 걸 알게 되었다. 버튼 배리는 서른세 건의 성추행과 외설물 게재, 그리고 세 건의 아동 성추행으로 유죄 판결을 받고 지금 감옥에 있다. 기사에는 그가 범죄 행위에 대해 총 14년 반 징역형을 선고받았다고 씌어 있었다.

나는 기사를 기억해 두려고 노력했다. 버튼 배리는 감옥에 갇혀 있고, 이제는 더 이상 아이들을 학대할 수 없다는 사실에 대해 난 안도감을 느껴야 했다. 하지만 오히려 반대의 기분을 느꼈다. 성적인 학대 사건의 배심원으로 앉아 있는 내가 사기꾼이나 비겁자처럼 느껴졌다. 다른 희생자들은 앞에 나서서 그들의 이야기를 말할 수 있는 용기가 있었다. 그러나 나는 그것을 그냥 내 안에 묻어두었고, 아마도 영원히 이야기하지 못했을 것이다. 내가 극복할 수 없는 문제에 맞닥뜨렸을 때 나는 언제나 해왔던 대로 달아났을 뿐이다. 그런 일이 일어났음을 인정하지 않으면, 실제로 일어나지 않은 것이라고 스스로에게 말해 왔다.

무기력함과 나약함만을 느낀 게 아니었다. 나 역시 성범죄자가 된 것 같은 죄책감을 느꼈다. 버튼 배리가 성범죄를 저지른 지 12년이 흘렀다. 나는 그에게 무슨 말을 했던가? 아무 말도 하지 않았다. 다른 사람에게 무슨 말을 했던가? 역시 아무 말도 하지 않았다. 나는 몇 년 전에 그를 피쉬폰즈의 한 거리에서 스쳐 지나간 적이 있었다. 내가 그를 향해 성범죄자라고 손가락질을 했던가? 아니다! 나는 아무 일도 없었던 것처럼 지나갔다. 그 일을 인정하면 내가 무가치한 인간이라는 것을 인정하게 되니까.

'만약 그랬다면 어땠을까?' 라는 의문이 마음 속에 솟았다. 나 이후에 얼마나 많은 아이들이 성추행을 당했을까? 내가 만약 앞으로 나설 용기만 있었다면, 얼마나 많은 아이들이 그가 저지른 성추행에서 벗어날 수 있었을까? 나는 스스로를 탓했다. 단지 그가 나를 추행하도록 허용했기 때문만도 아니었고, 나를 방어할 수 없었기 때문도 아니었다. 나의 적절하지 못한 행동 때문에 그는 수많은 아이들을 학대할 수 있었던 것이다.

그건 내 잘못이었다. 나는 그것을 알고 있었지만 여전히 침묵을 지키고 있었다. 그것은 과거의 일이었고, 따라서 바꿀 수는 없었다. 신만이 알 것이다. 그 시절 나는 "그만둬!" 하고 비명을 지르고 싶었다. 그를 고발하고, 그가 나에게 한 짓 때문에 벌을 받는 모습을 보고 싶었다. 그래서 그가 다른 아이들을 학대하는 것을 막고 싶었다.

나는 법정에 선 그 가엾은 소녀가 변호사에게 반대심문을 받았던 것을 떠올렸다. 과연 난 그런 일을 견뎌낼 수 있었을까? 풀이 죽어버리지 않았을까? 모르겠다. 내가 확신할 수 있는 것은 겁쟁이였기 때문에 다른 아이들이라면 피할 수도 있었을 학대에 의해 영원히 황폐해졌다는 사실이었다. 나는 오늘까지도 죄책감을 느낀다. 이제는 어른이 되어 그 당시 내가 그의 피해자였다는 사실을 깨달았다고 해도 다른 많은 피해자들처럼 너무 두려워서 앞으로 나설 수가 없었다.

배심원 봉사를 하는 기간 동안 나에게 드리워졌던 검은 구름에 한 줄기 빛이 비춰졌다. ITV에서 방영되는 〈마이 카인드 오브 뮤직〉이라는 퀴즈 쇼에서 가수들을 뽑는 지역 오디션을 하고 있었다. 나는 배심원 봉사 때문에 브리스틀에서 열리는 날을 놓쳤다. 하지만 배심원 봉사가 하루 일찍 끝나서 나는 또 다른 기회를 얻었다. 기대하지 않았던 하루 휴가가 생긴 덕분에 런던으로 가서 오디션을 볼 수 있게 된 것이다.

〈마이 카인드 오브 뮤직〉은 게임 쇼와 노래 경연을 합친 형태였다. 나는 신청을 망설였지만, '혼과 트럼펫' 술집의 노래방 동료 가수들이 오디션에 나가 보라고 여러 번 권했다. 그들은 신청서를 직접 받아와서는 나더러 작성하게 한 다음 내가 신청서를 제대로 부치지 못할까 봐 대신 보내기까지 했다.

흐리고 비가 오던 어느 날, 나는 런던 행 내셔널 익스프레스 버스에 올라타고 브릭스턴 댄스 스튜디오에서 열리는 오디션 장으로 향했다. 그곳에는 피아노 연주자가 있었고, 세 사람의 심사위원 앞에서 노래를 해야 했다. 나는 '혼과 트럼펫' 술집에서 사용했던 CD 속의 반주로 〈공주는 잠 못 이루고〉를 다시 불렀다(이번에는 가짜 수염을 집에 두고 왔지만). 심사위원들의 반응은 판단하기 힘들었고, 나는 오디션에 붙었을지 아닐지 가늠하지 못한 채 브리스틀로 돌아가는 먼 길을 왔다.

그러나 며칠 뒤, 나는 다음 단계로 올라가게 되었다는 통보를 받았다. 이번에는 사적인 공간 안에서 얼마 안 되는 사람들이 지켜보는 오디션이 아니었다. 다음 오디션은 많은 대중들이 지켜보고 있는 가운데 한 쇼핑몰에서 열렸다. 웨스트 미들랜드의 더들리에 있는 메리힐 쇼핑 센터였다. 더욱 긴장되는 것은 TV 방송국에서 경연의 마지막 단계로 올라가는 몇몇 선택된 사람들의 오디션을 녹화하기로 한 것이었다.

항상 그렇듯이 마지막 순간까지 난 여전히 〈공주는 잠 못 이루고〉의 가사를 외우지 못했다. 오디션에 출연할 시간이 점점 다가옴에 따라 내가 손에 책을 든 채 무대 위에 멍청하게 서 있을 것이라는 게 자명해졌다. 나는 노래방에서 노래를 부를 때 반주 트랙을 내가 직접 가져갈 때가 있었다. 그래서 스크린 위에 가사가 뜨지 않는 것에도 익숙해져 있었다. 보통 나는 배킹 트랙(Backing Track, 기타 파트를 제외한 모든 음원이 담긴 음악 파일)에서 본보기로 들려주는 노래 소리를 유심히 듣곤 했다. 그렇게 반복해서 듣고 나면 가사가 머릿속에 입력되곤 했다.

'혼과 트럼펫' 술집 같은 친근한 환경에서는 그 방법이 괜찮았다. 하지만 이번에는 완전히 달랐다. 쇼핑 몰에는 수천 명의 사람들이 들어찼고, 실수 하나라도 잡아내려는 카메라들이 사방에서 돌고 있었다. 진행 요원이 다가와 나에게 앞으로 10분 안에 반주 기계 앞으로 가야 한다고 말했다.

무대 위로 오를 때 나를 불안하게 만든 것은 청중들뿐만 아니라 쇼의 진행자이기도 했다. 마이클 배리무어는 그 당시 영국 TV에서 가장 잘 나가는 사람들 가운데 하나였다. 그는 매우 키가 커서 탑처럼 우뚝 선 채 자리를 잡고 선 나를 압도했다. 그는 여러 개의 TV쇼를 성공적으로 진행하고 있었고, "오우 라잇?" 이라는 구호와 함께 손바닥을 시청자에게 들어 보이는 것으로 유명했다. 또한 예측하기 힘든 행동을 하는 것으로도 잘 알려져 있었다. 차례를 기다리면서 나는, 그가 다른 참가자들의 주의를 흐트리고 당황하게 만들어 관중들을 폭소하게 하는 것을 지켜보았다.

그가 나를 위해 무엇을 준비했는지 알아내는 데 그리 오래 기다리지 않아도 됐다. 〈공주는 잠 못 이루고〉에 대한 간단한 소개가 있은 후 난 노래를 했다. 노래하는 동안(정말로 서툰 이탈리아어로), 마이클은 근처에 서 있던 아기 엄마에게서 아기를 빼앗아 안으려고 했다.

"이봐요! 당신이 아기를 깨웠어요!" 그가 함박웃음을 웃으면서 나에게 소리쳤다.

나는 평온을 유지하기 위해 최선을 다했다. 고맙게도 마이클은 그 뒤로 나를 방해하지 않았다. 나는 끝까지 노래를 불렀고, 관객과 마이클로부터 열렬한 호응을 얻었다.

"오, 놀랍습니다. 우리는 당신 노래를 더 들을 수 있을 거라고 확신해요."

기쁘게도 나는 런던의 TV 스튜디오에서 열리는 경연의 마지막 단계에 참가할 수 있게 되었다. 쇼는 노래하는 각각의 사람이 친구나 동료들과 팀을 이루는 형식으로 구성되었다. 둘씩 짝을 이룬 사람들은 퀴즈에 답을 하고, 다른 한 사람이 추측할 수 있도록 노래를 불렀다. 나는 신중하게 파트너를 골랐다. 그리고 회사 동료의 형인 스티브 렌턴에게 부탁했다. 그는 지역 퀴즈 대회에서 우승한 데다 전에 한두 개의 TV쇼에도 출연한 적이 있었다. 스티브는 영리했고 조용했으며 금방 호감이 가는 사람이었다. 우리는 녹화가 있기 전날 서로에게 퀴즈를 내는 연습을 하면서 저녁 시간을 보냈다.

1999년 봄, 쇼가 방영되기까지는 어느 정도 시간이 걸렸다. 내가 〈공주는 잠 못 이루고〉를 부를 때, 마이클 배리무어는 작은 체구에서 그런 힘이 나오는 게 놀랍다고 했다. 당시 나는 68킬로그램도 안 되는 몸무게였다.

"저런 노래가 저렇게 작은 체구에서 나온다는 게 믿어지십니까?" 그가 청중들에게 말했다. "믿을 수 없어요!"

노래의 가사를 정확하게 이해하고 있지 못했지만 나는 내 노래에 상당히 만족했다. 쇼에서는 출연진들 각자에게 아주 짧은 시간을 할애할 수밖에 없었다. 사실 그 쇼를 돌아보면, 《데일리 미러》지는 나와 나의 퀴즈 파트너를 혼동했다. 그들은 '스티브 렌턴' 이 부른 〈공주는 잠 못 이루고〉가 놀라웠다고 썼다!

유명하지 않다는 것 때문에 괴롭지는 않았다. 명성 때문에 노래를 한 게 아니었으니까. 그것은 진짜 재능을 보여주는 쇼가 아니라 노래하는 사람들과 함께 하는 퀴즈 쇼에 불과했다. 스티브와 나는 호흡이 매우 잘 맞았다. 놀랍게도 우리가 연습했던 몇몇 질문들이 실제로 퀴즈로 출제되었다. 잭팟 라운드의 마지막 질문에 포함된 것들이었다.

"〈레이디〉라는 노래는 누가 작곡했나요?" 마이클이 물었다.

스티브와 나는 서로를 바라보았다. 우리는 라이오넬 리치가 답이라는 것을 알고 있었다. 케니 로저스가 그 노래를 먼저 불렀고 유명하게 만들었지만 말이다. 청중들은 환호했고, 우리 두 사람은 1만 6천 파운드의 상금을 탔다.

상금을 어떻게 나눌 것인지에 대해 많은 의논을 했다. 테스코 동료들은 대부분 내 노래가 없었다면 안 되었을지도 모른다며, 내가 3분의 2를 가져야 한다고 생각했다. 그러나 나는 단호했다. 우리는 팀이니까 똑같이 나눠야 했다. 나는 내 몫으로 무엇을 하고 싶은지 정확하게 알고 있었다. 나는 노래 레슨을 받고 싶었고, 치아를 교정하고 싶었다.

행운이 나에게 오기 시작하는 것 같았다.

8
해외로 나가 노래하다

TV쇼에서 우승하면서 나는 일주일에 한 번 노래 레슨을 받기 시작했다. 나는 자전거를 마련했다. 바스스파 대학이 있는 바스 시의 변두리까지 레슨을 받으러 가야 했기 때문이다. 레슨 선생은 영국 국립오페라단에서 예전에 메인 베이스를 맡았고, 여러 국제 오페라단과 협연을 한 경력이 있는 이안 컴보이였다. 나는 곧 이안과 친해졌다. 그는 내가 선천적으로 자신이 말하는 것을 이해하는 능력이 있다고 말했다. 그는 좋은 선생이었을 뿐만 아니라 내 가수 경력에 훌륭한 조언을 해주는 사람이기도 했다. 그는 영국에 있는 모든 주요 오페라단에서 노래를 했는데, 내 목소리에 자신감을 갖도록 나를 격려했으며, 내가 매우 빨리 배운다고 칭찬했다.

전국적인 텔레비전에 출연할 기회는 그리 많지 않기 때문에, 나는 〈공주는 잠 못 이루고〉를 작은 규모의 공연에서 고작 몇 번 불렀을 뿐이다. 가장 큰 기회는 켄트에 있는 기획자가 제의한 것이었다. 그는 로열 필하모니 콘서트 오케스트라와 마게이트에 있는 퀸 엘리자베스 더 퀸 마더 호스피탈의 암 병동을 위한 모금 쇼를 공연하려고 하는 중이었다. 1만 5천 명 관중이 모일 것으로 예상되는 큰 행사였다. 이안은 나에게 그 일이 돌파구가 될 좋은 기회라고 일러주었다. 우리는 몇 달 동안 콘서트 준비를 했다.

성악 레슨을 시작하는 것과 동시에 바스 오페라단의 오디션을 받았다. 오디션 결과 《투란도트》에서 두 가지 작은 배역을 맡았다. 페르시아의 왕자와 헤럴드 역할이었다. 비록 〈공주는 잠 못 이루고〉를 부르지는 못하지만, 오페라 도입부의 노래를 부르게 되었다. 이제 건강관리도 잘해야 했다. 일주일에 몇 번씩 집이 있는 브리스틀과 바스 사이를 자전거를 타고 왕복했다. 바스는 결코 평평한 곳이 아니었다. 그곳은 멋진 건축물들과 로마 시대 목욕탕이 유적으로 남아 있는, 영국에서 가장 아름다운 도시 가운데 하나였다. 도시는 바스의 어느 곳을 가든지 언덕을 올라가야 하는 위치에 건설되었다. 내가 올라가야 하는 언덕은 매우 가팔랐다.

바스 오페라단은 바스 대학의 중앙 캠퍼스에서 공연했다. 위대한 공연자들뿐만 아니라 출연자들 모두 좋은 친구가 되어주었다. 음악 감독은 나중에 나의 결혼식에서 오르간 연주를 해주었고, 아이다 역을 한 주디는 축가를 불러주었다. 또한 나는 나와 비슷한 생각을 하는 사람들의 공동체에 속해 있게 되었다. 이것은 내가 소속감을 느끼는 데 도움이 되었다.

지역 매체에 바스 오페라단을 홍보할 때, 그때 처음으로 난 뮤직 비디오에 출연하는 경험을 했다. 회사 유니폼을 입은 채 내가 일하는 테스코 매장 안을 걸어 다니면서 〈공주는 잠 못 이루고〉를 노래하면 모든 사람들이 나를 이상한 눈으로 쳐다보는 내용이었다. 이는 BBC 서부 저녁 뉴스 매거진인 〈포인트 웨스트〉에 방영될 예정이었다.

그 주에 있을 바스 오페라단의 공연을 홍보할 좋은 기회였다. 그러나 옹졸한 지역 정당에서는 오페라단 홍보를 너그럽게 봐주지 않았다. 본 프로가 방영되기 10분 전 짧은 예고가 나갔다. 그 10분 사이에 노동당 당원 하나가 전화를 걸어 그 예고편이 자유민주당에 유리하게 작용해 불공평하다고 항의했다. 시 의회 선거 직전이었기 때문에 그 예고편은 연기되었고, 선거가 끝난 뒤에야 방영할 수 있었다. 결국 바스 오페라단은《투란도트》공연을 홍보할 기회를 놓치게 되었다.

몇 달 뒤, 마게이트에서 자선 음악회가 열렸다. 그것은 환상적인 기회였다. 또한 이제까지 내가 공연했던 어느 때보다 훨씬 많은 청중이 모이는 자리였다. 나는 이안과 함께 열심히 연습을 했지만 부담이 느껴졌다. 음악회는 마게이트의 변두리에 있는 쿠엑스 파크에서 열렸다. 학창 시절 성가대와 여행을 다니면서 그곳에서 노래를 부른 적이 있었기 때문에 나는 그곳에 대해 잘 알았다. 그로부터 15년이나 시간이 흘렀다. 공원은 그때보다 쇠락해 있었다. 장터도 사라지고 시설들은 낡아 마음이 슬펐다.

어느 따뜻하고 화창한 여름날, 나는 앨비 파크라는 친절한 공연 기획자와 만났다. 앨비는 나를 데리고 리허설 장으로 가면서, TV에서 내 공연을 정말 즐겁게 봤노라고 말했다.

"당신은 크게 성공할 겁니다. 내가 장담해요." 그가 말했다.

"성공하면 우리들과 다시 여기 와서 암 병동 기금 마련 공연을 합시다. 약속해 줄 수 있어요?"

내가 크게 성공할 거라는 바람에 난 좀 어안이 벙벙해졌다.

"물론이죠." 나는 조금 놀라면서 약속했다.

텔레비전 쇼에 출연했지만, 여전히 그 분야에서는 초보자라는 걸

난 알았다. 그래서 내 노래가 어디까지 나를 데려갈지 상상할 수 없었다. 나는 물론 그런 것을 꿈꾸긴 했지만, 그것이 현실로 이루어질 것이라고 결코 생각하지 않았다.

공연을 할 때가 다가오자 매우 초조해지기 시작했다. 대규모의 오케스트라가 밑에서 연주하고 있다는 것은 매우 신기했고, 리허설은 잘 진행되었다. 지휘자는 나에게 오케스트라 전체가 나를 따라갈 수는 없으니, 내가 그의 지휘를 따라야 한다고 말했다. 정식으로 훈련을 받은 적이 없으므로, 이것은 나에게 매우 새로운 경험이었다.

내 걱정은 기우였다. 실제 공연은 아주 잘 끝났다. 공연이 끝난 뒤 처음으로 사인 공세를 받았다! 내 노래가 연주회의 첫 부분에 있었기 때문에, 나는 나머지 공연을 부모님과 토니와 함께 청중 사이에서 지켜볼 수 있었다.

가장 인상적인 부분 중 하나는 〈633호 비행중대*633 Squndron*〉라는 제목의 곡이었는데, 그 노래에는 실제 제2차 세계대전의 스피트파이어(Supermarine Spitfire, 제2차 세계대전 때 활약했던 영국의 주력 전투기)가 날아가는 장면이 포함되었다. 연주회는 차이코프스키의 〈1812년 서곡〉으로 막을 내렸고, 화려한 불꽃놀이로 마무리되었다.

나는 내 공연에 만족했다. 오케스트라의 환상적인 음악을 들을 수 있었고, 내가 그 음악의 일부가 되는 황홀한 경험을 했다. 나는 대규모 오케스트라와 협연을 하는 것과 그것이 끝난 뒤 청중들이 환호하는 것을 모두 즐겼다. 내려오다가 쿵 하고 넘어질 것 같은 두려움을 쫓아내려고 노력했다.

내 노래 실력을 더욱 향상시키고 싶었으나, 마음 한편에는 과연 그럴 준비가 되어 있는지 의문이었다. 그게 무엇인지는 확실하지 않았지만, 나는 내 목소리를 좀 더 향상시키는 그 무언가를 하기 위해 퀴즈 쇼의 우승 상금을 저축해 놓았다. 음악대학에 가려는 것도 아니었고, 다음 단계가 무엇인지도 확실히 알 수 없었다.

그런데 그 해답은 《오페라》라는 월간 잡지에 나와 있었다. 거기에서 나는 2000년 1월에 바르셀로나에서 일주일 동안 경연 대회가 열린다는 기사를 읽었다. 내가 찾고 있던 바로 그것 같았다. 나는 이안에게 그것을 보여주었다. 그러나 그는 아직은 경연 대회에 참가하는 것이 시기상조라고 말했다. 그렇지만 나는 믿음을 가지고 도약해 보기로 했다. 일주일에 세 번 왕복 48킬로미터씩 자전거를 타고 다니면서, 이미 난 노래에 많은 투자를 했다고 생각했다. 이제 나 자신을 시험해 볼 때였다.

1월 1일, 난 바르셀로나로 날아갔다. '밀레니엄 버그'(컴퓨터가 2000년을 1900년으로 잘못 인식하는 현상)로 인해 비행기가 하늘에서 떨어질지도 모른다는 무시무시한 소문들이 많이 떠돌던 때였다. 하지만 다행스럽게도 모두 헛소문이란 게 밝혀졌다. 나는 람블라스 거리에 있는 유명한 리세우 극장(바르셀로나 최고의 오페라 극장) 맞은편에 자리잡은 소박한 호텔에 머물렀다. 그리고 곧 바르셀로나를 좋아하게 되었다. 람블라스 거리는 특히 밤이 되면 시끄러웠다. 그러나 나는 아무렇지도 않았다. 나는 바닷가 옆 고딕 지구(Barri Gotic, 100년전 고딕 양식 건축물로 이루어진 바르셀로나의 모습을 그래로 간직하고 있는 곳)를 산책하는 게 좋았다. 또한 사그라다 파밀리아 성당(Sagrada Familia, 성聖 가정성당의 뜻으로 가우디가 설계하였다.)의 탑에 올라가 보았고, 구엘 공원도 구경했다.

그 이후로 나는 바르셀로나를 여러 번 방문하는 기쁨을 누렸다. 그곳은 늘 나를 기쁘게 하는 매력적이고 아름다운 도시다. 번잡하고,

가로수가 늘어선 람블라스 거리의 좁은 뒷골목은 독특하면서도 라틴 정신의 따스함이 번지는 곳이었다.

그러나 그때는 관광을 하러 간 게 아니었으므로 곧 수업에 참여했다. 첫 주에는 잘 알려진 오페라 가수 마그다 올리베로가 하는 짧은 레슨이 있었다. (그녀는 지금도 살아 있고, 곧 건강한 103세가 된다!) 나는 그녀가 매우 강한 사람임을 알아차렸다. 그녀는 내 목소리에 대해 많은 문제를 제기했고, 그녀가 하라는 대로 정확하게 따라 하라고 말했다. 그러나 그녀의 말을 나는 이해할 수 없었다. 이탈리아어였으므로.

"피아토!" 그녀는 나에게 반복해서 소리쳤다. "피아토! 피아토!"

'호흡' 이라는 의미였다. 그녀는 나에게 더 많은 레슨을 받아야 한다고 설명했다. 나는 호흡 조절을 하지 않고 목으로만 노래하고 있었다. 처음는 레슨 받는 것이 힘들었다. 특히 내가 맡은 부분을 가르치는 연습 코치는 너무나 엄격했다. 일주일 정도 지나자 그는 부드러워졌다. 그리고 연주회의 마지막 과정에 내가 선택되도록 나를 대신해 부탁도 해주었다. 그러나 마그다는 내가 매우 발전하고 있는 건 분명하지만 여전히 요구되는 수준에 도달하지 못했다고 생각했다.

공연에 선택되지 못하는 동안 나는 다른 가수들이 노래하는 것을 즐겁게 지켜보았다. 그때 난 내 안에 있는 가수의 자질을 느꼈다. 그것은 멋진 느낌이었다. 비록 가수의 길에 몇몇 장애물이 있다손 치더라도. 또한 나는 다른 가수들과도 즐거운 시간을 보냈다. 매일 노래하면서 동료들과 어울렸는데, 모두 보람있는 경험이었다.

이제 경연을 준비해야 할 시간이 되었다. 나는 반주자와 함께 나의 첫 곡인 후고 볼프의 〈잠자는 아기 예수*Schlafendes Jesuskind*〉와 〈공주는 잠 못 이루고〉를 연습했다. 리허설이 끝난 뒤, 피아니스트는 나를 보고 마이클 배리무어가 〈마이 카인드 오브 뮤직〉에서 나에게 했던 말과 똑같은 말을 했다. 나처럼 가냘픈 몸에서 그런 소리가 나온다는 게 믿어지지 않는다고. 나는 그 말을 칭찬으로 받아들였고, 자신감에 가득 찬 상태로 경연 무대에 올랐다.

예선은 바르셀로나 중심가에 있는 카레 아라고의 커다란 강당에서 열렸다. 아버지가 나를 응원하기 위해 비행기를 타고 날아왔다. 어머니는 휴가를 얻을 수 없었으므로, 함께 오지 못했다. 나는 경연 대회에 참석한 유일한 영국 가수였다. 그래서 영광스럽게도 우리나라를 대표하는 기분이었다.

내가 노래할 순간이 되었을 때, 나는 매우 불안했다. 단 한 사람의 영국 대표라는 사실이 머릿속에서 떠나지 않았다.

다음 라운드까지 올라갈 기회가 없을 거라고 생각하면서도, 열심히 다른 참가자들의 실력을 가늠하며 대책을 세우고 있었다. 밤늦게 리세우 극장 옆에 있는 호텔 오리엔테에서 다음 라운드에 진출할 사람들의 명단이 발표되었다. 몇몇 사람들이 초조하게 왔다 갔다 했다. 슬프게도 나는 명단에 없었다. 기대하지 않았지만, 실망하지 않을 수 없었다.

더 좋지 않은 일도 생겼다. 심사위원 가운데 한 사람이 세밀한 피드백을 받겠느냐고 물어왔다. 나는 그러고 싶어 호텔로 그를 만나러 갔다. 그는 심사위원장인 조언 메타보치로, 리세우 극장의 예술 감독이었으며, 말을 돌려서 하는 사람은 아니었다.

"우선, 당신은 곡 선택이 적절하지 않았어요." 그가 말을 시작했다. "그리고 당신의 경력으로는 이 무대가 어울리지도 않아요." 그의 비평은 이어졌다. “솔직히 말해서, 당신이 성악을 할 수 있을지도 확신이 서지 않는군요.”

나는 완전히 위축되었다. 내가 본선에 진출하리라고 기대하지 않았지만, 심사위원들이 내 노래를 좋아하고 나의 잠재적 가능성을 봐줄 거라고 확신했다. 어떤 일에 자신감을 갖는 것은 평소의 나로서는 있을 수 없는 일이었으나, 이 자신감이 완전히 구겨지고 있었다.

나는 메타보치 씨에게 감사하다는 말을 한 뒤 충격에 빠진 채 호텔에서 걸어 나왔다. 밖에서 기다리고 있던 아버지가 내게 어떤 피드백을 받았느냐고 물었다.

“그 사람 정말 말도 안 되는 소리를 하네.” 내가 그에게서 들은 이야기를 전하자 아버지가 말했다.

“너를 딱 한 번 보고 어떻게 그걸 알 수 있대? 너는 노래할 수 있어. 그게 네 인생이야. 그리고 이제부터 내가 너와 함께 해줄게. 차근차근 계단을 올라가보자.”

나는 확신할 수 없었다.

“아버지, 그 사람은 세계적인 오페라 하우스의 예술 감독이에요. 그가 자기가 무슨 말을 하는지 모를 리가 없잖아요.”

그 문제로 아버지와 토론하고 싶지 않았다. 한동안 혼자 있고 싶었다. 나는 돌아가고 싶을 때 돌아가겠노라고 하고는 아버지와 헤어졌다. 내 방으로 돌아와 눈이 퉁퉁 붓도록 울었다. 평생 동안 그렇게 상처를 받은 적은 없었다. 노래를 불러서 성공하고 싶은 마음이 간절했는데, 이번에도 실패한 것처럼 느껴졌다.

몇 시간 뒤, 아버지와 다시 만나서 점심을 먹었다. 아픔은 사라지지 않았지만 현실을 깨닫게 되었다. 이안 컴보이 선생이 옳았다. 나는 아직 준비가 되지 않았다. 나는 너무 많은 계단을 뛰어오르려고 했고, 따라서 추락은 피할 수 없는 일이었다.

바르셀로나에서의 실패에도 불구하고, 여전히 나는 노래 실력이 향상되기를 바랐다. 또한 나의 형편없는 이탈리아어 실력을 위해서 뭔가 노력해야 한다는 것을 깨달았다. 집에서는 인터넷 접속을 할 수 없었으므로, 나는 브리스틀 중심가의 인터넷 카페로 가서 이탈리아어 수업을 받을 수 있는 적당한 곳을 검색해 보았다. 나는 이탈리아어 수업과 성악 레슨을 함께 받을 수 있는 과정을 원했다.

한참 동안 검색한 끝에 '오페라 가수를 위한 이탈리아어 수업' 이라는 강좌를 찾게 되었다. 아드리아 해변의 리미니라는 곳에서 일주일에 열두 시간 성악 레슨과 더불어 이탈리아어 수업을 한다는 내용이었다. 나는 온라인으로 서류 작성을 해서 보냈다.

나는 7월 한 달 전부를 휴가로 쓸 수는 없었다. 그래서 좀 더 과감한 결정을 내려 여섯 달 동안 무급 휴직 신청을 했다. 그것은 월급을 받을 수 없음을 의미했다. 퀴즈 쇼에서 탄 상금이 꽤 남아 있었지만, 여섯 달을 살기에는 부족했다. 그래서 다시 한 번 적지 않은 위험을 무릅쓰게 되었다.

7월의 어느 서늘한 날, 나는 영국의 히드로 공항에서 이탈리아 볼로냐로 날아갔다. 런던을 떠날 때 섭씨 15도라 따뜻한 옷을 입고 있었는데, 볼로냐에 도착하니 섭씨 30도가 훌쩍 넘었다. 나는 화장실로 곧장 뛰어들어가 시원한 옷으로 갈아입었다.

여전히 가야 할 길이 멀었다. 공항버스를 타고 도시 철도 역으로 가 기차를 타고 리미니로 가야 했다. 곧 나의 이탈리아어에 한계가 드러났다. 처음에는 다른 승강장에 들어가서 기차를 잘못 탔다. 피쉬폰즈에서 알고 지내던 이발사가 나에게 경고했던 일이었다. 가방과 배낭을 들고 철로를 가로질러 달려가 기차에 올라탔다. 승무원이 다가와 표를 확인했다. 그는 내 표를 보더니 짜증스런 표정으로 나를 바라보았다. 그리고 이탈리아어로 나에게 무엇인가를 물었다. 나는 한 마디도 알아들을 수 없었다. 같은 객차 안에 있던 승객 하나가 승무원에게 이탈리아어로 중얼거렸다.

"루이 에 잉글레제(영국인이잖아)!"

그 말에 알아들었다는 듯 눈을 굴리면서 내 표에 글씨를 휘갈겼다. 그리고 표를 나에게 돌려주었다. (나는 기차표 확인하는 것을 잊었던 것이다.)

리미니에 도착했다. 그곳에서 나는 '비아 산타 마리아 알 마레' 에 있는 한 가족과 함께 머물 작정이었다. 다행스럽게도 역에서 그리 멀지 않은 곳이었다. 더위 속에서 한 손에는 지도를 한 손에는 짐을 들고 힘겹게 걸었다. 섭씨 35도나 되는 무더위는 생전 처음 경험하는 것이었다. 드디어 집을 찾아 초인종을 눌렀다. 개 짖는 소리가 들린 뒤, 발코니에서 아래로 고함을 지르는 여자 목소리가 들렸다.

"씨(네)?"

나는 몇 마디 말을 중얼거렸다.

"어, 이오 소노……잘 모르겠어요."

"께 꼬사 보레베(무슨 일이죠)?"

나는 이탈리아어로 나에 대해 말할 수 없었기 때문에 영어로 대답했다.

"저는 이 말라떼스따 수업을 받으러 온 사람입니다."

"아스뻬띠(잠깐만요)!" 그녀가 기다리라는 손짓을 했다.

마침내 그녀가 문을 열어주면서 시끄럽게 짖어대는 개를 붙잡았다. 작은 개였으나 신문 배달원으로 일했던 내 경험에 의하면, 알세이션(독일산 셰퍼드 종)보다 그런 개들이 더 잘 물었다. 그녀는 나에게 앉으라고 손짓을 하고 전화를 걸었다. 그녀는 매우 분주하게 움직이더니 나에게 다시 주의를 돌렸다.

그녀가 내게 어디에서 왔느냐고 물었다. 나는 영국의 브리스틀에서 왔다고 대답하면서 이탈리아어를 잘 못해서 미안하다고 말했다. 내 이탈리아어 수준에 대해 어떻게 말할지 궁금해하고 있을 때, 그녀가 매우 서툰 영어로 자신이 영어를 조금밖에 하지 못한다고 했다.

마침내 또 다른 사람이 왔다. 그녀는 나와 이야기를 나누던 여자의 딸이었는데, 나의 곤란한 상황을 해결해 주었다. 나는 차를 대접해 준 어머니에게 고맙다고 인사를 한 다음, 한 달 동안 내가 머물 방으로 향했다.

다음 날 아침부터 이탈리아어 교습이 시작되었다. 시작하자마자 사람들은 서로 잘 어울렸는데, 나도 교사들과 학생들 모두와 잘 어울릴 수 있음을 알고 놀랐다. 성악 강좌를 듣는 우리들은 매우 빨리 진정한 공동체 의식을 형성했다. 학생들은 모두 다섯 명으로, 우리는 저녁마다 동네 식당에서 함께 식사를 했다. 덴마크에서 온 피터, 오스트레일리아에서 온 카일리, 뉴올리언즈에서 온 메건과 앤젤라였다. 메건과 앤젤라는 함께 여기저기 여행을 다닌 사이라 이미 서로 매우 가까웠다. 피터는 굉장히 치열하고 진지한 사람이었다. 카일은 나와 가장 가까운 친구가 되었다.

언어만 배우는 강좌에 나오는 얼마 안 되는 친구들과 함께 나는 저녁마다 리미니의 식당과 피자 전문점을 탐험했다. 보통은 해변 거리의 중심가 뒤쪽으로 난 간선도로인 비알레 베스푸치 주변을 돌아다녔다.

내 인생에서 처음으로, 내가 정말 어딘가에 속해 있다는 느낌이 들었다. 난 다른 사람들과 어울리며 대부분의 날들을 노래하면서 지냈다. 그들은 실제로 나를 좋아했다. 이탈리아어 실력이 향상됨에 따라 우리는 여러 가지 형태의 시나리오로 연습을 했다. 한 번은 십오 년 전이라면 내가 두려워했을 질문이 우연히 나왔다. 우리에게 서로를 어떻게 생각하는지 물었던 것이다. 수업을 듣는 아가씨 하나가 나를 어떻게 생각하는지 질문을 받았다. 그녀의 대답을 듣고 나는 그만 얼굴이 붉어졌다.

"파올로 에벨로 에 심빠띠코(폴은 정말 잘생겼고 귀여워요)."

이 말이 내겐 정말 새로웠다. 학창 시절을 돌이켜보면, 이런 질문을 받은 사람들이 나에 대해 대부분 심술궂은 말을 했고, 나는 거기에 익숙해져 있었다. 내가 잘생기고 귀엽다는 말은 결코 들어본 적이 없었다.

성악 수업에서 우리는 마리오 멜라니 선생과 다양한 레퍼토리를 연습하곤 했다. 그는 마르셰 지방의 작은 도시인 칼리에 있는 오페라 학교 아카데미아 델 떼아뜨로 '치따 디 칼리'의 예술 감독이기도 했다. 내 경력의 네메시스(그리스 신화에 나오는 인과응보 · 복수의 여신)라고 할 수 있을 바르셀로나에서 열린 프란시스코 비나스 콩쿠르의 프로그램을 통해 그 학교를 알게 되었다. 나는 마리오와 잘 지냈다. 그는 좋은 선생이었는데, 나의 가장 큰 약점은 몸이 잔뜩 긴장하고 있는 것이라고 지적했다.

성악 과정의 연습 코치는 카를로 파리라는 뛰어난 피아니스트였다.

그는 매우 익살스러웠고, 재능 있는 음악가였다. 뿐만 아니라 그 강의에 참여하는 여성 멤버들은 약간 헝클어진 검은 머리를 지닌 그의 매력에 반해 있었다. 한 번은 우리가 움베르토 조르다노의 《안드레아 셰니에*Andrea Chenier*》에 나오는 〈임프로비소*Improvviso*〉라는 강렬한 아리아 곡을 훑어본 적이 있었다. 그 곡은 주인공이 지역의 영주에게 가난한 사람들이 빵을 얻으려고 분투하는 동안 그들은 잔치를 벌이고 있었다면서 거세게 비난하는 내용이었다. 내가 한 부분을 부르고 있을 때, 카를로가 웃음을 참지 못하고 연주를 멈추었다.

"모음을 발음할 때 조심하세요." 보조 교사 중 하나이며 나중에 좋은 친구가 된 리가 설명했다.

"모음 때문에 전체 문장의 뜻이 달라질 수도 있거든요."

"토요일에 당신이 지금처럼 노래하면 청중들에게 웃음거리가 될 걸요!" 여전히 킬킬거리면서 카를로가 덧붙였다.

혼란스러웠다. 나는 노래를 불렀다, 또는 불렀다고 생각했다, 이렇게. "호 운 그란데 페나(나는 커다란 고통을 느낀다)."

"페나라는 발음을 할 때 '아'를 '에'로 발음했어요. 페네는 성기라는 뜻이에요. 당신은, 나는 커다란 성기를 느낀다, 라고 노래했다고요!" 리가 설명했다.

매주 주말이 되면 우리는 마을 주변의 여러 아늑한 장소에서 음악회를 열곤 했다. 이탈리아어 학교의 책임자인 브루노 파브리 씨는 마치 그 지역의 행사 기획자처럼 행동했고, 연주회를 끝낸 뒤 우리의 저녁 모임을 주최했다. 음식은 보통 간단한 메뉴였는데, 언제나 믿을 수 없을 만큼 신선하고 맛있었다. 이 특별한 식사는 빵, 치즈, 그리고 콜드컷(햄, 소시지나 칠면조 등을 얇게 저민 냉육)으로 이루어져 있었다. 나는 즉석에서 조리해서 주는 이탈리아의 파스타와 항상 주위에 감도는 마늘과 오레가노 향을 사랑했다. 포도주가 흘러넘쳤고, 정말 맛있는 리몬첼로(레몬 향이 나는 독하고 달콤한 술)와 그라파(포도로 만드는 독한 이탈리아 술)가 뒤를 이었다. 둘 다 얼음처럼 차가운 최상의 상태로 나왔다. 그렇게 마시지 않으면 리몬첼로는 너무 달고, 그라파는 지나치게 자극적이었다. 여자들은 그라파보다는 리몬첼로를 좋아했으므로, 그라파는 내가 거의 마셨다!

첫 번째 연주회는 파란만장했다. 우리는 리미니에서 그리 멀지 않은 빌라 베루치오에 있는 교회 밖에서 연주회를 열었는데, 바람 부는 저녁이었고 폭풍이 예보되어 있었다. 리는 카를로를 돕기 위해 그 자리에 있었지만 단지 피아노 뚜껑을 여는 일만 했다. 마침내 날씨가 너무 나빠져서 연주회를 일찍 마칠 수밖에 없었다. .

우리는 카스텔로 디 론지아노를 비롯해서 몇 군데 다른 장소에서 공연을 했다. 그러나 내가 좋아하는 곳은 이탈리아 북부에 있는 오래된 왕국의 수도인 산 레오였다. 작고 예쁜 도시인 산 레오는 산마리노 공화국을 둘러싼 산자락에 자리 잡고 있다. 우리는 그곳으로 여행을 가면서 귀가 뻥 뚫리는 고도 이상으로 올라갔고, 숨이 막힐 것 같은 경치를 보았다.

한 달은 쏜살같이 흘러갔다. 친구들에게 작별 인사를 하고 고향으로 돌아가야 할 시간이 다가왔다. 그때 브루노의 딸 실비아가 나와 막 가까워지려던 참이었다. 그녀는 내게 두세 달 더 머물러 있을 수 있는지 물었다. 4주 정도 살 수 있는 돈밖에 남아 있지 않았던 난 망설였다. 등록금을 내야 할 뿐만 아니라 생활비도 충당해야 했다. 그녀는 아버지에게 이야기해 보겠다고 말했다.

실비아가 돌아와서 나에게 등록금의 75퍼센트를 할인해 주겠다고 제의했다. 물론 숙식비는 모두 내가 부담해야 했지만. 결국 깊이 생각한 끝에 더 머물기로 결심했다. 나는 이탈리아어와 노래 모두 향상되었음을 느꼈고, 공부를 계속하고 싶었다.

이탈리아에서 더 머물기로 한 뒤 난 언어 연수팀과 함께 플로렌스와 베니스를 방문했다. 두 도시 모두 매력적인 곳이었다. 성악 교습도 더 많이 받았는데, 이번에는 바리톤인 토마스 부쉬 선생에게 배웠다. 산 레오를 다시 방문했을 때 난 카를로를 위해 악보를 넘겨 주는 역할을 맡았다.

그것은 사실 쉽지 않은 일이다. 카를로가 피아노 연주하는 것에 감탄하면서 동시에 음악에 집중하는 것이 얼마나 어려운지 알고 있었기 때문에 나는 그 일을 피하고 싶었다. 악보 넘기는 일은 슈베르트의 소품처럼 매우 빨리 흘러가는 곡이 아니더라도 매우 어렵다. 그 곡은 북아일랜드의 소프라노 레베카 코피가 잘 불렀는데, 반주 속도 때문에 나는 그녀의 노래에 집중할 수 없었다. 자칫 한 순간이라도 늦게 넘기면 카를로는 나를 엄격한 얼굴로 돌아보았다. 또 조금이라도 빨리 넘기면, 그는 눈을 부릅떴다.

산 레오는 아름다운 도시였다. 그곳 강당은 음향 시설과 분위기가 매우 좋았다. 청중들은 대체로 교육을 잘 받은 사람들로 보였다. 그들은 조용히 연주를 듣고 예의 바르게 박수갈채를 보냈다. 이 특별한 토요일 저녁은 마치 나를 위한 무대 같았다. 나는 좋아하는 노래인 프란체스코 칠레아의 〈페데리코의 비탄*Federico's Lament*〉을 불렀고, 또한 조르다노의 〈임프로비소〉도 불렀다. 이번에는 '페나'를 정확하게 발음했다! 그리고 나는 아리아 한 곡을 더 불렀다. 〈공주는 잠 못 이루고〉였다.

카를로가 피아노로 반주할 때 나는 반주 테이프에 맞춰서 노래할 때보다 더 천천히 〈공주는 잠 못 이루고〉를 노래했다. 그건 괜찮았다. 왜냐하면 대중적으로 녹음한 몇몇 노래는 잘 알려진 소절에 이르려고 너무 서두르는 것 같았다.

내가 앞서서 부른 노래들과는 달리 이번에 나는 뭔가 다른 것을 느낄 수 있었다. 청중들이 처음부터 귀를 기울이고 있었다.

노래가 막바지에 이를 즈음, 난 내 노래에 스스로 만족했다. 그렇다고는 해도, 나는 청중들이 그런 반응을 보일지는 몰랐다. 그 자리에 있던 모든 사람들이 일어섰다. 나는 허리를 굽혀 인사를 하고 조용히 무대에서 내려와 분장실로 갔다. 그곳에서도 청중들이 내가 다시 나오기를 바라며 소리치는 것이 들렸다. 나는 믿을 수 없었다.

카를로가 와서 아무래도 또 노래를 불러야 할 것 같다고 말했다. 이것은 전례 없는 일이었다. 우리가 연주회를 위해 준비한 노래를 이미 모두 불렀기 때문에 우리는 무슨 노래를 부를지 의논했다. 그때까지 청중들은 5분 이상 박수를 쳤다. 우리는 무대로 다시 올라갔다.

나는 떨리는 마음으로 걸어나가 이탈리아어로 청중들에게 감사 인사를 했다.

그리고 다음에 부를 노래 제목을 말했다.

"푸치니의 오페라 《토스카》 중에서 〈별은 빛나건만*E lucevan le stelle*〉 불러 드리겠습니다."

다시 한 번 청중들이 일어섰다. 나는 또 다른 열렬한 반응과 함께 노래를 마친 뒤, 완전히 흥분된 상태로 연주회장을 떠났다. 너무나도 황홀해 그곳을 떠나고 싶지 않았다.

이탈리아에서의 세 번째 달이 금세 돌아왔고, 나는 또 다른 선생에게 수업을 받았다. 이번에는 러시아인 메조소프라노인 스베틀라나 시도로바 선생이었다. 그녀는 마스네 작곡의 프랑스 노래 쪽으로 관심을 돌려보라고 나를 격려했다. 그리고 마시네의 오페라 《베르테르》 중 유명한 아리아 〈왜 나를 깨우는가*Pourqoui me reveiller*〉를 연습시켰다. 나는 비록 그녀가 하는 모든 말에 동의할 수 없었지만, 그 노래를 좋아했다. 나의 실력은 쑥쑥 늘었다. 그녀는 내가 목을 이완시킬 수 있도록 도와주었다.

나의 음역에 감탄한 그녀는 페사로에서 열리는 로시니 페스티벌의 주니어 부문에 참가할 수 있게 연습하기를 바랐다. 열심히 연습해야 하겠지만, 그녀가 나에게서 가능성이 발견한 것이 정말로 기뻤다. 그녀의 연출 방식은 우리를 자연스럽게 움직이게 하는 것이었다. 그녀는 차이코프스키, 특히 〈호두까기 인형〉과 〈잠자는 숲속의 미녀〉를 연주하곤 했다. 나는 그것이 매우 힘들었다. 그녀는 음악이 흐르는 대로 자연스럽게 움직이기를 바랐다. 그녀가 진정 목표로 하는 것은 우리가 낯가림을 극복하는 것이었다. 하지만 그것은 언제나 나에게는 엄청난 분투였다.

이탈리아에서의 생활이 끝나가면서, 나는 마리오 멜라니 선생에게 또 다른 수업을 받았다. 그는 석 달 동안 내가 이탈리아어와 성악에서 얻은 결과에 놀라움을 표했다.

"비밀을 하나 알려줄게요." 그가 말했다. "사실 난 바르셀로나에서 심사위원이었어요. 나는 당신의 목소리를 좋아했죠. 그날 아무도 당신의 노래를 듣지 않았어요. 당신의 이탈리아어가 너무 서툴렀기 때문이에요."

마리오는 내 실력이 부쩍 늘어 매우 감동적이라고 말하면서 내가 칼리의 오페라 학교에 입학하기를 바란다고 했다. 그뿐만 아니라 일 년 등록금을 700파운드로 깎아주겠다고 했다. 믿을 수 없을 정도로 싼 금액이었다. 게다가 그곳은 비나스 콩쿠르의 모든 준결승자들에게 부상으로 입학을 하게 한 그 학교였다.

나는 카를로와 스베틀라나와 함께 이 기회에 대해 의논했다. 그들은 둘 다 매우 좋은 기회라고 생각했지만, 한 가지 매우 현실적인 문제가 있었다. 내년에 나의 생활을 어떻게 해결하는가? 칼리의 오페라 학교는 뛰어난 명문이기는 했지만, 도시 자체가 좁아서 숙소를 찾기가 어려웠고 파트타임으로 일하는 것은 생각도 할 수 없었다.

그러자 카를로와 스베틀라나가 다른 제안을 했다. 리미니에 있는 학교에 부설 예술학교를 만들 예정에 있다면서, 2001년 1월에 개교를 하는데 일자리는 리미니에서 찾는 게 더 쉬울 거라고 했다. 내 문제는 돈이 많이 모자란다는 것이었다. 영국으로 돌아가면, 곧바로 직장으로 복귀해야 했다. 이미 난 석 달 동안 이탈리아에 머물기 위해 엄청난 용기를 내야 했다. 일 년을 더 머물려면, 더 큰 확신과 은행 예금이 필요할 것이다.

결국 나는 판단을 미루고 영국으로 돌아갔다. 겨우 다섯 달 뒤에는 리미니에 이 말라떼스따 예술학교가 문을 열 예정이었다. 불행히도 나는, 열정적으로 많은 일들을 계획한다고 해도 그것이 반드시 이루어지는 것은 아니라는 사실을 이탈리아에서 배우게 됐다. 이 말라떼스따의 경우가 그랬다. 편한 선택인 리미니를 포기하고 칼리의 오페라 학교를 선택했더라면 어땠을까? 결코 알 수 없는 일이다.

9
사랑을 찾아서

내가 '혼과 트럼펫'에 술 한 잔 하러 갈 때마다 대화는 대개 젊은 사람들이 할 수 있는 주제로 흘렀다. '혼과 트럼펫'은 그 당시의 전형적인 영국 술집이었다. 금연법이 시행되기 전 몇 년 동안 후각을 괴롭히던 담배 냄새로 가득 찬 활기차고 시끄러운 바였다. 우리는 그곳에 앉아서 수다를 떨었고, 이야기는 금세 여자들에 대한 관심으로 흘러갔다.

앨리슨과 헤어지고 난 뒤, 다른 여자 친구를 사귀지 못한 지 거의 십 년의 세월이 흘렀다. 대학에서 몇몇 여자들과 사귀었지만, 관계는 더 이상 진전되지 않았다. 키가 큰 금발의 친구에게 대학의 우편 시스템을 통해 발렌타인 카드를 보낸 적이 있었다. 그녀는 나를 '그런 식으로' 좋아하지는 않는다고 말했다. 나는 그 말을 많이 들었는데, 그게 내가 매력적이지 않다는 의미라고 해석했다.

술집에서의 대화는 매우 요란했고, 때론 거칠어지기도 했다. 어느 일요일 우리는 탁자에 둘러앉아 다른 사람들에게 언제 총각 딱지를 뗐는지 물었다. 대부분은 십대 때 뗐다고 대답했다. 나는 정직했다.

"난 아직도 총각이야!" 내가 말했다.

마치 술집 안의 모든 사람들이 내 말을 들은 것처럼 바 전체가 조용해졌다.

"그런 식으로 말하면 안 되지!"

우리 일행 가운데 한 사람이 말했다.

나는 어깨를 으쓱해 보였다. 얻을 게 없었으므로, 그런 일에 거짓말을 할 이유가 없었다. 허풍으로 자랑이라도 해야 했다. 내가 사회성이 부족하다는 게 다시 드러났다. 그렇다고 해도 나는 진심으로 부끄러워해야 할 이유가 없었다. 나는 그냥 나였다. 그때까지 나 자신을 다른 사람들의 잣대로 재지 않으면서 그럭저럭 살아왔다.

나는 여자들에 대해서는 여전히 무능했다. 때때로 누군가에게 다가갔지만, 그녀가 나를 좋아한다는 신호를 감지할 능력이 없었다. 그리고 여자들이 다가와도 어떤 식으로도 반응을 보이지 않았다. 같이 어울려 다니는 친구가 나에게 여자의 전화번호를 주면, 나는 그들이 나를 놀리고 있다고 생각했다. 도대체 누가 나에게 호감을 갖겠는가?

이십대 후반에 접어들면서, 여자들에 대한 나의 운도 서서히 변하기 시작했다. 바르셀로나와 리미니에서의 체류 기간 동안, 나는 바스스파 대학에서 제작한 모차르트의 《마술피리》에서 모노스타토 역을 맡게 되었다.

공연은 잘 되었고, 나를 무대 밖으로 끌어내는 연기를 했던 덩치 좋은 럭비 선수들은 내 힘에 놀랐다. 마지막 공연 파티에서 나에게 더 좋은 일이 있었다. 나는 엘리자베스라는 이름의 날씬하고 예쁜 여자와 대화를 나누게 되었다. 그녀는 오케스트라의 비올라 연주자였다.

그녀는 나처럼 수줍음이 많았는데, 우리는 매우 죽이 잘 맞아 서로 이야기를 제법 나누었다. 그녀는 나에게 내 눈이 마음에 든다고 했다. 우리는 며칠 뒤에 다시 만나기로 약속했다. 이는 분명 내가 바스까지 자주 자전거를 타고 가게 될 것이라는 걸 암시했다.

시작할 때부터 아버지는 우리의 연애에 대해 불만을 가졌다. 심지어 리즈를 본 적도 없었는데 말이다. 나는 그녀의 집에 머무르곤 했다. 우리는 존 형과 형의 오랜 여자 친구를 만나기 위해 함께 포츠머스로 갔다. 그러나 우리는 몇 달 뒤에 헤어졌다. 난 그러고 싶지 않았지만 아버지는 좋아라 했다. 아버지는 내가 음악과 결혼해야 한다고 생각하는 것 같았다. 아버지는 나에게 노래가 더 중요하니까 내가 영원히 독신으로 지내는 게 더 낫다고 억지를 부렸다.

아버지와 나는 다른 문제에서도 의견이 엇갈렸다. 아버지는 결혼 전의 섹스는 믿을 수 없다고 했고, 나도 그에 따르기를 바랐다. 어머니는 언제나 고집불통인 아버지와의 말다툼을 중재하려고 했다. 나는 섹스가 사랑하는 관계 안에 속하는 것이고, 사랑의 표현이라고 굳게 믿었다. 결혼은 결혼식과 함께 시작되는 게 아니라고 생각했다. 결혼식은 그저 사람들에게 관계를 공식화하는 것일 뿐이다. 나는 딱 맞는 사람을 기다리고 있는 것이지, 결혼이 꼭 필수라고 생각하지 않았다. 아버지와 나는 이 점에서 의견이 달랐고, 때때로 격렬한 말다툼으로 번지기도 했다.

아버지는 내가 누군가를 만나면 노래하는 것을 포기하게 될까 봐 두려워하는 것 같았다. 노래하는 것이 나에게 중요한 것인 만큼, 내 인생에서 사랑과 노래 가운데 어느 하나를 억지로 선택해야 하는 건 아니라고 생각했다. 다른 사람들과 마찬가지로 나는 사랑받기를 원했고, 있는 그대로의 나를 받아들여줄 누군가를 찾고 싶었다. 누군가의 '영원한' 사람이 되고 싶었다. 왜 내가 음악과 사랑 가운데 하나를 선택해야만 하나? 게다가 노래란, 성공하기 위해 나 혼자 열심히 노력하기만 하면 되는 것이었다. 나는 아버지의 꿈을 따라서 살고 싶지 않았다.

내가 리미니에 머무르기로 결심했을 때, 아버지는 내가 돌아오지 않을까 봐 두렵다고 했다. 내가 이탈리아 아가씨를 만나서 '아기를 낳고' 살까 봐 염려된다는 것이었다. 사실 난 그곳에서 매우 즐겁게 지냈는데, 그것은 음악 때문만은 아니었다. 나는 그 동네 이탈리아 아가씨들 몇 명을 친구로 사귀었고, 그중 풀비아에게 매력을 느끼고 있었다. 그녀는 예쁘고, 쾌활하고, 매우 통찰력이 있었다.

내가 풀비아와 듀엣으로 잘 불렀던 노래는 《라 보엠》에 나오는 〈오 상냥한 아가씨*O soave fanciulla*〉였다. 그 지역 온천 호텔에서 열린 공연에서, 우리는 호텔 수영장 근처에서 무대에 오를 시간을 기다리고 있었다. 외국어로 유머를 구사하는 것은 힘든 일이었지만, 나는 그냥 밀고 나가기로 했다. 나는 〈오 상냥한 아가씨〉의 가사에서 몇 구절을 인용해서 손을 내밀면서 그녀에게 노래를 불러주었다.

"담미일 브라치오 미아 피사이나(내 팔에 안겨요, 수영장)……."

원래 가사는 '내 사랑' 이라는 의미의 피사나드piccinad였지만 난 '수영장' 이라는 뜻의 피사이나piscina로 바꾸어 불렀다. 기쁘게도 풀비아는 웃었다. 나는 그녀가 나를 좋아하는 것을 느낄 수 있었지만, 어떤 마음이고 얼마만큼인지 확신할 수 없었다. 평소 겁쟁이에다 확실하지 않은 외국어에 대한 불안감까지 더해져서 나는 아무런 행동도 하지 못했다. 그녀와 사귀고 싶었지만 결과가 어떻게 될지도 걱정스러웠다.

이탈리아에서 체류한 지 석 달째 되었을 때, 풀비아와 나는 서로에 대해 깊이 탐색하고 있음을 깨달았다. 보통 때처럼 스베틀라나는 우리의 억눌림을 풀어주기 위해 몸을 움직이도록 하고 있었다. 그녀는 우리들에게 주위를 걸어다니다가 다른 사람의 눈을 응시해 보라고 말했다. 나는 풀비아와 서로의 얼굴을 마주 보았다. 풀비아가 내 눈을 들여다보고, 내가 그녀의 눈을 들여다보고 있을 때, 그녀가 갑자기 눈물을 흘렸다. 나는 혼란스러웠다. 하지만 아무말도 하지 않았다. 스베틀라나가 사람들에게 행동을 멈추고 둥그렇게 둘러앉으라고 했다. 그녀는 풀비아에게 무엇을 보았는지 물었다.

풀비아가 이탈리아어로 대답했다.

이 무렵, 나의 이탈리아어는 그녀가 한 말을 충분히 이해할 수 있을 정도로 능숙해져 있었다. 그녀는 이렇게 말했다.

"그의 얼굴과 눈에서 내가 예전에 한 번도 보지 못한 슬픔을 발견했어요. 슬픔은 깊었고, 그것을 지나칠 수 없었어요."

나는 그녀가 무엇을 보았는지 알고 있었다. 내가 가지고 있던 괴로움은 결코 멀리 간 게 아니었다. 예전의 나는 그것에 대해 결코 말할 수 없었다. 하지만 난 작은 교실에서, 모국어가 아닌 말로 내가 겪은 일들을 설명하려고 애썼다. 교실에 있는 모든 사람들에게 내가 당한 괴롭힘과 학대에 대해 말하고 있는 나 자신을 발견했다. 그러고 나서 풀비아와 나는 울었다.

브리스틀로 돌아가서, 여자들과 이야기를 나누고 싶은 간절한 바람을 해결할 방법을 찾아냈다. 인터넷을 통해 여자들과 대화를 나누기 시작한 것이다. 인터넷에서 채팅을 하는 것은 현대적인 방법으로 구식 데이트를 하는 것이라고 생각했다. 온라인에서 나는 덜 불안했으며, 적극적으로 유머 감각을 드러낼 수 있었다. 그러나 실제 사람과 만나게 되면 언제나 어려움이 생겼다.

나는 세계 각국 서너 명의 여성들과 채팅을 했다. 남아프리카 출신의 여성도 있었다. 한동안 크리시라는 이름의 호주 멜버른에 사는 여성과 채팅을 했지만, 우리가 직접 만났을 때 우리가 바랐던 화학반응은 일어나지 않았다. 그래도 나는 포기하지 않았고, 계속 사람들을 사귀었다. 그러다가 2001년 1월에 나는 남부 웨일즈에 사는 스물한 살의 여성과 채팅을 시작했다.

그 당시 나는 테스코에서 야간 근무를 하고 있었기에, 아침 7시쯤 집으로 돌아와 아침 식사를 한 다음, 컴퓨터 앞에 앉아서 의회의 복지 사례를 둘러보거나 채팅을 하면서 시간을 보냈다. 며칠 뒤, 나는 오직 한 명의 여성과 채팅을 하게 되었다. 줄즈였다.

그녀가 출근하기 전에 그녀와 채팅을 할 수 있다는 사실만으로도 긴 야간 근무를 견뎌내는 데 도움이 되었다. 몇 주 뒤, 우리는 전화번호를 교환해 전화로 대화를 나누기 시작했다. 내가 사진을 보내겠다고 하자, 줄즈는 자기 사진을 보내는 것은 불편해했으나 내가 보내는 것은 허락했다.

우리는 잘 지냈고, 급기야 만나기로 했다. 나는 지금도 그 날짜를 분명히 기억하고 있다. 2001년 2월 2일, 스완지 철도역에서 우리는 만났다. 줄즈는 내 사진을 가지고 있다는 점에서 나보다 유리했다. 하지만 나는 여전히 그녀가 어떻게 생겼는지 알지 못했다. 만일 마음에 들지 않으면 그녀는 쉽게 자리를 피할 수 있을 것이고, 나는 결코 그렇게 할 수 없을 것이었다. 나는 서른 살로, 줄즈보다 열 살이나 많았다.

그래서 그녀가 세대 차이를 문제삼을 수 있다고 걱정하고 있었다.

"저는 크림색 울 점퍼를 입고 갈 거예요." 그녀는 단지 그렇게 말했을 뿐이었다.

오전 10시 8분. 브리스틀에서 출발한 기차가 역에 막 도착했다. 나는 승강장으로 내려갔고, 곧 그녀를 발견했다. 크림색 점퍼를 입은 금발의 어여쁜 아가씨였다. 줄즈를 본 순간, 그녀가 내게 특별한 사람임을 알았다. 난 그녀가 나를 보고 달아날 생각을 하지 않았다는 사실에 크게 안도했다! 우리는 서로의 뺨에 가볍게 입을 맞추고 그날 무엇을 할 것인지 의논했다.

"볼링 어때요?" 줄즈가 말했다.

나는 그러자고 했다. 게임을 할 때면 난 지나치게 경쟁심을 보일 때가 있었다. 재미로 게임을 할 때도 그랬다. 그렇지만 그날은 그럭저럭 해냈다.

볼링을 끝내고 우리는 스완지 주변을 짧게 산책했다. 나는 줄즈의 손을 잡고 싶었지만 어떻게 해야 할지 몰랐다. 그녀가 싫다고 하면 어떡하지? 그녀가 내 손을 뿌리치면 다시 시도해 볼 여지가 없었다. 그럼에도 과감히 손을 잡았고, 그녀가 내 손을 마주 잡아주었다. 난 안도했다. 우리는 해변 거리를 산책했고, 멈블스 피어 주위를 걸었다. 우리는 그곳에 나란히 앉아 바다를 바라보며 피시 앤 칩스를 먹었다.

줄즈와 나는 그날 오랜 시간을 함께 보냈다. 대화를 나누고, 그렇다, 키스를 하고 포옹을 했다. 내가 매우 특별한 사람을 만난 게 분명했고, 그녀를 다시 만나고 싶었다. 또한 나의 과거와 리미니에서 풀비아와의 일을 또렷하게 의식하고 있었다. 어떤 일이 있었는지에 대해 줄즈에게 나중에 말하기보다는, 바로 그 자리에서 그녀에게 모든 것을 이야기했다. 큰 위험을 무릅쓰고 있다는 것을 알았지만, 마음속에서 그녀가 특별하다는 것을 이미 깨닫고 있었다.

줄즈는 걸으면서 이야기를 들었다. 나는 매우 안도했다. 난 쉽게 사랑에 빠진다는 것을 알고 있었고, 그런 나의 불안정함이 나중에 일을 그르치지 않기를 바랐다. 그날의 데이트가 끝나갈 무렵, 그녀는 브리스틀로 돌아가는 기차를 타는 나를 스완지 역까지 배웅해 주었다. 나는 레이크 지방에서 며칠 시간을 보내야 했는데, 내가 그곳에 있는 동안 우리는 전화와 인터넷으로 연락을 했다. 평소 나는 레이크 지방에서 지내는 것을 좋아했지만, 그때는 줄즈를 다시 만나고 싶은 마음뿐이었다.

첫 번째 기회는 돌아오는 일요일이었다. 나는 바스 오페라단이 제작하는 《돈 카를로스》에서 주인공을 맡았다. 일요일 오전에 리허설이 있었는데, 오후 두 시부터는 자유 시간이었다. 줄즈가 바스로 왔고, 그녀는 곧 일요일마다 하는 정기 리허설에 항상 모습을 나타냈다. 우리가 서로에 대해 더 잘 알게 되면서, 호텔에서 토요일 밤을 함께 보내고 일요일에는 운전을 해서 리허설을 하러 갔다. 오래지 않아 〈오 불운한 선물이여*o don fatale*〉를 비롯한 아리아들의 선율이 줄즈의 머릿속에서 떠나지 않게 되어, 그녀는 일할 때 그 노래들을 흥얼거리게 된다고 나에게 원망 아닌 원망을 했다.

우리가 토요일 밤을 함께 보내면서 나는 아버지와 더 많은 언쟁을 하게 되었다. 아버지는 찬성하지 않았으나, 나는 별로 상관하지 않았다. 줄즈와 사랑에 빠진 나는 가능한 한 많은 시간을 그녀와 보내고 싶어했다. 아버지는 이 상황에 대해 두 가지를 힘들어 했다. 아버지는 결혼하기 전에 섹스하는 것을 인정하지 않았고, 줄즈로 인해 내가 노래하는 것을 포기하게 되리라고 생각했다. 줄즈가 리허설을 지켜보는 것을 알고 아버지는 완전히 혼란에 빠졌다. 또다시 아버지는 내가 노래와 사랑 사이에서 선택을 해야 한다고 말했다. 하지만 나는 그렇게 생각하지 않았다.

《돈 카를로스》는 내가 처음으로 맡은 주인공이었다. 나는 매 순간 그 역을 즐겼다. 그 오페라에는 훌륭한 음악들이 여러 곡 있었고, 많은 곡들을 내가 불렀다. 아리아 한 곡과 세 곡의 긴 듀엣이었다. 내 노래에 대한 첫 비평, '주인공을 맡은 폴 포츠의 혈기 넘치는 열정'을 나는 기쁘게 받아들였다. 나는 줄즈가 청중 속에서 자랑스러워하며 나를 지켜보고 있음을 알고 있었다.

내가 이탈리아에 다녀온 뒤 바스 오페라단은 나에게 폭넓은 배역을 맡겼다. 나는 이탈리아로 돌아가서 더 공부하고 싶은 마음이 간절했다. 그러나 이번에는 혼자 갈 수 없었다. 나는 6주 동안 머물기로 결심하고, 다시 휴직을 했다. 그리고 줄즈의 생일이 들어 있는 주에 리미니로 와서 나와 일주일을 함께 있어 달라고 부탁했다.

줄즈는 비행기를 혼자 타본 적이 없었는데, 내가 예약해 준 여러 도시를 경유하는 비행기를 타고 결코 잊을 수 없는 여행을 하게 되었다. 그녀는 히드로에서 프랑크푸르트로 날아와 다시 내가 기다리고 있는 볼로냐까지 와야 했다. 운 나쁘게도 첫 기착지인 프랑크푸르트까지의 비행이 연착되었고, 그 때문에 볼로냐로 오는 비행기를 놓치고 말았다. 난 걱정에 휩싸인 채 그녀를 기다리다가, 볼로냐에 있는 루프트한자 사무실을 찾아갔다. 그곳에서 다행스럽게도 프랑크푸르트에 있는 루프트한자 사무실에 있던 줄즈와 연락이 닿았다. 마침 줄즈의 아버지와 동시에 연결이 되어 그에게 무슨 일이 있었는지 설명할 수 있었다. 지칠 대로 지친 줄즈가 겨우 볼로냐에 도착했고, 우리는 볼로냐 역에서 90분 동안 함께 기차를 타고 리미니로 갔다. 이번에 나는 기차표 확인하는 것을 잊지 않았다!

줄즈는 첫 번째 수업 연주회에 늦지 않게 도착했다. 그녀를 짜증나게 한 건 정말 우연히도, 그날 공연한 세 곡의 아리아가 모두 《돈 카를로스》에 나온 노래였다는 것이다. 그해 내내 리허설을 지켜보며 시간을 보냈던 줄즈는, 그 아리아들이 이탈리아어로 공연되는 동안 영어로 가사를 따라 부를 정도로 그 오페라를 잘 알고 있었다.

그해 과정의 가장 매력적인 부분은 세 명의 유명 성악가 카티아 리차렐리, 월마 베르노치, 루치아노 파바로티가 지도하는 상급 음악 수업이 포함된다는 것이었다. 파바로티의 음악 수업을 받기 위해 누가 그 사람 앞에서 노래를 부를지 결정하는 오디션이 있었다. 그 준비를 위해서 나는 베로나 아레나(Verona Arena, 이탈리아에 있는 유럽에서 세번째로 큰 원형경기장이자 극장)의 베이스 가수 알레산드로 칼라마이와 연습했다.

줄즈는 내 수업에 함께 왔고, 알레산드로는 그녀에게 아는 노래를 불러보라고 청했다. 그는 줄즈가 말하는 것을 듣더니 노래를 잘할 것 같은 목소리라고 했다. 그녀는 얼굴을 조금 붉히면서 《웨스트 사이드 스토리》에서 나온 〈썸웨어*Somewhere*〉를 짧게 불렀다. 줄즈는 여전히 자기가 노래를 못한다고 말했지만, 알레산드로와 나 둘 다 그 말에 동의할 수 없었다! 연습은 잘 진행되었고, 파바로티의 음악 수업을 위한 오디션을 보았다. 기쁘게도 나는 거기에 뽑혔다.

줄즈의 생일이 다가왔다. 우리는 리미니의 중심 광장에 있는 '피짜드 뜨레 마르띠리'에서 함께 저녁 식사를 했다. 그날은 줄즈의 스물한 번째 생일이었고, 나는 그녀에게 작은 다이아몬드가 달려 있는 목걸이를 선물로 사주었다. 우리는 그녀의 가족 중에 언니 타라를 놀려주기로 마음먹었다. 그녀는 우리가 곧 결혼할 거라고 예상하고 있었다. 줄즈는 언니에게 내가 다이아몬드를 선물로 주었다고 말했다. 그 말은 며칠 동안 언니를 우울하게 만들었다. 그날 우리는 멋진 저녁을 보냈다. 줄즈가 웨일즈로 떠날 날짜가 다가오면 그때 슬플 거라는 사실을 난 깨달았다.

줄즈가 내 곁에 있는 동안 나는 파바로티 앞에서 노래 부를 준비를 열심히 했다. 상급 음악 수업을 받는 날이 곧 다가왔다. 나는 많은 아리아를 연습했지만, 내가 정말로 부르고 싶었던 노래는 《라 보엠》에 나오는 〈그대의 찬 손*Che Gelida Manina*〉이었다. 내가 좋아하는 노래였고, 내가 일 년 전에 처음으로 번역했던 가사는 나를 녹일 정도로 감동적이었다.

두 명의 도둑, 아름다운 눈동자여, 나의 모든 보물을 훔쳐갔네
내 보물은 이제 당신 안으로 들어갔고,
나의 모든 꿈은 낡아버렸네
그러나 도둑질은 나에게 아무 문제도 되지 않네
왜냐하면 여기 이 방 안에 그대와 함께 있어서
나는 희망을 찾았으니

성악 코치인 카를로는 나에게 〈그대의 찬 손〉은 위험한 선택이라고 말했다. 로돌포는 파바로티가 가장 많이 했던 역할이고, 그래서 그 노래를 자기 손바닥 들여다보듯 잘 알 거라고 했다. 그러나 나는 그 아리아를 부르겠다고 고집을 부렸다. 위험하다는 것은 알고 있었지만, 꼭 그 노래를 부르고 싶었다.

상급 음악 수업은 원래 론지아노에 있는 오페라 하우스에서 열리게 되어 있었다. 나는 전에 그곳에서 연주회를 한 적이 있었다. 그런데 산 레오에 있는 정식 극장으로 수업 장소가 옮겨졌다. 그래서 나는 조금 실망했다. 론지아노에 있는 작은 오페라 하우스의 음향 상태가 더 완벽했기 때문이다. 파바로티를 개인적으로 만나는 것은 가슴 떨리는 일이었다. 그는 따뜻하고 친절했으며, 객석에 앉아 우리가 노래하는 것을 들었다.

사람들이 노래를 부르고 나면 파바로티가 몇 마디 충고를 해주었다. 드디어 내 차례가 되었다. 나는 매우 떨렸다. 줄즈는 처음부터 끝까지 그곳에 앉아 내가 노래 부를 차례를 기다리는 동안 내 손을 잡아주었다. 나는 그녀가 매순간 나처럼 떨고 있음을 느낄 수 있었다. 이제 나는 세계에서 가장 유명한 테너 앞에서 노래를 부를 순간이었다. 그는 내 노래에 대해 어떻게 생각할까? 내 노래를 좋아할까? 나는 진심으로 그렇게 해주기를 바랐다. 그는 깜짝 놀랄 정도로 부드럽고 섬세한 목소리를 지녔다. 또한 그곳에 있는 것을 느긋하게 즐기고 있는 것 같았다.

나는 자신감 있게 노래를 시작했고, 곧 몰입했다. 그 노래의 가장 어려운 부분인 높은 C음에 이르렀다. 그때 난 너무도 초조한 나머지, 정상적으로 호흡을 해야 하는 부분을 놓치고 말았다. 높은 C음을 매끄럽게 잘 불렀음에도, 간신히 마지막 악절을 마칠 수 있었다. 노래를 다 부르고, 나는 파바로티가 무슨 말을 할지 기다렸다. 다행히도 그는 미소를 짓고 있었다.

"아주 잘했어요." 그는 영어로 말했다. "마음에 들어요. 다만 한 가지, 로돌포는 그곳에서 숨이 턱에 차도록 달리지 않을걸요. 그는 미미를 품에 안고 싶어서 숨이 막힐 거 같았을 거예요. 마지막에 그는 확실히 숨이 막힐 겁니다."

그러고 나서 그는 물었다. "또 무슨 노래를 부를 수 있어요?"

"〈공주는 잠 못 이루고〉요." 나는 대답했다. 이 말을 듣고 파바로티는 눈썹을 찡그리더니 다시 미소를 지었다. 나는 부를 수 있는 아리아의 목록을 댔다.

"〈나는 보았다*Io Lo Vido*〉, 〈별은 빛나건만〉……."

"아." 파바로티가 끼어들었다. "〈별은 빛나건만〉을 불러봐요."

나는 특혜를 받은 기분이었다. 그는 나 말고는 아무에게도 노래를 두 번 부르라는 말을 하지 않았기 때문이다. 나는 《토스카》의 아리아인 〈별은 빛나건만〉을 불렀다. 파바로티는 다시 한 번 나의 노래를 칭찬했다. 나는 기뻤다. 수업이 끝날 무렵, 파바로티와 단체 사진을 찍었으나 키가 작은 데다 앞으로 나서지 못하는 성격상 내 모습은 거의 보이지 않았다. 그러나 상관없었다. 내 노래에 대해 그가 평가해준 말만으로도 충분히 행복했다. 그날 저녁은 시간이 빨리 흘러갔다. 어딘가에 있는 작은 트라토리아(간단한 음식을 제공하는 이탈리아 식당)에서 맛있는 저녁 식사를 한 뒤, 이내 줄즈가 짐을 싸는 것을 도와주어야 했다. 그녀는 다음 날 영국으로 돌아갈 예정이었다.

그 시기의 다른 일들은 특별히 기억에 남는 것 없이 흘러갔다. 우리는 카티아 리차렐리와 음악 수업을 했는데, 그는 내 목소리를 매우 칭찬했다. (카티아는 파바로티와 의견이 분명히 달랐다. 우리는 파바로티가 했던 어떤 말도 듣지 못했다!) 나는 산 레오의 또 다른 연주회에서 노래를 불렀다. 《돈 카를로스》의 피날레를 이탈리아어로, 그리고 《라 보엠》의 첫 막 대부분을 불렀다. 어느새 시간이 흘러 고향으로, 줄즈에게로 돌아갈 시간이 되었다.

2001년 9월 11일, 영국으로 돌아가자 줄즈가 공항으로 마중 나와 있었다. 런던 중심가에서 운전을 한다는 것을 꿈도 꾸지 못한 줄즈는 버스를 타고 왔다. 그녀는 차를 브리젠드의 쇼핑 아울렛에 주차시켜 놓았다. 우리가 차를 타고 메스테그 계곡을 지날 때였다. 라디오에서 믿을 수 없는 소식이 흘러나왔다. 뉴욕에 있는 쌍둥이 빌딩이 비행기에 부딪혀 무너졌다는 뉴스였다. 우리는 놀라서 말을 잊은 채 차 안에 가만히 앉아 있었다. 사고일까? 그렇지 않다면 누가 왜 그런 짓을 한 것일까? 생각조차 할 수 없는 일이었다.

우리가 포트 탈봇 외곽의 브린에 있는 줄즈 부모님의 집에 도착했을 때, 그날 일어난 사건이 텔레비전 화면에 펼쳐지고 있었다. 우리는 비행기가 건물을 들이받는 장면을 지켜보았고, 빌딩이 무너지는 충격적인 광경을 보았다.

빌딩 안에 있던 사람들은 그날 아침, 여느 날과 다름없는 하루를 기대하면서 집을 나섰을 것이다. 그리고 사랑하는 사람들을 다시는 보지 못하게 되었다. 그것은 삶의 허무함을 일깨워주었고, 상황이 얼마나 빨리 변할 수 있는지를 보여준 사건이었다.

그 사건은 나의 내면에 충격을 주었다. 다음 날 나는 줄즈에게 반지를 보러 다니는 게 어떻겠냐고 물었다. 기쁘고 다행스럽게도, 그녀는 놀라지 않고 담담하게 말했다.

"좋아요."

우리는 스완지로 갔다. 마음에 꼭 드는 반지를 찾기까지 그리 오랜 시간이 걸리지 않았다. 우리는 마음에 쏙 드는 반지를 첫눈에 찾아냈고, 줄즈는 바로 손가락에 끼어보았다. 나선형 무늬가 새겨진 18금 링에 4분의 1 캐럿 다이아몬드가 박혀 있는 반지였다. 그녀가 왼손 손가락에 그 반지를 끼었을 때, 나는 줄즈의 눈이 기쁨으로 반짝이는 것을 보았다. 나는 그녀가 반지를 포기하지 않을 것임을 알았다. 그 반지는 이미 그녀의 것이었다. 줄즈는 그 반지를 빼는 것은 그녀에게 가장 하기 어려운 일이라고 내게 말했다.

그러나 나는 이탈리아 여행을 마친 뒤 돈이 얼마 남지 않은 상태였다. 그래서 그 자리에서 반지를 사지 못하고 보증금만을 걸어놓았다. 나는 매달 그 상점으로 가서 반지 값을 할부로 갚아주었다. 나에게 이토록 아름답고, 재밌고, 지적인 여자 친구가 있고, 그녀가 크리스마스에는 내 약혼녀가 된다는 생각을 하면 그렇게 하지 않을 수 없었다. 나는 온 세상에 그 사실을 알리고 싶었다. 그러자면 우선 저축을 해야 했다. 반지 때문만이 아니라 결혼식 준비를 위해서였다.

나는 멈블스의 해변 거리에서 줄즈에게 프로포즈를 했다. 우리가 그곳에서 첫 번째 데이트를 한 지 열 달밖에 지나지 않았을 때였다. 그러나 성급하다는 생각은 들지 않았다. 우리의 결합은 예정된 것이었다. 이미 줄즈는 나의 훌륭한 반려자였으므로, 나는 그녀가 '예스'라고 대답했을 때 매우 기뻤다.

줄즈와 나는 크리스마스 때 가족에게 약혼 사실을 알리기로 했다. 나는 줄즈의 가족과는 처음부터 잘 어울려 지냈다. 그들을 처음 만나는 자리에서 나는 놀랍게도 형제자매가 열여덟 명인 사람을 만난 적이 있다는 이야기를 꺼냈다. 그녀의 아버지 데이브가 나를 보면서 말했다. "그게 뭐 어때서?" 그제서야 나는 기억났다. 줄즈 어머니의 형제자매가 열일곱 명이라는 말을 이미 들어놓고도 잊어버리고 있었던 것이다. 그 때문에 그들은 한바탕 크게 웃었다. 그후, 그런 일들이 계속되었다. 나는 곧 내가 그들 가운데 한 사람으로 환영받고 있다는 걸 알고는 안심했다. 그녀의 어머니는 내 어머니를 떠올리게 했고, 그녀의 아버지와 우리 아버지는 친구가 될 것 같다는 느낌이었다. 그녀의 할아버지는 나의 할아버지와 같은 탄광에서 일했다는 사실 때문에 데이브와 나는 친밀감을 느꼈다.

크리스마스는 영원히 오지 않을 것 같았다. 나는 지금이 바로 그날이어서, 완전한 행복을 얻고 싶었다. 마침내 크리스마스이브가 되었다. 줄즈와 나는 피쉬폰즈의 올 세인츠 교회에서 자정 예배를 보기 전에 함께 저녁식사를 하며 우리의 소식을 알릴 준비를 했다.

나는 부모님이 나만큼 줄즈를 사랑해 주기를 바랐다. 어머니는 항상 온순한 태도로 누구와도 잘 지내려 노력했지만, 아버지는 우리의 약혼을 편안하게 받아들이지 않았다. 우리와 함께 주말을 지낼 때면 사사건건 의견을 달리했다. 어머니는 행복해했지만(어머니는 내가 행복하면 어머니도 행복하다는 식이었다), 아버지는 별로 기뻐하지 않았다. 줄즈의 부모님은 진작에 나를 가족으로 받아들였다. 나의 부모님도 진심으로 줄즈를 그렇게 대할 날이 올지 의문스러웠다. 하지만 결혼하고 나자 아버지의 태도가 변했다. 줄즈는 이제 내 인생에서 가장 중요한 사람이었고, 이는 변함 없는 진실이었다.

우리 둘 다 가능한 한 많은 시간을 함께 보낼 수 있는 일을 했다. 나는 여전히 브리스틀 시 의회에서 일했는데, 줄즈는 의회의 회의가 진행되는 다섯 시간 동안 내내 앉아 기다리는 진실한 사랑을 보여주었다. 그녀는 보험 전화 센터에서 일하면서 쉬는 날은 나와 함께 보냈다. 그녀는 딱딱한 분위기를 지루해하긴 했지만, 나는 그녀의 사랑을 확신할 수 있었다!

나는 테스코의 홈쇼핑 부서에서 일하기 시작했다. 다른 사람들의 장보기를 대신해 주는 일이었다. 비록 근무 시간이 새벽 여섯 시부터이긴 했지만 나름 장점이 있었다. 토요일은 오후 한 시에 일을 마쳤기 때문이다. 그러면 나는 그날 줄즈와 더 일찍부터 함께 있을 수 있었다. 자전거를 실을 수 없는 기차가 버스를 대신한 뒤로, 웨일즈의 철도 노선에 기계 공사가 종종 있었다. 그러면 나는 기차를 타기 위해 오래된 자전거 도로를 따라 세번 강의 다리를 두 번 건너서 다음 역인 뉴포트까지 자전거를 타고 5킬로미터쯤 가야 했다. 돌아올 때는 포트 탈봇에서 출발해서 브리스틀 파크웨이 역까지 가는 0349 열차를 탔다. 그리고 파크웨이 역에서 테스코까지 자전거를 탔다. 지치긴 했지만, 줄즈를 보기 위해서는 충분히 감수할 수 있었다.

이제 나는 노래 부르는 것을 좀 줄이고, 결혼해서 살 집을 구하기 위해 저축하는 일에 더 집중했다. 하지만 아버지가 두려워했던 것처럼 노래를 완전히 그만두지는 않았다. 나는 바스 오페라단에서 공연하는 모차르트의 《피가로의 결혼》과 《돈 조반니》에서 돈 바실리오와 돈 오따비오 역을 맡았다. 바스와 윌트셔 부근의 여러 지역에서 펼쳤던 즐거운 공연들이었다.

나는 또한 영국 국립 오페라단의 베일리스 프로그램 오디션을 보았다. 그 오디션에서 합격하면 우리의 결혼이 연기됨에도 불구하고 줄즈는 내가 거기에 뽑히길 바랐다. 그것은 유명한 보컬 전문가 메리 킹이 심사위원으로 포함되어 있는 워크숍 오디션이었다. 노래는 잘

했지만, 다른 사람들과 교류를 해야 하는 상황이 되면 난 나는 늘 불안해했다. 결국 기회를 놓쳤다. 하지만 나는 합격 후보자 1위였고, 그 오디션에 응시한 사람이 매우 많았으므로, 그 자체로도 매우 훌륭한 성적이었다.

그 오디션에는 통과하지 못했지만, 나는 다른 곳에서는 매우 큰 성공을 거두었다. 바스 오페라단에서 2003년에 공연할 베르디의《아이다》오디션이 있었다. 나는 주인공인 라다메스 역으로 오디션을 봤는데, 엄청난 경쟁에도 불구하고 그 배역을 따내는 기쁨을 누렸다. 게다가 북런던에 있는 푸치니 오페라단에서《마농 레스코》공연을 위한 오디션이 있었다. 나는 푸치니의 오페라에 출연하기 위해서라면 어디라도 갈 수 있다는 생각으로 오디션에 참가했다. 줄즈는 오디션이 열리는 사우스게이트까지 나를 차로 데려다주었다. 며칠 뒤 내가 배역을 따냈다는 소식이 왔다. 가슴이 떨렸다. 갑자기 2003년 상반기가 매우 흥미진진하게 시작된 것이다. 두 편의 오페라 출연과 결혼식이라니!

이 모든 일들이 진행되면서, 몇 달 동안 나는 매우 바빴다. 아직 모든 일들이 벌어지기 직전이었다.

10
오페라, 그리고 수술

《아이다》와 《마농 레스코》의 리허설을 하는 동안 나는 몸 상태가 나빠지는 것을 느꼈다. 위에 무딘 통증이 느껴지기 시작했으므로 처음에는 위의 기능이 좋지 않아진 것이라고 여겼다. 음식이 나와 맞지 않기 때문이라고 대수롭지 않게 여겼다. 하지만 크리스마스 쇼핑을 하기 위해 런던에 갔을 때, 통증이 점점 더 심해졌다.

그날은 즐거워야 할 순간이었다. 크리스마스 불빛은 휘황찬란했고, 런던의 쇼핑 거리는 축제 기간을 맞아 들뜬 사람들로 북적댔다. 하지만 난 위의 통증이 점점 더 심해져 아픔을 참으며 비틀거리면서 걸어야 했다. 그때 몸에 심각한 문제가 생겼음을 깨달았다.

런던에서 돌아온 난 곧바로 직장에 휴가를 냈다. 그리고 자전거를 타고 브리스틀 파크웨이로 가서 줄즈의 집에 가기 위해 기차를 탔다. 몸이 아프자 줄즈와 함께 있고 싶었다. 그녀가 보고 싶었고, 그녀가 브리스틀까지 운전해서 오는 것도 바라지 않았다.

흔히 많은 남자들이 그렇듯이, 나는 의사에게 가는 걸 싫어했다. 하지만 이제 통증은 견딜 수 없는 수준이 되어 어쩔 수 없이 나는 브린의 외과병원을 찾았다. 의사는 통증이 일주일 이상 지속되었다면 맹장염은 아닌 것 같다고 말했다. 하지만 만약을 위해 브리젠드에 있는 프린세스 오브 웨일즈 병원을 추천했다.

그 병원에서 나는 외과 전문의를 만났다. 증상을 설명하자 그는 일주일이 지났으면 맹장염이 아닐 것 같다는 동네 의사의 소견과 같은 말을 했다.

"만약 그랬다면 당신은 지금 죽었을 거예요."

그는 쾌활하게 말했다.

나는 그 말에 안심을 해야 할지 걱정을 해야 할지 알 수 없었다.

"자, 진단을 해봅시다." 의사가 말을 이었다. "숨 쉴 때 입에서 냄새가 난 적이 있어요?"

그것은 맹장염의 잘 알려진 징후였다.

나는 고개를 저으며 말했다.

"아뇨, 저는 외출하기 전에 양치질을 하니까요."

"물론이겠죠. 하지만 확실하게 해야 하니 내 얼굴을 향해 숨을 내쉬어 보세요."

내가 숨을 내쉬자 의사가 얼굴을 찡그렸다.

"이 냄새는 당나귀도 쓰러뜨리겠어요. 아무래도 맹장염 같습니다. 빨리 수술을 해야겠어요."

요즘 병원에서는 보통 키홀 수술(환자의 몸을 아주 조금만 절개한 뒤 레이저 광선을 이용해 하는 수술) 방식으로 맹장 수술을 한다. 그러나 난 워낙 오랫동안 방치했기 때문에 맹장이 터져 있었다. 의사는 내게 터진 맹장을 꺼내기 위해서는 '복부를 절개' 해야 한다고 했다. 나는 그 말에 긴장했으나, 의사가 최선을 다해 줄 것이라고 믿었다.

만약 수술을 받는다면 나는 분명히 줄즈 가까이에 있고 싶어 했을 것이다. 난 웨일즈에 오길 잘했다고 생각했다. 그 소식을 들은 부모님은 많은 걱정은 하지 않았다. 단지 내가 먼 곳에 있는 병원에 입원한 것이 사려 깊지 못하다고 생각했다. 나를 보러 오려면 먼 걸음을 해야 했으니까. 나는 부모님에게 의지하고 싶지 않았다. 줄즈는 미래의 내 아내이고, 그녀 옆에 있고 싶었다. 부모님이 이해해 주리라고 생각했지만, 그들은 그렇지 않았다.

다행히도 수술은 별 문제없이 순조롭게 진행되었고, 절개 부위는 말끔하게 꿰매졌다. 그래도 여전히 통증이 심해 난 규칙적으로 진통제를 복용해야 했다. 크리스마스가 다가오자, 나는 그때까지 병원에 있어야 할까 봐 걱정스러웠다. 하지만 닷새 후에 마침내 병실에서 해방되었다. 기쁘게도 그 모든 일들이 지나갔다.

그러나 그것은 내 생각일 뿐이었다.

나는 크리스마스를 잘 보냈고, 이제 건강이 회복되어가고 있다고 생각했다. 새해를 코앞에 두고 줄즈와 나는 영화를 보기 위해 애버라본 해안 거리에 있는 극장에 갔다. 모든 게 평소와 다름없었다. 우리는 항상 먹는 간식인 땅콩 초콜릿 과자를 먹으며 영화를 보기 위해 자리를 잡았다. 하지만 영화를 보는 도중에 나는 점점 몸 상태가 나빠졌다. 메스꺼움과 현기증이 느껴지기 시작했다.

나는 토하는 것을 싫어했지만 줄즈 부모님의 집으로 돌아갔을 때 도저히 구토를 멈출 수 없었다. 여러 번 심하게 메스꺼움을 느꼈다. 줄즈는 나를 당직 의사가 있는 메스테그 병원으로 데려갔다. 그들은 곧장 브리젠드에 있는 프린세스 오브 웨일즈 병원으로 다시 가라고 권했다. 그때 이미 나는 통증이 느껴질 정도로 극심한 메스꺼움에 시달리고 있었다.

데자뷰였다. 나는 일주일 조금 넘게 머물렀던 병동에 다시 입원했고, 그 의사들을 다시 보게 되었다. 나는 감염 여부를 검사하기 위한 CT 촬영을 했다. 의사들이 불길한 표정으로 몇 마디 주고받더니, 초음파 검사를 받으라고 했다. 이제 나는 좀 걱정스러운 정도 이상의 느낌이 들었다. 초음파 검사를 위해 바른 젤은 피부에 약간 이상한 느낌을 주었다. 하지만 더 당황스러운 건 초음파 상태를 진찰하던 의사의 말이었다. 나는 그 사람의 말 가운데 이해할 수 없는 부분이 많았지만, 특정한 두 단어가 귀에 들어왔다. 종양과 악성이었다.

나는 공황 상태에 빠졌다. 몇 시간 뒤에 입원한 난 나를 진료했던 외과 전문의를 만났다. 그는 검사 결과를 보여주면서, 지난번과 달리 조금 진지한 표정으로 말했다.

"종양이 있어요, 폴. 간과 가까운 곳에…… 크기가 커요. 지름이 30cm 정도 되는 것 같습니다."

"악성인가요?" 초음파 검사를 할 때를 떠올리면서 나는 물었다.

"수술을 할 때까지는 확실하게 알 수는 없어요. 하지만 양성일 거라 추측하고 있어요."

그러면서 의사는 그 병원에서는 수술이 불가능하다고 말했다. 그래서 나는 카디프에 있는 웨일즈의 대학 병원에서 수술을 받기로 했다. 아버지와 어머니가 나를 보기 위해 멀리서 왔다. 나는 아버지로부터 꾸중을 들었다. 그는 내가 브리스틀에서 진찰을 받았어야 했다면서, 이곳 웨일즈 같은 시골의 병원은 믿을 수 없다고 말했다.

"원한다면 브리스틀도 추천해 줄 수 있어요." 의사가 말했다. "물론 이미 당신이 응급실 리스트에 올라가 있는 브리젠드로 가는 게 절

차가 더 빠르겠지만요. 만약 브리스틀로 옮긴다면 당신은 모든 검사를 다시 받아야 할 거예요."

"전 옮기고 싶지 않아요." 나는 아버지에게 말했다.

아버지는 여전히 화가 나 있었다. 그래서 나는 아버지에게 그렇게 계속 화를 내실 거면 병실에서 나가 달라고 말했다. 이것은 아주 오랜만에 처음으로 나 스스로의 의지로 했던 말이었다. 나는 아프긴 했지만, 한 인간으로서 좀 더 강해진 기분이 들었다.

새해 첫날 나는 퇴원할 수 있었다. 나는 병원 전문의들과 정기적으로 진찰을 하기 위한 약속을 잡았고, 그들은 나에게 최대한 빨리 수술을 하는 게 좋을 거라고 말했다. 수술 날짜는 3월 중순으로 잡혔다. 《아이다》와 《마농 레스코》 공연이 중간 정도 진행되고 있을 시기였다. 나는 노래를 계속 할 수 있을지, 공연에서 배역을 맡아도 될지 물었다. 직장을 계속 다니는 것은 어렵지만, 너무 무리만 하지 않는다면 공연에서 배역을 맡는 것은 괜찮을 거라는 대답을 들었다.

《아이다》 공연은 2월 말과 3월 초에 있었다. 여러 가지 일들이 생기면서 공연 날짜는 빠르게 다가왔다. 내가 맡은 라다메스는 매우 힘든 배역이었지만, 나는 노래를 하기로 결정했다. 앞서 내게 벌어진 일들에도 불구하고 다른 배역을 맡은 사람들은 나를 배려해 주지 않았다. 오페라를 공연하는 동안 다리 뒤에 온통 멍이 들만큼 그들은 나를 바닥과 왕좌에 거칠게 밀치며 연기했다.

일주일 뒤 나는 외과의에게 진료를 받았다. 그는 종양이 내 몸의 오른편에 있으며, 그곳에 주요 동맥이 지나가기 때문에 절개를 하는 건 매우 위험할 수 있다고 했다. 때문에 그들은 내 호흡을 멈추게 하고 호흡기를 달기로 했다. 뿐만 아니라 성대를 통해서 호흡을 돕기 위한 관을 집어넣어야 한다고 설명했다.

우선 난 “이들이 무얼 하려는 거지?” 하는 생각이 들었고, 뒤이어 “만약 이들이 다시는 나를 깨어나지 못하게 하면 어떡하지?” 하는 생각이 들었다. 그리고, “왜 하필 나지?” 하는 생각도 들었다. 의사는 내가 공포에 질린 걸 알아차리고는 걱정하지 말라고 안심시켰다. 내가 가수라는 걸 그들도 알고 있었으므로, 성대에 어떤 상처도 입지 않도록 모든 보호를 해줄 거라고 했다. 그렇지만 무엇보다도 내가 확실하게 살아 있는 게 우선이라고 덧붙였다. 나는 이 수술이 매우 심각할 뿐만 아니라 여러 가지 위험 요소들이 내포되어 있다는 것을 확실하게 인식하며 병원을 나섰다. 받아들여야 할 일들이 너무 많았다. 나는 여전히 그렇게 하려고 노력했다. 그날 밤에 난 《마농 레스코》 리허설을 위해 런던으로 떠났다. 사우스게이트 오페라단의 뮤지컬 감독인 닐 클록에게 내 수술에 대해 이야기했다. 무섭게도, 그는 그의 아내가 같은 수술을 받았으며 그 때문에 그녀는 오랫동안 노래를 하지 못했다고 말했다. 당연히 그 이야기는 나의 불안을 해소하는 데 아무런 도움도 되지 못했다. 수술 날짜가 다가왔다. 나는 그 전날 병원으로 가 수술 전 병동에 입원했다. 그곳에서 줄즈와 그녀의 부모님이 집으로 돌아가기 전까지 함께 해주었다. 다음 날 아침, 줄즈는 나를 보기 위해 왔고, 수술 시간인 정오 즈음까지 내 곁에 있었다. 모든 신체 기능이 제대로 작동되고 있다는 걸 확인하기 위해서 심전도 검사를 받고 나자 의예과 학생들이 나를 진찰하러 왔다.

나는 전에 의예과 학생들에 대해 들은 적이 있었지만, 정확하게 그들이 무엇을 하는지 알지 못했다. 문득 매우 졸리기 시작했다. 그들이 나를 수술실로 옮기는 중에 누군가 내 등을 만지작거리고 있는 걸 느꼈다. 그 남자는 자신을 소개했다. 그는 평소에는 응급차 소속이지만, 그날만 그 일을 한다고 했다. 그는 자기가 나에게 경막외 마취제를 제대로 놓았는지 알고 싶어했다. 그때 나는 정말 제정신이 아니었다.

"당신이 나보다 더 잘 알겠지요……." 완전히 잠들기 직전에 나는 중얼거렸다.

그 다음에 기억하는 것은 의식이 돌아온 뒤 내 몸의 왼쪽과 오른쪽, 그리고 중앙에 튜브가 꽂혀 있는 것을 발견한 것이었다. 나는 병원의 중환자실에 있었고, 모든 상태가 매시간 확인되고 있었다. 또한 팔을 압박하는 섬유 밴드를 늘 의식해야 했다. 아플 정도로 너무 꽉 조였기 때문이다. 의식이 돌아온 뒤 나는 맨 처음 줄즈에게 전화를 했다. 그때는 다른 그 무엇도 원하지 않았다. 오직 줄즈였다. 그녀가 나의 상태를 확인하기 위해 전화했다는 말을 들었고, 내가 '안정 상태'라는 이야기를 들었다고 했다. 정말 전형적인 의학적 표현이었다. '안정 상태'라는 예후가 옳은 표현인지 알 수 없었다. 특히 강력한 진통제가 작용을 멈출 때는 더욱 그러했다. 내 몸에는 불에 덴 것처럼 뜨겁게 느껴지는 커다란 수술 자국이 있었다. 시간이 지나면서 느낌이 변했지만, 더 나아지지는 않았다. 이제는 가슴 위로 급행열차가 지나가는 느낌이었다. 예전에는 한 번도 느껴보지 못한 통증이었다.

비명을 지르고 싶었지만 나약한 사람이 되고 싶지는 않았다. 나는 도움을 청하는 버저를 누르지 않았으나, 결국 모니터가 나의 상태를 읽었다. 간호사가 들어와 괜찮은지 물었다.

"난 괜찮아요." 나는 거짓말을 했다.

"이상하네요." 간호사가 기계장치를 바라보며 말했다. "당신의 혈압과 심장박동은 전혀 괜찮지 않은데요!"

나는 침대에서 몸을 살짝 움직이며 사실 강한 남자처럼 보이려고 최선을 다해 연기했다. 비록 간호사는 원하는 대답을 들을 생각인 것 같았지만.

"1부터 10까지의 기준으로 하면, 고통이 어느 정도예요?"

나는 신중하게 생각한 끝에 대답했다.

"우…… 30 정도요."

간호사는 경막외 마취제가 제대로 들어가는지 확인하기 위해 몸을 앞으로 구부렸다.

"왜 버튼을 누르지 않았어요?"

나는 어깨를 으쓱했다.

"귀찮게 하고 싶지 않았어요."

간호사는 한숨을 쉬었다.

"당신이 통증을 느끼는 이유는 경막외 마취제가 적절히 들어가지 않아서예요. 당신은 정확히 진통 효과가 0인 상태에서 거짓말을 하고 있는 거예요. 제가 통증 관리 간호사라는 걸 인정해야죠. 당신이 더 편안해지지 않으면 당신을 보러 자주 올 거예요."

간호사는 검정 가죽을 입고 가죽 장갑을 낀 엄혹한 이미지를 가지고 있었지만, 그녀는 그런 류의 통증 관리 간호사가 아니었다. 그녀는 나에게 자기 조절을 하면서 모르핀을 투여하라는 결정을 내렸고, 억지로 고통을 참을 필요가 없으니 반드시 충분한 약을 투여하라는 지시를 했다. 그리고 어쩌면 이상한 꿈을 꾸게 될지도 모른다는 경고도 받았다. 하지만 그런 일은 일어나지 않았다. 아마 내가 충분한 양을 투여하지 않았을 것이다! 내가 그녀에게 줄즈가 방문해도 되는지 묻자 내가 정신이 말짱하고 깨어 있으므로 괜찮을 거라는 이야기를 들었다.

중환자실에서 며칠을 보낸 뒤 회복을 위해 외과 진료실로 옮겨졌다. 그곳에서 일주일이 넘게 '금식'을 했다. 어떤 음식이나 음료도 허용되지 않았다. 내 몸에 필요한 필수 영양소들은 팔의 혈관 속으로 주입되어 제공되었다. 머피의 법칙처럼 음식을 먹을 수 없게 되자 병실의 모든 점심과 저녁 식사에서 맛있는 냄새가 났다. 스테이크, 그리고 버섯 파이, 라자냐……. 입에 침이 가득 고였으나 내겐 어떤 음식도 허락되지 않았다.

내가 수술을 받을 즈음, 제2차 걸프전이 시작되었다. 대부분의 시간 동안 잠이 오지 않아서 나는 TV 앞에 앉아 전쟁터에서 일어나는 사건들을 지켜보았다. 심지어 잠이 들어도 TV 뉴스는 방해가 되지 않았다. 아무 음식도 먹지 못한 채 약물 치료를 받고 있어 몸의 체계가 혼란스러진 것 같았다. 기운이 없는 상태에다 상당한 통증이 느껴졌다.

통증이 심해진 것은 모르핀 투여를 중단하기로 한 결정 때문이었다. 계속 나를 지켜보던 간호사들은 내가 분당 호흡수가 적다는 것을 알게 되었다. 그들은 모르핀의 부작용 중 하나가 숨을 충분히 쉬지 못하게 하는 것이고, 그래서 산소 부족으로 고통스러울 수 있다고 말했다. 사실 난 아주 정상적으로 숨을 쉬고 있는 것이었다. 나는 가수이기 때문에 길고, 깊고, 느린 호흡을 하는 것이라고 설명하려고 애썼다. 그러나 그들은 모르핀을 중단하기로 결정했고, 나는 구강 진통제를 투여받게 되었다.

모르핀을 중단한 탓에 통증은 더욱 악화되었다. 엄청난 고통으로 밤에 자다 깨다를 반복했다. 그 일이 일어난 첫날 밤에 나는 통증을 호소했고, 야간 당직 간호사가 전체 복용량에 상관없이 진통제를 가져다줄 거라 생각했다. 그것은 착각이었다. 간호사는 내가 복용할 약의 반만 덜어 가져와 놓고는 전체량을 갖다준 것으로 기록에 남겼다. 그것은 다음 날 여덟 시간 동안 나에게 진통제를 전혀 줄 수 없음을 의미했다.

병실에서 지낸 지 이주일이 다 지나도록 통증은 조금도 가라앉지 않았다. 그래서 나는 더 보편적인 방법을 해결책으로 쓰기 시작했다. 비마약성 진통제인 트라마돌을 복용하자 처음에는 약간 효과가 있었다. 게다가 수술한 상처가 벌어지고, 진물이 나고, 감염된 상황이라 고통은 더 심했다. 이제 더 이상 금식을 하지 않았지만 음식이 제한되어 그토록 먹고 싶었던 입에 침이 고이는 음식들은 먹을 수 없었다. 스테이크 파이 대신 양파를 넣은 간 요리를 먹어야 했다. 어린 시절에 질리도록 먹었던 음식이었다.

병원에 들어온 지 18일 후에 퇴원한 난 방문 간호사의 간호를 받게 되었다. 방문 간호사는 약물치료와 옷을 갈아입는 것을 도와주었다. 그런데 그때까지 나는 종양이 양성인지 악성인지를 알지 못했다. 좋은 소식으로 안심할 때까지 몇 주를 더 기다려야 했다.

나는 질병으로 인해 노래 부르는 일이 방해받지 않도록 하겠다고 결심했다. 내가 퇴원한 뒤, 웰쉬 국립 오페라단의 합창단을 뽑기 위한 오디션이 있었다. 정직하게 말하자면, 난 준비가 안 된 상태였다. 성악 선생님인 이안 컴보이 또한 나에게 정확히 같은 말을 했다. 바르셀로나의 노래 경연에 참가할 때처럼 그의 조언은 절대적으로 옳았다. 그러나 그때와 마찬가지로 나는 그의 조언을 무시했다. 후회해 봤자 소용없었다. 나는 그들과 리허설을 하는 것에서 제외되었다.

돌이켜 생각해 보니, 내가 오디션에 참가한 것은 어리석음과 완고함이 뒤섞인 결정이었다. 미래를 위한 나의 카드에 흔적을 남길 수 있었고, 나중에 보게 될 다른 오디션들에도 좋지 않은 영향을 미칠 수 있는 일이었기 때문이다. 음악 선곡도 좋지 않았다. 초대장에 다른 장르를 선택하도록 지시했음에도, 나는 〈그대의 찬 손〉과 〈별은 빛나건만〉을 선택했다. 나의 음악적 기반 대부분은 브리스틀에 있었고, 그것이 내가 할 수 있는 유일한 선택이었다.

사전에 피아니스트와 리허설을 할 때 나는 컨디션이 최상이어서 매우 자신만만했다. 하지만 그 모든 것이 오디션 무대에서는 완전히 무너져버렸다. 준비하는 데 모든 에너지를 사용해버려 노래를 잘 부르지 못했던 것이다. 나는 사과를 하고 바로 전날 병원에서 막 퇴원했다고 설명했다. 심사위원들은 약간의 가능성을 엿볼 수 있었다고 말했지만, 오디션을 보기 전에 몸이 먼저 회복되기를 기다리라고 했다.

나는 이제 《마농 레스코》 공연을 준비하는 데만 집중했다. 고작 일 주일 후에 북런던 사우스게이트에서 주말 내내 무대 리허설이 있었다. 따라서 가사를 외우는 게 급선무였다. 나는 소니 마이크를 사용해서 호세 카레라스의 목소리 위에 내 목소리를 녹음했고, 반복해서 그것을 들었다. 그런 다음 나는 악보를 보지 않고 쓸 수 있을 때까지 몇 개의 카드 위에 오페라 대본을 쓰고 또 썼다. 나는 그런 식으로 가사를 외웠고, 지금까지도 그 습관은 남아 있다.

사우스게이트에서 리허설을 하는 내내 합창단 단원들은 친절하게도 내가 웨일즈에서 왕복 여행을 하지 않아도 되도록 자신들의 집에 묵게 했다. 프리어 가족은 나를 아주 잘 보살펴준 특별한 가족들이었다. 그 집에는 누가 나에게 초코 시리얼을 줄 것인지를 두고 싸우는 세 명의 귀여운 어린 딸들이 있었다.

그 집 딸들은 내 성을 듣더니 그 자리에서 〈치티 치티 뱅뱅〉(영국의 가족 뮤지컬 코미디)과 카락터커스 포츠(치티 치티 뱅뱅의 주인공)를 떠올렸다. 나는 세 명이 완벽한 화음으로 부른 '진정으로 멋진(Truly Scrumptious)' 세레나데 공연을 선물 받았다. 아주 조숙한 네 살 막내는 제임스 본드 음악의 엄청난 팬이었고 아주 달콤하게 〈아무도 더 잘 할 수 없어*Nobody does it better*〉를 불렀다. 사우스게이트 오페라단 사람들은 매우 친절했고, 나는 그들과 짧지만 즐거운 시간을 보냈다.

리허설은 강도가 무척 높았다. 내가 여전히 수술 뒤 회복기에 있다는 사실은 아무런 핑계가 되지 않았다. 여주인공 역을 맡은 루스 커와 첫 번째 러브신을 리허설하고 있을 때였다. 그녀는 뭔가 잘못됐다는 걸 알아차렸다.

"세상에, 폴. 당신 피를 흘리고 있어요!"

나는 모두에게 걱정하지 말라고 말했다. 수술 부위의 상처가 벌어졌을 뿐이며, 그냥 의상만 갈아입으면 된다고 설명했다. 옷을 갈아입고 돌아왔을 때 그들은 안심하지 못했지만 나는 계속 고집을 부렸다. 스스로 그만두고 싶지 않았다. 내 역할을 끝까지 해내고 싶었다.

그리고 방금 연습했던 장면을 끝까지 마칠 수 있었다. 각 출연자들의 연기 장면이 하나하나 촬영되었고, 4막의 피날레 장면에서 내가 다리를 살짝 절뚝거리는 게 보였다. 이것은 내가 사막에서 갈증으로 죽어가는 걸 의도적으로 표현한 거라면 상당히 좋은 연기라고 볼 수도 있었다. 나는 고집과 투지 하나로 끝까지 해냈고, 그런 나 자신이 자랑스러웠다.

공연의 어떤 장면들을 줄즈는 차마 볼 수 없었다고 했다. 어느 한 장면에서 연출자가 나에게 마농에게 키스하기를 요구했다. 나는 줄즈에게 그것이 연기일 뿐이라고 말했지만, 그녀는 썩 기분이 좋아 보이지 않았다.

"그렇지만 그렇게 즐기는 것처럼 보일 필요는 없어!" 그녀가 반쯤 미소를 지은 채 말했다.

이안 컴보이는 뮤직 에이전트들에게 편지를 써서 그들을 모두 공연에 초대하라고 제안했다. 나는 그렇게 했다. 하지만 아무에게서도 답변이 오지 않았다. 그럼에도 불구하고 내가 공연한 슈발리에 데 그리외 역은 내 인생 최고의 배역 가운데 하나다.

그해 봄에 나는 마지막으로 주연을 맡아서 공연했다. 나의 결혼식에서 줄즈의 신랑이 되는 역이었다. 우리의 결혼식은 정신없이 지나간 지난 몇 달의 정점을 찍었다. 병원에 입원을 하고 오페라 공연을 하는 와중에도 우리는 집을 보러 다녔고, 마침내 우리가 살 첫 번째 집을 찾아냈다. 그 집은 포트 탈봇의 중심가에 있었으며, 비록 훌륭한 조건은 아니었지만 우리가 살 수 있는 집 가운데는 최고였다. 주택 담보 대출을 신청할 때, 우리는 오직 줄즈의 수입만을 적어 넣을 수 있었다. 그 당시 우리는 나의 종양이 암인지 아닌지 알지 못했고, 그 결과 나는 생명보험이나 치명적인 질병에 적용되는 보험 대상이 되지 않아 어떤 혜택도 받을 수 없었다. 부동산 압류물이었던 우리 집에 대한 대출이 결정되기까지 법으로 명시된 열흘의 통보 기간이 지나는 동안 우리는 긴장하면서 기다렸다. 피를 말리는 기다림 끝에 통보 기간 안에 대출 신청이 받아들여졌다. 우리는 매우 기뻤다. 그 집은 그 지역에서 우리의 예산으로 살 수 있는 단 하나 남은 부동산이었다. 이제 우리는 결혼에만 집중할 수 있었다.

2003년 5월 24일, 우리의 결혼식 날 아침은 날씨가 흐렸다. 비가 올 것 같았지만 큰 문제는 아니었다. 난 테스코에서 몇 년 동안 함께 일한 가장 친한 친구 마크 쇼블톤과 교회로 향했다. 그 지역에서는 플란으로 알려져 있는 플란진위드의 성 신위드 교회였다.

교회 옆에는 그 지역에서 가장 아름다운 이야기로 널리 알려진 유적이 하나 있었다. 지주의 딸은 아버지의 뜻을 거스르고 동네 젊은이와 사랑에 빠졌다. 아버지가 그녀를 감금하자 그녀는 연인에게 나뭇잎에다 자신의 피로 편지를 썼다.

교회 맞은편에는 웨일즈에서 가장 오래된 것 중 하나인 시골 낡은 술집 겸 식당이 있었는데 이름마저도 딱 어울리게 올드 하우스였다. 그곳은 우리가 자주 찾아가서 식사를 했던 곳이었고, '총각' 으로 마지막 맥주 한 잔을 마시기에 매우 좋은 장소였다.

드디어 교회로 가서 나의 아름다운 신부를 기다릴 시간이 되었다. 그날 그녀는 얼마나 아름다워 보였는지 모른다. 내가 그녀를 바라보았을 때, 피부는 반짝였고 길고 찰랑거리는 머리가 어깨에 늘어뜨려져 있었다. 나는 이 놀라운 행운을 믿을 수 없었다. 평생 꿈꾸던 여인과 결혼하기 위해 여기 이 자리에 서 있다니. 그것은 내가 기대한 것 이상이었고, 내게 과분하다는 생각마저 들었다.

결혼 서약을 할 시간이 다가오자, 나는 무대에 올라갈 준비를 하는 것 같은 기분이 들었다. 나는 울음을 터뜨릴 것 같아서 온몸으로 참아내느라 힘들었다. 남들이 알아들을 수 없는 말을 지껄이며 무너지지 않으려고 안간힘을 썼다. 줄즈는 늘 그렇듯이 나보다 훨씬 더 침착해 보였다. 그녀는 통로를 우아하게 미끄러지듯 내려온 반면에, 나는 발이 걸려 땅에 얼굴을 처박지나 않을까 노심초사했다. 그녀가 평온한 얼굴로 수월하게 서약을 하는 모습을 보고 난 놀랐다.

서약이 끝나고 결혼 증명서에 서명을 할 차례가 되었다. 우리가 남편과 아내가 되었다는 것을 공식화하는 과정이었다. 어드마이럴 보험에 있는 줄즈의 동료가 그녀의 이름과 나의 이름을 결합하여 두 성이 함께 들어가는 성을 새로 만들라고 제안했지만, 우리는 농담을 하고 있다고 생각했다. 결국, 미세스 쿠퍼-포츠는 너무나도 쿠퍼-포츠처럼 보였다!

우리가 결혼 증명서에 서명을 하는 동안, 바스 오페라단에서 아이다 역을 했던 주디 데이비스가 바스 오페라단의 음악 감독인 피터 블랙우드가 연주하는 오르간 반주로 〈아베 마리아〉를 부르기 위해 일어났다. 결혼 증명서에 서명을 한 뒤 나는 피터의 반주에 맞춰 줄즈를 위해 노래를 불렀다. '라다메스'와 '데 그리외' 역을 노래하는 건 힘들고 엄청나게 긴장되는 일이었지만, 그것이 내 인생에서 가장 중요한 공연이라는 것을 느끼는 순간이었다.

줄즈를 위한 노래는 에드워드 그리그의 〈이히 리베 디히—그대를 사랑하오〉였다. 바로 이것이 나 스스로를 다잡을 수 있게 한 순간이었고, 그 속에는 내가 스스로 울음을 멈추기 위해 분투했던 많은 순간들이 들어 있었다. 나는 아름다운 나의 신부가 이 세상 모든 신부들처럼 얼굴을 붉히고 눈물을 닦아내는 것을 보았다. 내가 부르는 노래의 모든 가사에는 진심이 담겨 있었다. 특별한 날이었고 특별한 순간이었다.

이제 우리가 교회를 떠나야 할 시간이었다. 우리는 미스터 포츠와 미스 쿠퍼로 교회에 들어와 미스터 포츠와 미세스 포츠로 교회를 떠났다. 나는 이것이 꿈이 아닌지 여전히 나를 꼬집어봤다. 이런 날이

과연 올까 의심했던 수많은 순간들이 있었다. 이 기억해야 할 순간을 마무리하기 위해 색종이 조각들과 사탕들이 비처럼 쏟아지는 순간, 나는 내가 세상에서 가장 운이 좋은 사나이처럼 느껴졌다.

11
건강할 때나 아플 때도

“산타넬로로 가주세요.”

결혼식이 끝나고 엿새 후, 줄즈와 나는 신혼여행을 떠나 나폴리 국제공항에 도착했다. 우리는 나폴리탄 리비에라 호텔에 2주 동안 머물기로 예약했다. 그러기 위해서는 우리가 1년 동안 모은 것보다 더 많은 돈이 필요했고, 모자라는 것은 친절하게도 줄즈의 어머니와 아버지가 도와주었다. 택시 운전수가 우리의 짐을 트렁크에 실어주었다. 우리는 어서 빨리 도착해서 짐을 풀기를 바라면서 차에 올라탔다. 택시가 공항을 출발해서 리비에라를 향해 떠났다. 나는 운전수와 이탈리아어로 대화를 나눴다. 나는 우리가 소렌토 외곽에 있는 산타넬로 마을의 오성급 호텔을 어떻게 싼 값에 얻었는지 설명했다. 얼마나 싼지 여행사 직원도 놀라며 가격을 몇 번이나 확인했다. 운전수는 친절하게도 돈을 아낄 수 있는 수많은 방법을 알려줬다. “여행사를 이용하는 여행은 ‘아말피 드라이브’ 만 괜찮아요.” 그는 우리에게 알려주었다. “버스의 오른편 자리를 앉아야 바다가 보이는 풍경을 보실 수 있어요.”

그는 또한 폼페이의 여행 가이드들은 단체 여행에서 다른 사람들과 보조를 맞추지 않는 사람들에게 불친절하게 굴 때가 있다고 귀띔했다. 우리는 나중에 꼭 같은 상황을 보게 되었는데, 나이 지긋한 숙녀가 편의를 봐달라고 부탁하기 위해 눈물을 흘리며 팁을 듬뿍 지불하는 것을 목격했다.

줄즈와 나는 폼페이와 헤르쿨라네움을 다 둘러보았다. 모두 매혹적인 장소였다. 여행사가 알선해서 간 유일한 여행은 아말피 드라이브였는데, 제대로 예약되지 않아서 차가 우리를 태우러 오지도 않았다. 결국 우리는 아말피로 가는 서비스 버스를 탔고, 택시 기사의 말대로 오른쪽 좌석에 앉았다. 그리고 배를 이용해 여행사에서 알선하는 것보다 싼 값에 돌아왔다. 가는 곳마다 깎아지른 듯한 절벽들이 있었지만, 버스에서 본 풍경과 배를 타고 돌아오는 길의 경치는 정말 장관이었다.

신혼여행이었으므로 비용에 너무 전전긍긍하고 싶지는 않았다. 하지만 우리는 지출에 대해 신경을 써야 했다. 그나마 내가 이탈리아에 대해 잘 알고 있어서 여러 번 돈을 절약할 수 있었다. 우리는 미니 크루즈를 타고 두세 번 나폴리 만을 돌았고, 카프리의 섬도 방문했다. 카프리 섬은 물가가 비싼 것으로 악명 높았다. 우리가 도착했을 때 섬의 주요 지역으로 가는 케이블카를 타기 위해 사람들이 길게 줄을 서고 있었다. 그 주위에는 컨버터블(지붕을 접었다 폈다 또는 뗐다 붙였다 할 수 있는 승용차)을 소유한 택시 운전수들이 서성거리고 있었다. 이탈리아 사람들의 성향을 잘 알고 있는 나는 택시 운전수 가운데 한 명과 이탈리아어로 농담을 주고받으며 우리가 신혼여행 중이라고 설명했다. 중앙 광장으로 가는 비용을 물었을 때, 우리는 영어로 물어봤을 때보다 싼 가격으로 택시비를 지불할 수 있었다.

차를 타고 달려가다가 줄즈가 나를 보고 말했다. "자, 이제 당신은 지붕을 덮은 차를 타게 된 거야!"

결혼식 날 자동차 지붕을 열었다가 날씨가 좋지 않아서 실망했던 기억을 떠올리며 나는 웃음을 터뜨렸다.

우리는 미니 크루즈를 타고 이스키아의 섬에도 갔다. 배는 수영하는 사람들이 지나갈 때마다 여러 번 멈춰 섰다. 나는 수술 부위의 상처가 발갛게 달아올라 그 위에 자외선 차단제를 듬뿍 발라주어야 한다는 것을 깨달았다. 배가 만에 멈춰 섰을 때, 어린 소년 하나가 해파리를 유인하기 위해 바다에 빵 조각을 던지고 있었다. 나중에 그 소년은 무릎을 가슴 위까지 끌어올린 뒤 바다에 풍덩 뛰어들어 식당 근처에 있던 사람들을 물에 젖게 만들곤 했다. 소년은 그것을 아주 재미있어 했다. 한 번은 크게 물을 튀기고 나서 내 수술 자국을 보며 말했다.

"이봐요!" 소년이 내 주의를 끌려고 큰 소리로 외쳤다. "그 상처 자국은 왜 생긴 거예요?"

"이거?" 나는 머릿속에 문득 떠오른 심술궂은 생각 때문에 웃음이 나오는 걸 참으며 말했다. "오, 이건 내가 작년에 여기 왔을 때 생긴 거야. 상어에 물렸거든!"

그 말에 겁먹은 소년은 다시는 물속에 뛰어들지 않으려 했다. 식당 주위에 있던 사람들은 적어도 그 뒤로는 몸을 말릴 수 있었다.

우리가 있던 호텔은 서비스가 좋았다. 우리는 1일 2식이 제공되는 숙박을 예약했으므로, 매일 밤 레스토랑에서 식사를 했다. 우리의 단골 웨이터들은 익살맞고 친절했다. 특히 그중 한 명이 나이 많은 숙녀에게 추파를 던지는 걸 목격하고 난 뒤, 나는 그를 돈 조반니라 부르며 놀렸다, 돈 조반니는 돈 주앙이나 카사노바와 같은 바람둥이 이탈리아인이었다. 줄즈와 나는 여러 날 저녁마다 동네 바로 내려가서 웨이터들과 술을 마셨다. 우리는 그들과 잘 어울려 지냈고, 그들은 내가 이탈리아어를 잘하는 것에 감탄했다.

신혼여행이 막바지로 접어들면서 우리는 호텔에서 특별한 식사를 제공받았다. 그 지역은 해산물과 토마토, 그리고 버팔로 모짜렐라로 유명했다. 이런 메뉴들은 모두 줄즈에게는 환영받지 못했는데, 그녀는 해산물을 별로 좋아하지 않을 뿐더러 토마토도 싫어했기 때문이다. 이때는 아직 아시아에 가보기 전이었는데, 그녀는 아시아에 가보고 난 뒤에야 비로소 해산물을 좋아하게 되었다. 호텔에서 준비한 환상적인 식사는 〈돈 조반니〉가 울려 퍼지면서 크레페 수제트가 나오는 것으로 끝났다.

줄즈와 나는 햇빛 아래서 꿈같은 두 주일을 푹 즐겼다. 그리고 곧 고향으로 돌아갈 시간이 돌아왔다. 현실로 복귀할 시간이었다. 별로 기대되지 않았다. 일주일 안에 테스코로 돌아가 일을 시작해야 했다. 오전 3시에 일어나라는 호출을 받는 것이 정해진 일상이 될 것이다. 일주일에 단 하루를 제외하고는 그것은 날마다 펼쳐질 일이었다.

단지 그 일에 대해 생각하는 것만으로도 맥이 빠졌다. 하지만 피해갈 방법은 없었다. 회사에서 받을 수 있는 질병 수당도 거의 바닥이 났으며, 갚아야 할 주택 대출도 있었다. 결혼식을 할 때, 나는 줄즈의 먼 친척들로부터 이제 내가 그녀를 돌봐야 한다는 이야기를 들었다. 이제 나는 돈이 되지 않는 활동들을 계속 할 여유가 있는지 고려해봐야 했다. 우리 둘 다 그 사람들이 무슨 말을 하려고 하는지 알고 있었다. 영국으로 돌아갈 때가 되자, 나는 새로운 책임을 강하게 느끼게 되었다.

언제나 직장으로 돌아가는 일이 매우 힘들었다. 하지만 이번에는 그게 얼마나 힘든 일이 될지는 잘 모르고 있었다. 매일 오전 3시 15분에 일어나는 건 쉬운 일이 아니었다. 처음에 그것은 내 신체 리듬에 큰 충격이었고, 두 번째 출근하는 날에는 병이 날 정도였다.

시간제 근무로 돌아갈 기회가 있었지만, 그렇게 되면 경제적으로 쪼달릴 게 분명했다. 왜냐하면 내가 얼마나 많은 날을 일하든 않든 상관없이 주간 시즌 기차표를 사야 했고, 그러면 돈이 얼마 남지 않았다. 나는 아파서 쉬는 동안 일자리를 옮길 수 없었으므로, 한동안은 잠시 이렇게 살아야 한다는 걸 알고 있었다. 비록 상황이 좀 더 나아지기 전에 잠시 동안 나빠지는 것이긴 했지만.

일을 다시 시작하고 나흘 뒤였다. 웨일즈로 돌아가는 기차를 타려고 이스트빌에서 브리스틀 파크웨이까지 자전거를 타고 가고 있었다. 따뜻하고 화창한 7월의 오후였고, 어서 집에 돌아가기만을 바라고 있었다. 필튼 거리를 달려 역까지 가는 길의 3분의 2 정도 되는 지점이었다. 때마침 차 한 대가 좌우도 살피지 않은 채 주유소에서 나오고 있었다. 나는 멈추거나 피할 수 있는 시간적 여유가 없었다. 그저 가능한 한 세게 브레이크를 꽉 쥐는 것밖에는 다른 도리가 없었다. 나는 운전대 너머로 튕겨져 나갔다. 그리고 바닥에 떨어지는 것을 막으려고 손을 앞으로 뻗었다.

어딘가에 부딪히는 소리를 들었고 현기증이 났다. 난 내가 쇼크 상태에 있다는 걸 알았다. 어깨가 매우 이상한 자세로 되어 있는 게 보였지만 아무것도 느껴지지 않았다. 그래서 나는 뼈를 제자리로 다시

밀어넣었다. 나는 멍한 상태로 무슨 일이 일어나고 있는지 알지 못했다. 운전수가 다가와서 동네 병원에 데려다주겠다고 했다. 나는 그에게 경찰과 앰뷸런스를 불러 달라고 말했다. 그는 내 말을 무시하더니 가까운 프렌체이 병원에 데려다주겠다고 했다. 또다시 나는 그에게 경찰에 사건을 신고하고 앰뷸런스를 부르는 것이 법적인 의무라고 주장했다. 그는 확실하게 그렇게 하기를 바라는지 물었다.

"나는 쇼크 상태에 빠졌어요." 나는 그에게 말했다. "하지만 나는 바보가 아니라고요! 제발 당신이 해야 할 일을 하세요."

앰뷸런스를 기다리는 동안, 어깨에 통증이 느껴지기 시작했다. 나는 줄즈에게 전화를 했다. 그녀는 깜짝 놀라 나를 태우러 브리스틀로 그녀의 아버지를 보내겠다고 했다. 나는 앰뷸런스에 태워졌다. 의료요원이 통증을 가라앉히기 위해 주사를 놓으려고 했지만, 그들은 혈관을 찾지 못했다. 결국 그들은 나에게 가스와 산소를 주입했다. 가스는 다른 말로 아산화질소 혹은 웃음 가스라고 불리는 것이었다. 나는 그것이 싫었다. 그 가스는 머리가 가벼워지고, 메스껍고, 정신이 오락가락하는 기분이 들게 만들었다. 나는 결국 마스크를 벗었다. 그러자 이제는 고통을 참을 수 없는 지경에 이르렀다. 그래도 난 차라리 고통스러워하는 쪽을 선택했다.

프렌체이 병원에 도착하자 의사들이 내가 쇄골에 복합골절을 당했다고 했다. 나는 심한 채찍질을 당하는 것 같은 고통을 느꼈다. 쇄골은 부러지면 가장 고통스러운 뼈 중 하나로 알려져 있으며, 나는 그것이 사실임을 직접 확실하게 확인했다! 사고가 난 뒤 처음 한 달 동안은 거의 잠을 잘 수 없었다. 다친 어깨 때문에 어떤 자세를 취하든 목이 불편했다. 목이 편한 자세를 취하면 어깨가 불편했다.

수술 후유증으로 인한 수면 부족은 내 몸의 혼선을 가져왔다. 예전에 받은 수술 때문에 나는 아드레날린과 다른 호르몬들을 분비하는 기관인 부신이 오직 하나밖에 없었다. 부신이 하는 일 가운데 하나는 스트레스 극복을 돕기 위해 코르티솔을 분비해서 몸 전체로 나르는 것이다. 그해 초 수술 이후 나는 호르몬 대체 치료를 받았다. 하나만 남아 있는 부신이 다른 하나의 역할까지 해낼 수 있게 하는 조처였다.

그렇지만 그렇게 되지 않았다. 스트레스와 수면 부족으로 내 몸의 기능이 완전히 저하된 상태였다. 나는 한 달 내내 아래층 소파에 머무르며 전혀 움직이지 않았다. 어떤 의지도 없었고 무언가를 할 힘도 남아 있지 않았다. 카디프 병원의 주치의를 만났다. 그는 나에 대한 치료를 강화해 프레드니솔론(합성 부신피질 호르몬) 투여량을 하루에 5밀리그램에서 15밀리그램으로 늘렸다. 나는 무엇을 하든 줄즈의 도움이 필요했으며, 그것이 더 무력감을 느끼게 했다. 그러나 줄즈는 한 번도 불평하지 않았다. 그녀는 결혼 서약에서 '아플 때' 할 역할을 하고 있으며, 곧 '건강할 때' 가 오리라는 희망을 갖고 있는 것 같았다.

돈 문제가 대두되었다. 일단 질병 수당 수급 기간이 끝나자, 우리는 오직 줄즈의 수입에만 기대게 되었다. 쇄골은 도무지 회복될 기미가 보이지 않았고, 나는 언제까지 일을 쉬어야 할지 몰랐다. 억지로 쇄골을 치료하기 위해 금속 막대를 삽입하는 수술을 받을 생각도 했다. 얼마 지나지 않아, 나는 장애인 혜택까지 받을 궁리를 했다. 우리는 계속 버텨나가기 위해 점점 더 신용카드에 의존하게 되었다.

병치레를 하고, 결혼을 하고, 신혼여행을 갔다 온 뒤 남아 있는 저축이 없었다. 우리는 음식을 사고, 각종 계산서를 지불하고, 세금을 내는 데 신용카드를 사용했고, 결국에는 신용카드 값을 막기 위해 다시 신용카드를 사용했다. 카드 값을 지불하기 위해 집을 담보로 대출을 받기도 했다. 결국 출발점으로 다시 돌아오는 데 오랜 시간이 걸리지 않았다.

그러는 동안 줄즈의 삼촌 한 분이 나에게 했던 경고가 내내 귓속에서 울렸다.

"이제 자네가 줄즈를 돌봐야 하네."

이런 상황에서 노래는 내 머릿속에서 가장 마지막 순위로 밀려났다. 줄즈는 그녀의 동료들과 놀러 나갈 돈도 없었다. 심지어 그녀가 출근하기 위해 차에 기름을 사넣는 것조차 분투해야 했다. 그녀는 항상 나를 위해 무엇이든 포기할 준비가 되어 있었다. 이제 내가 그녀를 위해 무언가를 포기할 차례가 되었다는 것을 깨달았다. 노래를 계속 하기 위해서 우리 가정을 위험에 처하게 할 수는 없었다. 나는 더 이상 성악 수업료나 바스에 다녀올 교통비로 돈을 쓰는 데 당당할 수 없었다. 내가 공연을 할 수 없기 때문에 이미 다른 테너가 나의 자리를 대신했다. 하지만 난 아무것도 할 수 없었다. 다시 일을 할 수 있을지 보기 위해 직장에 돌아갈 때까지 기다려야만 했다.

길고 고통스러운 일곱 달이 흘렀다. 나는 직장으로 돌아가야 할지 심사숙고를 했다. 그 무렵 테스코는 내가 시간제 근무로 돌아가거나 그들이 원하는 대로 일을 하라고 압력을 가했다. 그곳에서 10년 간 일했지만, 이제 그건 아무 의미가 없었다. 그간 난 유통업체 노동조합(USDAW)에서 활발하게 활동했지만, 그 지역 책임자는 나보다 테스코의 편에 있는 것 같았다. 회사는 내가 다시 일주일에 15시간 동안 일하는 자리로 돌아오기를 원했다. 나는 일단 주간 시즌 기차표를 살 수 있을 만큼은 되어야 한다고 설명했다. 게다가 내가 시간제 근무를 하면 줄즈에게 직장이 있기 때문에 내가 얻을 수 있는 혜택을 받지 못하게 될 터였다. 내가 전혀 일을 하지 않고 받을 수 있는 것은 장애인 혜택 밖에 없었다. 시간제 근무를 하게 되면 수입 조사 결과에 따라 정부 보조금을 받을 자격도 잃게 될 터였다. 따라서 일을 하러 먼 거리를 왔다 갔다 하는 게 전혀 도움이 되는 상태가 아니었다. 정규 근무를 하거나 아무것도 하지 않는 것을 선택해야 했다.

결국 아직 준비가 된 것 같지 않았지만, 나는 정규직 근무로 돌아갔다. 시간제 근무는 경제적으로 현실적이지 않았다. 나는 직장으로 돌아가자마자 근무지를 집 가까이로 해달라는 요청을 넣었다. 하지만 가능한 건 스완지에 있는 시간제 근무로, 일주일에 24시간 동안 밤에 일하는 것뿐이었다. 나는 이것을 받아들이는 것 외에 선택의 여지가 없었다. 돈을 모으려면 초과 근무를 할 수밖에 없겠지만.

30킬로미터나 되는 먼길이었지만 일주일에 네 번씩 스완지를 왔다 갔다 했다. 밤 아홉시에 집을 떠나서 새벽 네 시에 다시 줄즈가 있는 침대로 기어올라갔다. 그 덕분에 나는 다시 건강해졌다. 문제는 내가 초과 근무 시간을 보장받지 못한다는 것이었다. 토요일 밤은 내게 있어 가장 수입이 좋은 날이었다. 왜냐하면 난 여전히 같은 조건으로 근무했지만 (새 계약 조건과는 상관없이) 야간 수당이 붙어 두 배의 임금을 받았기 때문이다. 그 매장은 나와 같은 임금으로 두 명과 새로 계약을 할 수 있었다.

초과 근무를 하지 않으면 우리가 살 수 있을 만큼 돈을 벌 수 없고, 우리의 빚은 계속 늘어날 것이었다. 결국 다른 직종을 찾아야 했다. 나는 데븐햄즈 백화점의 일자리를 지원하기로 결심했다. 데븐햄즈는 테스코보다 보수가 낮았다. 테스코에서는 오랜 서비스 경력을 인정받았기 때문이다. 데븐햄즈에서도 나는 파트타임으로만 일할 수 있었고, 일주일의 24시간을 별도로 근무해야 했다. 하지만 어쨌든 그 일을 하기로 결정했다.

한 달 조금 넘는 동안, 밤에는 테스코에서 일하고 낮에는 데븐햄즈에서 일했다. 힘들었다. 어떤 날들은 밤 아홉시에 스완지로 자전거를 타고 가서, 새벽 3시에 자전거를 타고 돌아와 여섯 시간 잠을 자고, 10시에 다시 스완지로 자전거를 타고 가기도 했다. 다음 날 오후 4시에 자전거를 타고 집에 돌아가, 고작 몇 시간 쉬고 난 뒤 집에서 다시 직장으로 돌아갔다. 데븐햄즈 매장에서는 이를 매우 염려스러워하면서, 언제까지 그렇게 하도록 허락할 수 없다고 말했다. 나 스스로도 그런 식으로 계속 한다는 건 불가능하다는 걸 알고 있었다. 나는 다른 직장을 알아보아야 할 처지가 되었다.

데븐햄즈에서 일을 하기 전, 나는 사실 휴대전화 소매업인 카폰 웨어하우스의 정규직에 지원했다. 한 달 이상 아무 연락도 오지 않았고, 그래서 떨어졌거니 생각했다. 그런데 놀랍게도 면접을 보러 오라는 전화를 받았다. 난 다시 전화를 걸어서 내 상황을 설명하고 면접 약속을 잡았다. 그때까지 데븐햄즈에는 아무 말도 할 필요가 없었다.

래넬리에 면접을 보러 갔고, 다행히 면접은 잘 진행됐다. 그러나 임금의 일부분이 판매 수수료인, 일정 목표량을 채워야 하는 세일즈 일이 불안했다. 게다가 나는 판매에 대한 압박에 시달리고 싶지 않았다. 나는 그 일에 대해 알아보기 위해 다른 휴대전화 가게에 가봤다. 그 일은 약간 투명하지 못한 판매 방식이라는 느낌이 들었고, 내가 원하는 일이 아니었다. 그렇기는 하지만 직장을 제의받았다는 사실이 기뻤다. 런던에서 합격 여부를 좌우하는 연수에 참가하는 초대를 받았다. 이 과정의 다음 단계는 후보자들이 2주간의 코스에 참가하기 위해 런던에 머무는 것이었다. 이 과정이 끝나면 모두가 시험을 쳤다. 그중 85퍼센트 정도가 고용에서 탈락되었다.

연수 일정이 진행되는 동안 우리는 다른 사람은 없는 자신만의 능력을 증명해야만 했다. 나는 〈공주는 잠 못 이루고〉의 가장 유명한 부분을 아카펠라로 노래하는 모험을 했다. 무척 긴장되는 일이었지만 다른 대안은 춤을 추는 것뿐이었다. 둘 중 그나마 나은 게 노래였다. 내가 노래를 하자 연수를 받고 있던 센터 전체가 조용해졌다. 같이 연수를 받고 있던 다른 사람들 중 몇 명이 블루투스 폰을 이용해 내 노래를 녹음했다. 그들은 내가 방에 들어갈 때마다 나에게 들려주었다. 나는 즐거웠고, 약간 영광스러운 기분도 들었다. 재미도 재미지만 무엇보다 존중받는 느낌이었다.

결국 나는 최종 면접을 통과했고, 새로운 직장에서 일하기 위해 테스코와 데븐햄즈를 그만두었다. 지금 살고 있는 곳에서 모퉁이만 돌면 나오는 카폰 웨어하우스 지점에서 일을 시작했다. 그곳은 지방 의회가 소유한 쇼핑 몰에 입점하고 있는 상당히 큰 매장이었다. 나와 함께 일하는 사람들은 폴과 토니였다. 나는 특히 폴과 잘 어울렸는데, 그는 줄즈의 어머니와 아버지가 사는 동네에서 모퉁이를 돌면 있는 집에서 아내와 함께 살고 있었다.

나는 곧 사람들에게 강매하지 않고도 휴대폰과 패키지 상품을 팔 수 있는 능력이 있다는 평판을 얻었다. 만약 고객이 요청하는 것이 그들에게 필요없는 것이라면, 고객에게 그 정보를 알려주었다. 고객이 특별히 요청한 패키지가 아닌 것을 내가 권할 때도 있었다. 고객이 원하는 것보다는 고객에게 필요한 걸 팔았다. 비록 7천 파운드 상당의 태그 호이어 시계를 상으로 받지는 못했지만, 뉴포트와 헤이버포드웨스트 사이에 있는 남부 웨일즈 전체에서 가장 판매 성적이 우수한 사원 중 하나가 되었다. 그 상으로 다른 직원들과 함께 케냐의 마사이 마라 국립 보호구에 있는 사파리 여행을 가게 되었다.

닷새 동안의 환상적인 여행이었다. 우리는 이른 아침 킬리만자로 산 위로 해가 뜨는 걸 보러가는 내기를 했다. 그 모든 야생동물들을 지켜보는 게 얼마나 숨막히는 일인지! 해질 무렵 술을 마시면서 석양을 바라보며 줄즈에게 전화를 걸었다. 그 순간 그 여행은 영국 런던에서 7.7 테러사건(2005년 영국 런던 시내 곳곳 버스나 지하철에서 동시다발적으로 벌어진 폭탄 테러 사건으로, 56명이 사망하고 700명 이상이 부상을 당했다.)이 터졌다는 사실 하나로 엉망이 되었다. 그 사건은 우리 모두에게 영향을 주었는데, 특히 런던에서 일하고 있는 이들, 그리고 동료와 가족을 걱정하는 이들에게 더욱 그랬다.

판매자로서 좋은 평판을 얻은 나는 회사의 관리자 프로그램에 들어갈 수 있었다. 나는 첼트넘에서 하루 종일 계속되는 몇 개의 과정에 참여했다. 그곳에서 나는 처음 받았던 연수에서 보여준 '기대하지 않은 재능'을 다시 보여주었다. 결국 난 몇 주 동안 직접 매장을 운영하게 되었다. 내가 처음 맡게 된 일은 브리젠드 중앙에 있는 지점을 관리하는 일이었다. 본사의 지역 담당자는 내가 그곳에서 일을 잘 해낸 것을 기뻐했다. 한두 달 뒤 나는 회사의 실패한 매장 중 하나인 카디프의 헤이즈 지점 관리자로 승진했다.

헤이즈 지점은 한가하기로 이름난 곳이었다. 인수인계를 하기 위해 도착한 첫날, 나에게 인수인계를 할 매장 관리자는 판매원들 중

한 명과 스도쿠(숫자 퍼즐 게임의 명칭. 상표 이름)를 하고 있었다! 그 지점은 회사의 전체 매장 가운데 가장 실적이 낮은 곳이었다. 본사의 이 지역 관리자는 할 수 있는 한 최선을 다해 매장을 변화시켜 달라고 요청했고, 나는 그러겠다고 말했다. 그는 내가 허튼소리를 하지 않는다는 것을 알고 있었다.

매장을 관찰한 뒤 나는 무엇이 문제인지 금세 파악했다. 고객을 대하는 태도였다. 그 매장의 정규 직원들이거나 더 바쁜 매장에서 파견되어온 사람들이거나, 그곳에 일하는 사람들은 모두 매장 분위기가 너무 조용하다는 걸 간과하고 있었다. 그들은 자신들이 결코 돈을 벌지 못할 것이라는 생각에 빠져 있었다. 내가 관찰한 바에 의하면, 그들은 고객이 매장에 들어와도 판매에 실패할 거라는 자세로 대했고, 당연히 상품을 팔지 못했다.

나는 직원들이 유리컵이 반이나 비었다는 게 아니라 반이나 찼다고 보기 시작하면 판매 실적을 올릴 수 있을 거라고 확신했다. 나는 직원들에게 매장이 바쁘지 않다는 것은, 곧 고객들에게 친절하고 정직한 서비스를 해줄 수 있는 시간적 여유가 많다는 의미라고 말했다. 이는 판매가 확고하게 이루어진다는 의미이기도 했고, 많은 양의 영업을 할 수 있다는 것이기도 했다.

나는 패배주의적인 태도를 보이는 직원들을 내보내고 신입사원들을 뽑았다. 그리고 나의 아이디어로 돌파구를 마련했다. 매장 직원들에게 판매대 뒤에서 나오라고 용기를 북돋았다. 나도 판매에 뛰어들어 나 역시 매장 직원들과 경쟁하고 있다는 사실을 분명히했다. 그 결과 직원들 사이에 건강한 경쟁이 붙었다. 내가 그곳에 합류했을 때 그 매장은 570군데 지점들 가운데 판매 순위 558위였다. 석 달이 지난 뒤에 그 매장은 전체 지점 가운데 2위에 오르는 성과를 올렸다. 그 이후 우리 매장은 지속적으로 전체 상위 10위 안에 머물렀다. 이 순위는 우리의 판매 증가율에 의한 것이고, 우리 판매 목표와 비교해서 평가된 것이었다.

그러나 난 사례를 들어 판매의 동기부여와 직원들을 이끌어가는 일은 잘 했지만 여전히 조직에는 무능했다. 항상 매장을 방문하는 고객 수에서 점수를 잃었다. 조직적인 면에서 미흡했기 때문이다.

카디프까지 출퇴근하는 것은, 시간적인 면에서나 재정적인 면에서나 여전히 전쟁이었다. 결과가 좋았기 때문에 내가 속한 지역의 관리자는 나를 헤이즈 지점에 머무르게 하기 위해 출퇴근 교통비 보조금을 지원해 주겠다고 제의했다. 하지만 내가 원래 속해 있던 매장인 포트 탈봇에 관리자 자리가 났고, 난 그곳에 가기로 결정했다. 어려운 결정이긴 했지만, 나는 줄즈와 집에서 더 많은 시간을 보내길 원했다.

2006년 11월, 포트 탈봇으로 직장을 옮겼다. 또다시 매장에서 나는 꾸준한 성장을 이루어냈고, 그곳 직원들의 태도를 바꾸려고 노력했다. 통근 시간이 줄어들었지만, 나는 여전히 오랜 시간 일을 했고 어떤 사교 활동도 즐기지 않았다. 또한 여전히 노래를 부르지 못하는 것에 대해 아쉬워하고 있었다. 내가 다시 대중 앞에서 노래를 할 수 있을지 의문스러웠다. 어린아이가 있고 벽이 얇은 집에 사는 이웃들에게 방해가 되지 않는 이른 시각에 집에 왔을 때, 나는 가까스로 조금씩 노래를 부를 수 있었다. 그 무렵 노래를 부를 수 있는 나의 미래는 보이지 않는 것 같았다.

그러던 어느 날, 늦은 밤에 이메일을 보내고 매장 판매의 통계를 내려고 컴퓨터 작업을 하다가 우연히 뜬 팝업 창을 발견했다. 그것을 꺼버리려는데 그만 클릭을 잘못해 오히려 창이 최대화되고 말았다. 그때 사이먼 코웰이 사람들에게 ITV의 새로운 쇼인 〈브리튼즈 갓 탤런트〉에 지원하라고 초대하는 장면이 내 앞에 펼쳐져 있었다. 나는 재빨리 홍보 동영상을 보고 내용을 읽어보았다.

나도 모르게 온라인 지원서의 빈칸을 채워 넣기 시작했다. 그것이 나를 어디로 이끌어갈지 짐작도 할 수 없었지만, 세부 사항들을 입력하면서 도대체 내가 왜 이러고 있는지 궁금했다. 노트북 모니터에 비친 내 모습을 바라보았다. 내가 도대체 무슨 짓을 하는 거지? 난 혼잣말로 중얼거렸다. 그들이 왜 나를 뽑겠어? 나는 사람들이 원하지 않는 종류의 노래를 부르고 있어. 또 너무 못생기고, 너무 뚱뚱하고, 그리고 너무 늙었어. 나라는 사람은 그들이 절대로 찾지 않을 사람이야.

그러면서 지원서를 마무리했다. 이제 보내거나 취소해야 하는 선택의 기로에 섰다. 나는 정말로 어떻게 해야 할지 몰랐다. 사람들에게 비웃음을 당하는 참가자들 중 한 명은 되고 싶지 않았다.

그러나 내 안의 또 다른 내가 침착한 목소리로 말했다. 시도해 보기 전까지는 어떤 일이 일어날지는 아무도 모르는 일이다.

참가 신청은 다음 날 아침에 마감이었다. 때문에 참가 신청을 유보하고 나중에 다시 생각해 보는 것은 선택 사항이 아니었다. 나는 신청을 할 것인가 말 것인가를 우연으로 정하기로 했다. 10펜스짜리 동전을 들고 만약 앞이 나오면 지원서를 접수하고, 뒤가 나오면 팝업 창을 닫고 다시는 그것에 대해 생각하지 않기로 했다.

나는 동전을 허공으로 던졌다. 그리고 그것은……앞면이었다!

이제 여정이 시작되었다. 그것이 나를 어디로 끌고 갈지 여전히 알지 못했다. 그러나 지원서는 신청했고, 이제 기다려야만 했다.

놀랍게도 나는 오디션을 보러 오라는 초대장을 받았다. 내가 줄즈에게 오디션에 지원했다는 말을 하지 않았기에, 그녀 역시 초대장을 열어보고 놀라움을 금치 못했다. 나는 떨어질 것이라고 생각해 그녀에게 참가 신청을 했다는 말을 하지 않았던 것이다.

참가를 못할 가능성은 여전히 있었다—오디션은 3월 17일 토요일이었다. 매장에서 토요일은 가장 바쁜 날이라 휴가를 낼 길이 전혀 없었다. 회사 동료 리처드가 그 주 토요일이 쉬는 날이었으므로, 나 대신 근무를 하겠다고 했다. 하지만 나는 아무것도 아닐 수 있는 일 때문에 리처드와 그의 아내 사이에 괜한 문제가 생기게 하고 싶지 않았다.

결국 우리 매장의 시간제 근무 직원인 앨리슨 손이 내 사정에 대해 듣고는, 아이를 봐주는 사람을 구할 수 있으니 기꺼이 대신 근무를 해주겠다고 했다. 앨리슨은 구세주였다. 〈브리튼즈 갓 탤런트〉의 오디션 날짜가 일요일로 바뀔 가능성은 전혀 없었고, 그래서 그녀가 시간을 조정해 주지 않았다면 그날 나는 오디션을 볼 수 없었을 것이다. 나는 기회를 얻었다. 문제는 단 하나였다. 과연 내가 성공할 수 있을까?

제3부

성공

SUCCESS

교회 밖에서 찍은 우리의 고전적인 결혼식. 사진 양가 부모님, 그리고 내 뒤에 서 있는 나의 가장 친한 친구 마크.

2012년 영화 《원 챈스》 촬영장에서. 왼쪽부터 아내 줄즈, 맥켄지 크룩, 나, 제임스 코든, 그리고 알렉산드라 로치.

12
브리튼즈 갓 탤런트

프롤로그에서 말한 대로, 난 〈브리튼즈 갓 탤런트〉 오디션에서의 열렬한 반응을 믿을 수 없었다. 그때 나는 관객의 호응에 어리둥절해하면서 무대에 서 있었다. 특히 심사위원들의 반응이 믿기 힘들었다. 피어스 모건이 방금 내가 '놀라운 목소리'를 가졌다고 말했던가? 사이먼 코웰이 방금 정말로 내 노래를 '엄청나게 환상적'이라고 묘사했던가?

그러나 심사평에 대해 충분히 생각할 시간도 없었다. 무대 뒤로 나오자마자, 제작진들은 인터뷰 녹화를 위해 쇼의 진행자인 앤서니 '앤트' 맥파틀린과 데클란 '덱' 도넬리에게로 나를 데려갔다. 듀오로 알려진 앤트와 덱은 영국에서 가장 인기 있는 TV 스타들이었고, 그들을 만난 것은 그때가 처음이었다.

"폴, 기분이 어때요?"

그들이 물었다.

솔직히 말하자면, 너무 놀라서 어떤 기분인지 종잡을 수 없었다. 이 오디션에서 아무것도 기대하지 않았고, 단 한 가지 사실만 확신하고 있었다. 나는 그들이 찾던 사람이 아니라는 것. 내 노래에 대한 반응을 전혀 예상하지 못했던 나는 흥분했지만, 동시에 극도로 혼란스러웠다.

반면에 나와 이야기를 나눈 ITV 사람들 모두가 이미 내 성공이 예정되어 있는 것처럼 단언했다. 또 다른 인터뷰에서 카메라맨은 내가 이 오디션에서 승리할 것으로 생각하느냐고 여러 번 되물었다.

"노래가 끝나고 반응이 왔을 때 당신은 좋은 기회를 잡았다고 확신했나요?"

"모르겠어요." 나는 단호하게 대답했다. "다음 단계들을 잘 해내야겠지요."

나는 스스로에 대해 자만하지 않기만을 바랐다. 그때까지 나는 오디션이 끝난 뒤 어떤 단계를 거쳐야 하는지 전혀 몰랐다. 쇼가 TV에 방영된 것은 이번이 처음이었고, 경쟁이 어떤 식으로 펼쳐질지 확실히 알 수 없었다. 다음 무대에서 사람들이 나에게 실망할까 봐 두려웠고, 그래서 희망을 갖지 않으려 했다.

인터뷰를 끝내고 줄즈와 가족들을 찾아갔다. 그들은 황홀해했다.

"봤지?" 줄즈는 나를 껴안았다.

"당신이 해낼 거라고 내가 말했잖아!"

줄즈와 나의 가족을 데리고 난 카디프 만으로 가서 레스토랑을 찾았다. 나 스스로를 위해 자축했다. 좋은 하루를 보냈고, 그건 기대했던 것보다 훨씬 더 좋았다. 나는 벌써 미래에 대해 생각해 보고 있었고, 다음에 어떤 일이 일어날지 궁금했다.

월요일 아침 직장으로 돌아왔다. 나 대신 근무를 해준 앨리슨에게 고마움을 표했다. 나는 모두에게 오디션에 대해서 말했고, 그들은 다음 단계가 어떤 것인지 알고 싶어했다.

TV 오디션이라는 높은 곳까지 올라갔다가 일상으로 돌아오기까지의 2주일은 이상한 느낌이었다. 그런데 역설적이게도 난 휴대전화기 매장에서 일하는 내내 전화를 기다리고 있었다. 발을 계속 땅에 붙이고 일을 해나가기 위해선 집중이 필요했다. 우리 매장은 여전히 판매 목표에 도달하지 못하고 있었다.

약 2주일이 지난 뒤, 마침내 TV쇼 제작진으로부터 전화를 받았다. 나는 다음 단계 경쟁을 위해 런던으로 갔다. 다음 단계로 진출한 경쟁자들은 지역 호스텔에 묵으면서, 일요일 아침에 첫 번째로 런던 중심에 있는 그랜드 콘너트 룸에서 방송을 해야 했다. 제작진은 나에게 긴 하루가 될 거라고 귀띔했다. 그들이 무엇을 하게 할지 모르는 채, 나는 스스로 마음을 편안히 먹으려고 애쓰면서 기운을 북돋아야 했다.

그랜드 콘너트 룸은 그 이름에 걸맞게 수백 년이나 된 역사를 자랑했고, 호화로운 홀들은 '엘르 스타일 어워드'와 '랄프 로렌 쇼' 같은 행사를 주최하기에 적합했다. 이 특별한 일요일에 그 홀에는 긴장한 2백 명의 참가자들과 그들의 운명을 결정할 세 명의 심사위원이 있었다. 그날은 사이먼 코웰, 피어스 모건, 그리고 아만다 홀든의 인사말로 시작되었다. 우리는 2백 명의 참가자들이 생방송으로 가면 24명으로 줄어들 것이라는 이야기를 들었다. 그들은 또 다른 방으로 가서 경쟁을 하게 될 사람들을 결정하는 어려운 작업을 했다. 참가자들이 할 수 있는 건 기다리는 일이 전부였다.

긴 하루였다. 수많은 참가자들이 그곳에 앉아 기다리고 있으니, 홀 안은 곧 더워졌다. 탈락된 사람들은 나중에 제작진이 자리를 뜨는 것을 허락하지 않았다는 이유로 고소를 하기도 했다. 사실 그 주장은 사실이 아니었다. 내가 제작진에게 먹을 걸 사러 나갔다 와도 되느냐고 물었을 때, 그들은 괜찮다고 했다. 단지 제작진은 전 참가자들이 어디에 있는지 정확하게 알고 싶어했을 뿐이다.

심사 결과를 기다리는 것으로 하루가 지나갔다. 다양한 순간들이 촬영되었다. 앤트와 덱은 촬영 팀을 모두 거느리고 홀 안을 돌아다니면서 참가자들과 대화를 나눴다. 함께 진행 중인 ITV2의 〈브리튼즈 갓 모어 탤런트〉의 진행자인 스티븐 뮬런 역시 마찬가지였다. 드디어 기다림은 끝났다. 심사위원들이 결정을 내렸다. 열 명씩 무리를 지어 이름을 불렀고, 우리의 운명이 결정지어졌다.

그날 밤이 다 지나갈 즈음, 다른 아홉 명과 함께 내 이름이 불렸다. 진행 요원 중 한 명이 우리를 샤프츠베리 극장 근처로 데려갔다. 피어스, 아만다, 그리고 사이먼이 그곳에서 우리를 기다리고 있었다. 극장으로 가는 길에 우리는 심사위원들에게서 탈락했다는 말을 들은 다른 참가자 몇 명과 마주쳤다. 그 말을 듣고 나는 몹시 불안해졌다.

진행 요원들은 무대 입구를 통해 극장 안으로 우리를 데리고 가서 무대 위로 올라가게 했다. 우리 앞에는 심사위원들이 있었다. 결정적 순간이었다. 우리 모두 떨고 있었다. 나 외에도 그 자리에는 정말 상냥한 사람인 젊은 악대 지휘자 크레이그 워머슬레이, 그리고 천재적인 뮤지컬 가수인 베시 커슨스가 있었다.

우리가 그 자리에서 다시 공연을 하지 않을 거라는 사실이 상황을 더욱 힘들게 느껴지게 만들었다. 심사위원들의 결정에 우리가 영향을 미칠 수 있는 일이 이제 아무것도 없었다. 설상가상으로, 그들은 우리를 긴장하게 만드는 게임을 하기로 결정했다.

아만다가 맨 처음 말을 꺼냈다. "우리 모두는 여러분의 공연에 깊은 감동을 받았어요, 하지만 이제 어떻게 말을 해야 할지 모르겠어요……."

그녀는 말을 멈췄다. 고통스러울 정도로 긴 정적이었다. 조용한 순간이 너무 길어서 무대를 따라 회전초(가을이 되면 줄기 밑동에서 떨어져 공 모양으로 바람에 날리는 잡초)가 떠다니는 걸 볼 수 있을 정도였다.

참가자들은 서로를 바라보았다. 무슨 일이 일어날까? 우리는 실망한 채로 돌아가게 될까? 아니면 미지의 세계를 향해 앞으로 나아갈까? 마침내 긴장감이 고조되었을 때, 사이먼이 영원히 끝나지 않을 것 같은 침묵을 깼다.

"여러분 모두 최종 생방송까지 가게 되었습니다. 축하합니다!"

다른 참가자들이 환호하고 서로를 껴안는 동안, 나는 그 사실을 전혀 믿지 못한 채, 거기 서 있었다. 나는 깜짝 놀랐다. 동전을 던져 시작했던 여정이 이제는 더욱 진지해졌으며 더욱 어려워졌다. 나는 수백만 명의 청중 앞에서 생방송으로 노래를 부르게 된 것이다.

생방송을 위한 준비가 곧 시작되었다. 나는 세미파이널과 파이널에서 공연할 레퍼토리를 정하기 위해 런던으로 돌아갔다. 나는 다섯 개의 선택지를 제출할 것을 요청받았고, 그래서 〈그대의 찬 손〉과 〈별은 빛나건만〉과 〈공주는 잠 못 이루고〉가 포함된 아리아 다섯 곡을 내놓았다.

나는 곡 선택에 대해 논의하기 위해 프로듀서 중 한 명과 만났다. 프로듀서는 나의 리스트가 너무 오페라풍 노래들로만 가득 차 있다고 생각했다. 그는 내가 뭔가 더 잘 알려지고 인기 있는 노래를 해야 한다고 생각하는 것 같았다. 그는 나에게 〈공주는 잠 못 이루고〉뿐만 아니라 안드레아 보첼리의 〈타임 투 세이 굿바이*Time to Say*

Goodbay〉와 영국에서 유명한 아이리쉬 보이밴드인 웨스트 라이프의 〈유 레이즈 미 업*You Raise Me Up*〉을 제안했다. 나는 그가 선곡한 제안을 받아들였고, 비록 〈유 레이즈 미 업〉보다 〈공주는 잠 못 이루고〉를 선호했지만, 그 노래들을 공연하기로 했다.

나는 늘 하던 방식으로 그 노래들을 연습했다. 휴대전화의 뮤직 플레이어로 노래들을 반복해서 듣는 것이었다. 며칠 안에 나는 그 노래들과 친숙해졌다.

다음 단계는 쇼를 위해 보컬 코치를 만나는 것이었다. 이비 버넷이라는 이름의 그녀는 예쁜 금발에 아름다운 스코틀랜드 악센트를 가지고 있었다. 기쁘게도 그녀는 훈련된 오페라 가수이자 메조 소프라노였다. 우리는 곧 좋은 친구가 되었다. 우리는 런던에서 한두 번 연습을 했고, 가까이 사는 몇몇 참가자들과 리허설을 했다. 멀리 사는 사람들은 버밍엄으로 가서 리허설을 했다. 내가 가장 공들여 연습했던 노래는 〈타임 투 세이 굿바이〉였다. 후렴구는 일관성이 있어서 외우기 쉬웠지만, 그 외의 소절은 속도감과 유연함을 요구했다. 이비와 나는 이 부분을 열심히 연습했고, 나는 내가 가진 어려움을 이렇게 빨리 극복할 수 있다는 사실에 대해 놀랐다.

나는 이비와 함께 버밍엄의 커스터드 팩토리 스튜디오에 있는 안무가와 또 다른 모임을 가졌다. 사람들이 안무가를 구해야 한다고 말했을 때 깜짝 놀랐다. 나는 그들이 나에게 춤을 추라고 요구하지 않기를 바랐다. 내가 춤에 젬병이라는 사실을 난 너무나 잘 알고 있었다!

남은 참가자들은 또한 쇼 참가와 관련된 계약 체결을 위해 업계 변호사들과 만났다. 우리는 사이먼이 기획한 몇몇 녹음 계약에 사인을 해야 할 가능성이 있었다. 참가자들 가운데 한 사람은 우리가 별로 유리한 거래를 하고 있지 않은 것 같으니, 더 나은 조건으로 계약하려면 쇼에 출연하는 것을 거부하겠다는 위협을 하는 게 어떠냐고 제의했다. 나는 그 말을 믿지 않았기에 고개를 저었던 게 기억난다.

우리에게는 수백만 명 앞에서 공연할 수 있는 기회가 있었고, 그걸 날려버릴 위험을 무릅쓰려는 사람들도 있었다.

나는 계약과 로열티에 관해서는 경험이 없었지만, 내 상식으로는 쇼를 거부하는 건 무익하다고 판단했다. 지정 변호사인 아담(우리가 투표할 때 과반수의 표를 받은)은 우리에게 우리가 검토 중인 계약은 소니 사의 계약을 기준으로 삼은 것이고, 사실 그 업계에서는 괜찮은 편이라고도 말했다.

나는 목소리를 높여 말하고 싶었다. "생각해 보세요, 이건 단순히 노래를 부르는 쇼가 아니에요. 이건 최저가의 문제가 아니라고요. 나는 그들이 우리 모두의 재능을 보호해 주리라는 것을 확신해요."

아담은 이것이 사실이라는 걸 확인해 주었다. 결국 모두 계약을 진행하는 것에 동의했다.

생방송은 6월로 예정되었고, ITV는 우리에게 일정에서 2주를 비워둘 것과 업무 위탁을 요청했다. 나는 어려움 없이 직장에서 휴가를 받을 수 있었다. 사실 카폰 웨어하우스는 쇼가 진행되는 내내 협조적이었다. 그들은 내가 쇼를 준비할 시간을 주기 위해서 포트 탈봇을 관리하는 일에서 브리젠드 아울렛의 팀장으로 업무를 전환시켜 주었다.

첫 주에는 우리가 필요하지 않았다. 그래서 나는 레이크 지방에서 하이킹을 하며 시간을 보냈다. 수년 동안 나는 걷는 일에 큰 열정을 쏟았다. 테스코에서 일하기 시작한 지 얼마 안 돼 나는 동생 토니와 함께 진지하게 하이킹을 시작했다. 우리는 스코틀랜드의 웨스트 하이랜드 웨이를 걸었고, 자선단체인 멘캡을 돕기 위해 존 오그로츠에서 영국 서쪽 땅끝 마을인 란즈엔드까지 걷기도 했다. 그 뒤로 나는 걸을 기회가 있을 때마다 걸었다.

레이크 지방에서의 한 주는 신선한 공기를 마시면서 기자들과 전화 인터뷰를 하면서 보냈다. 페어 필드, 돌리웨건 파이크, 그리고 헬빌린을 지나는 48킬로미터 코스의 시작점인 냅 스카 기슭에서 《웨일즈 온 선데이》의 카렌 프라이스와 했던 인터뷰를 기억한다. 내가 그 주에 했던 긴 산책은 그것만이 아니었다. 보통은 앰블사이드에서 시작해서 로우릭 펠에 올랐고, 로셋 파이크를 오르기 전에 그레이트 랭데일을 모두 아울러 걸었다.

나는 특히 로셋 길 정상에서 바라보는 풍경을 좋아했다. 힘든 등산이었지만, 계곡 너머의 풍경과 멀리 있는 목초지는 등산할 때처럼 나를 숨막히게 했다! 그런 다음 앵글 탄을 지나갔고 계속해서 그레이트 엔드를 경유하여 스카펠 매시프로 갔다. 다 합해서 1800미터 이상 높이의 오르막길을 56킬로미터 이상 걸었다. 앰블사이드로 돌아오자, 이미 어두워져 있었다. 나는 마지막에 올드 던전 길 호텔에서 나 스스로에게 충분한 보상을 해주기 위해 쓰고 맛있는 맥주 한 잔을 마셨다!

런던을 향해 남쪽으로 갈 때, ITV의 언론 매체 책임자로부터 전화를 받았다. 그녀는 나에게 내 오디션 장면이 〈브리튼즈 갓 탤런트〉의 첫 에피소드로 방영되었다고 말했다.

"당신의 오디션은 정말 감동적이었어요." 그녀가 말했다. "사무실의 냉철한 기자들이 눈물을 흘렸어요." 나는 내 앞에 무슨 일이 벌어질지 알지 못했다. 그래서 그 전화는 나를 희망에 부풀게 했지만 동시에 혼란스럽기도 했다. 나는 심사위원들 앞에 단지 3분 동안 서 있었을 뿐이었다. 그게 어떻게 사람들을 그렇게 반응하게 했는지 정말 이해할 수 없었다.

다른 참가자들 몇몇과 함께 북린딘 크리클우드의 구역에 있는 크라운이라는 깔끔한 호텔에 머물고 있었다. 도착하는 즉시 우리 일을 돌봐주는 진행 요원인 올리와 제나로부터 브리핑을 받았다. 그들은 유능했고 둘 다 열심히 일했다. 그들은 우리가 도움을 요청하면 언제든지 응할 자세가 되어 있었다. 처음 나는 서로 경쟁 관계에 있는 다른 공연자들 사이에 둘러싸여 있으니 긴장이 되는 것도 사실이었다. 하지만 걱정할 필요가 없었다. 우리는 금세 아주 친해졌고 위층 바에 함께 앉아 다른 사람들의 공연을 지켜보았다.

출연자들 가운데는 함께 저녁을 먹으면서 각자가 출연하는 저녁 프로그램을 보는 핵심 그룹이 있었다. 옛날에 내가 휴일을 보내기 위해 자주 갔던 포츠머스에서 온 베시 커슨스와 그녀의 부모님, 매우 자신감 있어 보이는 인형 조종사인 데이몬 스캇, 그리고 나와 매우 비슷한 태도를 지닌 모창가 마이크 가벗이었다. 그는 자신감 때문에 좀 힘들어했지만 자신의 분야는 아주 잘했다.

방 안의 가장 밝은 별들 중 하나는 어린 코니 탤벗이었다. 코니는 연약한 여섯 살 나이에도 매우 어른스러워 보이는 예쁘고 어린 소녀였다. 그녀가 가장 유력한 우승 후보라는 게 어른 경쟁자들의 일반적인 생각이었다. 코니는 자만하지 않았지만 자신감이 있었고, 가식적이거나 지나치게 사랑스러워 보이려고 하지 않는, 아주 순수한 귀여움을 가지고 있었다. 나는 매우 건실하고 즐거워 보이는 코니의 부모님과 사이좋게 지냈다.

내 오디션 장면은 6월 9일 토요일, 〈브리튼즈 갓 탤런트〉의 맨 처음 에피소드의 일부로 방영되었다. 내가 그걸 보고 싶은지 아닌지 확실히 알지 못했다. 하지만 어떻게든 보려고 했다. 그리고 방 안에 있는 다른 사람들에게 축하를 받았다. 몇몇 사람들은 내가 우승할 수 있는 좋은 기회인 것 같다고 말해 줬다. 나는 그들의 말을 최대한 흘려들으려고 했다. 우승하고 싶어하는 별도의 압박 없이도 나는 충분히 긴장하고 있었다.

어쨌든 우리 모두는 매체로부터, 특히 신문으로부터 쏟아지는 엄청난 관심에 준비가 되어 있지 않았다. 갑자기 우리에게 관심이 집중된 것에 ITV 보도국도 놀랐을 거라고 생각한다. 비록 사전에 ITV 보도국에 괜찮은지 확인했을 테지만 말이다.

우리에 대한 관심은 제나와 올리를 통해 사진 촬영과 함께 직접 인터뷰를 하자는 몇몇 요청으로부터 시작되었다. 그러더니 거기서부터 눈덩이처럼 불어났다. 비록 예전에 브리스틀 시의원 자격으로 언론을 만난 적이 있지만, 그건 단지 지역 언론일 뿐이었다. 《데일리 메일》, 《더 미러》, 《더 선》 같은 매체에서 다루어지는 것은 전혀 다른 종류의 경험이었다.

또한 나는 제나를 통하여 내 치아를 교정해 주겠다는 제안을 받았다. 치아의 형태가 마음에 들지 않았기 때문에 나는 언제나 교정을 고려하고 있었다. 그 제안은 진짜 보너스처럼 느껴졌고, 제나가 치과 의사들에게 자세한 설명을 듣고 왔다. 나는 그 주에 또 다른 어떤 일들이 있을지 알지 못했고, 그래서 나의 기대치를 최대한 낮게 잡으려고 최선을 다했다. 자신감이 낮은 것은 그렇게 하는 데 정말 도움이 되었다. 나는 한 번도 누가 나를 선택해 줄 것이라 믿지 않았고, 단순히 생방송 무대에 올라가는 것만으로도 마치 FA컵 결승전을 치르는 것처럼 느껴졌다.

한편, 이비와 몇 번 더 수업을 하면서 〈타임 투 세이 굿바이〉를 완전히 연습했다. 프로듀서들은 내가 만약 결승에 진출한다면 다시 〈공주는 잠 못 이루고〉를 부르기로 결정했다. 따라서 내가 결승에 갈 경우를 대비해서, 우리는 그 노래 또한 여러 번 연습했다.

준결승을 치르는 목요일은 너무나 빨리 다가왔다. 상당히 따뜻한 날이었다. 쇼를 위해 턱시도를 맞춰놓았지만, 리허설에서는 평상시처럼 입었다. 나는 입장 전 영상의 도입부로 리허설이 방영된다는 것을 알지 못했던 것이다. 그때 내가 얼마나 초라하게 보일까 걱정했던 일이 기억난다! 나중에 생방송이 방영될 곳과 같은 장소에서 리허설이 진행되었다. 수많은 사람들이 무리를 지어 돌아다녔는데, 피어스, 아만다, 그리고 사이먼의 대역을 하는 세 사람이 있었다.

처음부터 끝까지 리허설이 진행된 다음 내가 노래를 부르기 전에 방영될 나를 소개하는 짤막한 영상을 녹화했다. 프로듀서들은 내가 나의 자신감 부족에 대해 말하기를 바랐다.

그들은 내가 이런 기분을 느끼는 이유를 방송에서 이야기하면, 시청자들이 나에게 더욱 투표하게 될 것이라 했다. 내가 방송에서 이야기할 수 있는 것은 훨씬 많았다. 학교에서 당한 괴롭힘에 대해서 짧고 일반적인 방식으로 이야기했다. 그리고 또한 버튼 배리에게 당했던 성적 학대 이야기도 있었다. 내가 우승하는 데 도움이 되도록 이런 이야기들을 할 것인가? 나는 프로듀서들이 이런 이야기들을 들으면 틀림없이 좋아할 것이라고 생각했다.

괴롭힘을 당할 때의 기분에 대해서는 조금 이야기하기로 결정했다. 하지만 성적인 학대에 대해서는 아무 말도 하지 않기로 마음먹었다. 만약 그 이야기를 한다면 그것 때문에 내가 다음 단계로 진출하거나 심지어 우승을 한 것인지, 아니면 내 실력으로 우승한 것인지 영영 알지 못할 것이다. 그러면 결국 성적인 학대를 당한 사실은 더욱 나를 지배하게 될 것이다. 그것은 어떤 성공도 오로지 내 목소리만으로 이뤄냈다는 걸 신뢰할 수 없게 된다는 의미였다. 그래서 나는 그 사실을 혼자 간직하기로 했다.

시계는 이제 우리가 생방송을 시작할 시간을 가리키고 있었다. 그날 밤 참가자들은 심사위원들로부터 짧은 설명을 들었다. 원래 계획으로는 무대 밖에 있는 심사위원들의 투표용 X버튼은 생방송에서는 사용하지 않기로 했었다. 그러나 라이벌 프로그램인 BBC1의 〈어프렌티스〉와 채널4의 〈빅브라더〉와의 경쟁 때문에 결국 X버튼이 다시 등장하게 되었다.

그런 변화는 정말 달갑지 않았다. 이미 웸블리에 있는 파운틴 스튜디오를 둘러싸고 있던 긴장감을 더욱 증폭시켰다. 다른 참가자들 몇몇은 내 공연에서 절대로 버저가 울릴 리 없다며 나를 안심시켜 주었지만, 난 확신할 수 없었다. 그래서 거기에 대해서는 생각하지 않으려고 애썼다. 준결승을 위한 준비는 극적으로 끝났다. 그것은 정말로 내가 원하고 필요로 하는 것이었다. 나는 그저 이 일을 해내고 끝내고 싶었다.

준결승에는 여덟 개의 공연이 있었는데, 난 마지막 순서로 결정됐다. 몇몇 참가자들에게는 마지막에 하는 것이 유리한 것으로 비춰졌으나, 나에게는 아니었다. 그것은 내가 더 많은 시간 동안 여러 가지 것들을 생각해야 한다는 것이었고, 더 많은 시간 동안 긴장해 용기를 잃는다는 것을 의미했고, 해야 할 말들이 생각나지 않는다는 것을 의미했다. 나는 기다림이 나에게 너무 과할까 봐 걱정했다. 수백만 명의 사람들 앞에서 나의 머릿속은 하얗게 변해갈 것이었다.

나는 입을 빌리는 게 두려워 아무 소리도 나오지 않았다. 호출이 올 때까지 나는 분장실에서 휴대전화에 들어 있는 내가 공연할 음악을 들으며 마음을 안정시키려고 노력했다. 그래도 별로 도움이 되는 것 같지 않아 다른 음악을 들었다. 만약 지금 내 머릿속에 가사가 들어 있지 않다면, 앞으로도 결코 기억하지 못할 테니까.

호출을 받았을 때 나는 완전히 멍한 상태였다. 계단을 내려가 복도를 따라 무대 뒤 공간으로 걸어갔다. 쇼가 끝나기를 기다리고 있던 다른 참가자들이 나에게 행운을 빌어주었다. 그곳에서 곧 다가올 차례를 기다리고 있었다. 벽 대신 있는 두 개의 거대한 비디오 뒤에 서서, 상영되고 있는 영상에서 흘러나오는 내 목소리를 들을 수 있었다. 그것은 다음과 같은 말로 끝났다. "나는 누군가입니다. 나는 폴 포츠입니다."

문이 열렸다. 한편으로는 흥분했고 한편으로는 쇼가 어서 끝났으면 했다. 마이크를 향해 걸어갔다. 음악이 시작되었다. 이제는 시작할 시간이었다. 다행스럽게도 음정을 틀리지도 않았고, 가사를 잊어버리지도 않았다. 나는 노래를 부를 때 가게 되는 곳, 그러니까 나의 또 다른 세계를 찾아 떠났다. 〈타임 투 세이 굿바이〉를 다 부르자, 불꽃들이 소나기처럼 내 뒤로 쏟아져내렸다.

첫 오디션에서처럼 공연이 끝나자 청중들은 엄청난 호응을 보내주었다. 잘 마친 것처럼 느껴져 안심이 되었다. 특히 다른 공연에서처럼 심사위원들이 버저를 천천히 누르지 않았다는 면에서 더욱 그랬다. 청중들의 환호가 가라앉자 심사위원들이 말을 하기 시작했다. 그들은 모두가 진심으로 내 노래를 칭찬했다. 아만다는 이전의 방송에서는 하지 않았던 자기 아버지의 죽음에 대한 이야기를 했고, 아마도 그라면 나에게 투표했을 거라고 말했다. 피어스는 내 목소리가 불러일으킨 자신의 반응에 대해서 이야기했다.

사이먼이 말할 차례가 되었다. 제발 친절하게 말해 주길 마음 속으로 간절히 빌었다. 그 순간 나는 무대 감독의 지시를 잊고 바지 주머니에 휴대전화를 넣어두었다는 사실을 깨달았다. 누가 나에게 전화를 걸고 있었던 것이다. 나는 휴대전화가 진동하는 것을 느낄 수 있었고, 그것이 조용해지기를 기도했다.

내 휴대전화는 처음에는 진동으로 울리다가 그 다음에는 최대의 볼륨으로 울리도록 되어 있다. 그리고 그것은 단순한 휴대전화 벨 소리가 아니었다. 나는 TV 드라마 〈라이프 온 마스〉의 열렬한 시청자였기 때문에, 1970년대의 경감 캐릭터를 연기한 필립 그레니스터의 목소리로 된 재밌는 벨 소리를 다운로드해 쓰고 있었다. 벨 소리는 이렇게 말하는 것이었다. "이봐! 패티! 닥치고 파이나 하나 더 먹어!"

사이먼의 평을 기다리는 몇 초의 순간은 지금까지 내 인생에서 가장 긴 시간이었다. 만약 휴대전화가 조용해지지 않는다면, 내 경력의 모든 희망들이 전부 끝나버릴 게 확실하다고 느꼈다. 고맙게도 사이먼이 말하기 시작했을 때, 휴대전화는 잠잠해졌다.

"매번 당신이 무대에 등장할 때마다 나는 당신이 잘 해내길 바랐어요." 사이먼은 말했다. "그리고 당신은 방금 또다시 해냈습니다. 이건 마법이에요."

나는 크게 안심했다. 그것도 두 번이나. 무대 뒤로 돌아왔을 때, 나는 제작진들에게 휴대전화에 대해서 털어놓았다. 내 고백을 듣고 그들은 고개를 가로저었다.

"다시는 그러지 말아요, 폴." 무대감독이 웃음이 터지려는 걸 참으면서 말했다. 그리고 그는 웃음을 터뜨렸다.

이제 결과를 기다릴 시간이었다. 아주 짧은 시간 동안 전화선들이 열려 있었고, 그러고 나서 시청자 투표가 집계되었다. 나는 결과에 대해 생각하고 싶지 않았다. 내가 노래를 괜찮게 불렀다고 생각했지만, 최고의 모습을 보여줬다고 느껴지지는 않았다. 그렇다고 이제 와서 무엇을 더 하기에는 너무 늦은 때였다. 나는 그저 시청자의 결정을 기다려야만 했다.

결과가 나왔다. 참가자들이 무대 위로 불려 나갔고, 배정된 자리에 가서 섰다. 집에서 텔레비전을 볼 때, 나는 진행자가 수상자를 발표하기 전에 뜸을 들이면 항상 화면을 향해 소리치고 싶은 욕구를 느꼈다. '빨리빨리 해, 제발 부탁이야!' 무대 위에 서 있으면서, 앤트와 덱이 결과를 발표하려 할 때, 나는 그때와 정확히 똑같은 생각을 했다. 마침내 장황한 서론이 끝났다.

"첫 번째 참가자는……." 앤트가 소리 높여 말했다. "〈브리튼즈 갓 탤런트〉의 결승에 진출할 첫 번째 참가자는……."

"……폴 포츠!"

안도감이 밀려와 나를 푸근히 감쌌다. 나는 두 손으로 입 주위를 가렸다. 드디어 결승 진출을 해냈다!

생전 처음으로 나는 성공한 기분을 오랜 시간 느끼고 있었다. 그러나 이 감정은 슬픔으로 물들었다. 아버지를 잃은 아만다 홀든 때문만은 아니었다. 줄즈가 가장 좋아하는 이모가 오랜 암투병 끝에 지난주에 세상을 떠났기 때문이었다.

쉴라 이모는 우리의 결혼 케이크를 만들어 준 사람이었다. 그녀가 항상 내 앞 마룻바닥에 누워 있던 모습과 우리의 결혼 피로연에서 내가 로비 윌리엄스의 〈엔젤스*Angels*〉를 불렀을 때 그녀가 입에 장미를 물고 있던 것이 기억났다. 줄즈의 가족들은 항상 쉬지 않고 웃음을 터뜨리곤 했다. 대가족이라서 그런지 그들은 마치 유랑 극단 같은 면이 있었다. 쉴라 이모는 그런 식으로 주위를 떠들썩하게 만들었다.

준결승과 결승 사이에는 시간이 많지 않았다. 고작 사흘뿐이었다. 나는 다른 일들을 잊어버리기 위해, 그리고 결승전에서 나를 소개하는 장면을 녹화하기 위해, 내가 서 있어야 하는 곳을 생각하지 않으려고 리허설에만 열중했다. 소개 장면 녹화를 위해 제작진들이 선택한 장소는 말도 안 되는 곳이었다. 그들은 사람이 매우 붐비는 점심 무렵의 옥스퍼드 거리에서 내가 카메라 저편에서부터 걸어오기를 바랐다.

몇 분 안에 끝내야 되는 일이 세 시간이나 걸렸다. 내게 축하를 해 주고 싶어하는 행인들 때문에 계속 걸음을 멈춰야 했다. 전혀 모르는 사람들이 나를 격려해 주는 건 감동적이라기보다 이상한 기분이 들게 했다.

그건 프로그램이 가진 영향력의 한 가지 조짐일 뿐이었다. 이제 영국뿐 아니라 전 세계 언론들이 관심을 보이기 시작했다. 첫 번째 오디션 장면이 세계 각지에서 방영되었고, 나는 오스트레일리아에서 남아프리카까지, 그리고 미국의 기자들과도 인터뷰를 했다. 그건 정말 상당히 혼란스러웠다. 나는 호텔 로비에서 휴대전화로 기자들과 통화하면서 많은 시간을 보냈다.

처음에는 언론의 관심이 긍정적이고 도움을 주는 것 같았다. 하지만 결승전이 다가오면서, 언론의 관심은 점점 더 냉소적으로 변했다. 《선》 신문사에서 전화가 걸려와 내가 대중을 호도하고 있으며 내가 이미 전문적인 가수가 아니냐는 비난을 하기도 했다.

난 교습을 받긴 했지만 몇 년 전의 일이며, 파바로티와 상급 음악 수업을 한 것은 교습을 받은 게 아니었다. 나는 기자에게 이 방송 프로그램에 나에 대한 모든 정보를 제공했으며, 〈브리튼즈 갓 탤런트〉의 웹사이트에서 모든 사람들이 이 정보를 볼 수 있다고 말했다. 나는 예전에 노래를 통해 어떤 돈도 벌지 않았으며, 그래서 내가 아마추어라고 말하는 것이 정당하다고 생각했다.

다른 많은 인터뷰들도 비슷한 방향으로 흘러갔다. 약간은 전쟁 준비를 하는 것 같은 기분이 들긴 했지만, 만약 내가 질문에 대답하길 거절한다면 신문들이 이것저것 추측하고 종합하여 그들이 원하는 대로 기사를 내놓으리라는 것을 알고 있었다.

나는 정중한 자세를 유지했지만 내가 노래를 불러온 역사는 확고했고, 내 입장을 고수했다. 여러 모로 처음으로 나 자신에 대해 평정을 잃지 않고 내 생각을 확고하게 유지했다.

가장 고약한 인터뷰가 아직 남아 있었다. 2007년 봄, 마들린 맥캔이라는 어린 소녀가 부모와 함께 머물던 포르투갈의 한 숙소에서 실종된 사건이 있었다. 그 당시에도 그랬고, 지금까지도 그것은 엄청난 화젯거리다. 결승전이 다가올수록, 나는 《데일리 스타 선데이》로부터 한두 번도 아니고, 세 번의 전화를 받았다. 좋은 분위기로 시작된 통화가 아니었다. 처음부터 기자는 경쟁에서 이길 수 있는 기회에 대한 내 생각을 물어보았다. 그는 내가 그럴 리가 없다는 걸 잘 알고 있었음에도, 내가 우승할 걸 확신한다는 말을 끌어내려고 시도했다. 그는 내가 사랑스러운 어린 소녀인 코니 탤벗에 대해 어떻게 생각하는지도 물었다. 나는 그에게 코니가 보석처럼 밝게 빛나며, 어린아이라는 사실을 잊어버릴 정도로 침착하고 성숙하다고 말했다.

"코니가 우승하게 된다면 코니가 마들린 맥캔처럼 보여서라고 생각하나요?"

기자의 물음에 나는 소름이 끼쳤다. 어떻게 그처럼 무감각하고 비열할 수 있을까? 더욱더 나쁜 건 그가 의도하는 것이었다. 난 그것이 뻔히 보였다. 그는 "폴 포츠, 코니가 실종된 소녀 마들린 맥캔과 닮았기 때문이 우승할 것이라고 말하다"라는 헤드라인을 만들기 위해 내가 덫에 걸리도록 시도하는 것 같았다.

기자는 나에게 세 번이나 전화를 걸어 매번 같은 질문을 했다. 나와 코니를 담당하고 있으며 다른 참가자들도 잘 알고 있는 제나에게 이 사실을 알렸다. 《데일리 스타 선데이》 기자가 덫에 걸려들게 하려고 시도했던 게 나뿐만이 아니었다는 게 밝혀졌다. 그는 다른 참가자들에게도 같은 속임수를 썼다. 나는 코니의 부모님과 마주 앉아서 무슨 일이 있었는지 설명했고, 만약의 경우 그들에게도 그런 문제가 일어날 수 있음을 미리 알려주었다.

우리가 계속 부인해도 그 기자가 우리 가운데 한 명이 그 질문에 걸려들도록 은밀한 시도를 계속하는 것은 정말 위험한 일이었다. 그가 나에게 세 번째로 전화를 해서 코니에 대해 또 물었을 때, 매우 단호하게 말했다.

"이봐요. 나는 지난 이틀 동안 그 질문에 대답하는 것을 거부했어요. 그건 누군가에게 해를 끼치려고 하는 뻔뻔스러운 행동이에요. 당신은 내가 그 악의적인 질문에 대답할 정도로 멍청하다고 생각하는 거예요?"

내가 기자로부터 걸려온 전화를 끊어버린 경우는 그게 유일했다. 나는 그가 그토록 비열한 데다, 내가 방송에 나간 뒤 얻을 수 있는 성공에 대한 모든 희망을 없애버리려고 시도했다는 데 분노했다. 그것은 나에게 정말로 신의 계시와도 같았다. 나는 가만히 누워서 누가 나를 밟고 지나가게 만드는 대신, 나 자신을 위해, 변화를 위해 싸우고 있었다.

내가 익숙해져야 했던 일들은 기자들을 다루는 것뿐만은 아니었다. 쇼가 끝나고 난 뒤, 내 매니저가 되겠다는 사람들을 만났다. 리처드 그리피스와 해리 매기는 나를 잡으려는 사람이 그들뿐만이 아니라고 말했다. 몇몇 레코드 회사에서 이미 상당한 관심을 갖고 있다고 말했다.

그들은 '좋은 경찰, 나쁜 경찰' 같은 인상을 조금 풍겼다. 해리는 더 친절한 역할이었고, 리처드는 단호한 역할이었다. 나는 첫 인상이 사실이었음을 알게 되었다. 그들은 훌륭한 짝패였고, 지금도 역시 그러하며, 완벽하게 서로를 돋보이게 해준다. 그 당시의 전체적인 상황을 내 머리로 이해하기에는 너무 어려웠다. 몇 년 동안 아무에게도 주목받지 못하던 내 인생이 동전 던지기와 두 번의 방송으로 완전히 변해버렸다. 이 모든 것들로 인해 나는 성공에 대한 압박을 느꼈다. 내가 성공하리라는 것을 감히 자신할 수 없었지만, 그래도 나에게도 기대하는 게 있다는 것, 그리고 그것이 나를 초조하게 만들고 있다는 것을 알고 있었기 때문이다. 나는 아무런 기대도 갖지 않으려 했고, 불안감을 진정시키려 노력했다. 아무것도 잃을 게 없다는 것이 앞으로 일어날 일에 대해 생각하지 않게 도와주었다.

리처드와 해리가 레코드 회사들에 대해 이야기했음에도 불구하고, 나의 흥분과 기대치를 낮추도록 유지하는 게 필요했다. 결승이 다가올수록 나는 진심으로 어린 코니가 우승할 것이라고 생각했다. 다른 결승 진출자들도 대부분 그렇게 생각하고 있었다.

결승 리허설을 하면서 나는 〈공주는 잠 못 이루고〉를 몇 번 더 연습했다. 리허설이 끝날 무렵, 내가 정말 노래를 잘 부르고 있다고 느꼈다. 어쨌든 나는 그날 밤 내가 리허설과 똑같은 공연을 할 수 있을지 아닐지를 걱정하기만 하면 됐다. 노래와 더불어 프로듀서들은 진행자와 대화하는 것까지 리허설 하기를 원했다. 나는 내가 결승에서 할 말을 앤트와 덱과의 인터뷰에서 미리 말하고 싶지 않아 그것은 거부했다.

언제나 방관자의 입장에 있었으며, 방송학을 공부해서 학위를 받았으므로, 나는 몸짓을 읽어내는 법과 사람들의 눈에서 그들의 의도를 판단하는 법을 알게 되었다. 나는 예전부터 〈브리튼즈 갓 탤런트〉 같은 쇼들을 보아왔고, 대본을 보고 읽는 것처럼 보이는 사람들의 얼굴 표정을 알아차릴 수 있었다. 나는 말할 내용을 미리 연습하고 싶지 않았고, 연습한 것 같은 인상을 주거나 그렇게 해서 진실하지 않은 것처럼 보이고 싶지 않았다. 이것은 이후로 줄곧 내가 인터뷰를 하는 방식이기도 하다.

리허설이 끝나고 공연 시간을 기다리는 동안 나는 매우 긴장한 상태로 시간을 보냈다. 마침내 대기실로 내려오라는 호출을 받았다. 그곳에 가자 화장을 마친 아만다 홀든이 있었다. 우리가 무대에 올라가기 전까지 그녀가 우리와 시간을 보내고 싶어했다는 건 정말 대단한 일이었다. 그녀도 우리와 같은 상황을 경험했던 것 같은 느낌이 들었고, 우리 모두 서로의 기분이 어떤지 알 수 있었다.

처음으로 침묵을 깬 것은 어린 코니였다.

"오늘 밤에 나는 또 당신을 울릴 거예요, 아만다!"

모두가 웃었고, 코니의 말이 옳다는 것을 의심하는 사람은 없었다. 이비가 와서 우리들 하나하나에게 일일이 조언을 해주었다. 내 차례가 되었을 때 그녀가 내 귀에 속삭였다. "폴! 바지 지퍼가 열렸어요!"

나는 그녀의 지적이 대단히 고마웠다. 이비 덕택에 나는 바지 지퍼가 열린 채로 1천 4백만 명 앞에 나가지 않을 수 있었다. 또한 준결승 무대에서 얻은 교훈대로 휴대전화는 확실하게 의상실 사물함에 넣어두었다.

결승전에는 참가자들이 다섯 명 더 있었다. 댄스 그룹인 컴뱃 브레이커스, 코니 탤벗, 베시 커슨스, 저글링 공연가인 더 바 위저드, 그리고 데이몬 스콧. 나는 또다시 마지막 공연자로 지정되었다. 그리고 또다시 무대에 올라가야 할 시간이 다가왔다. 비록 경연의 첫 시작에서 〈공주는 잠 못 이루고〉를 부르긴 했지만, 그걸 다시 부르는 것이 세상에서 가장 어려운 일처럼 느껴졌다.

처음에 나는 어떤 성공도 기대하지 않고 있었는데, 이제는 기대감이 솟아올랐고, 그것이 점점 나를 압박하고 있었다. 무대의 뒤에서 문이 열리길 기다리는 동안 두 다리가 덜덜 떨릴 정도였다. 나는 숨죽여서 〈공주는 잠 못 이루고〉의 가사를 확인하고 있는 나 자신을 발견했다. 스스로에게 말했다. 이제 와서 그걸 확인하는 건 너무 늦었어!

"오늘 밤의 마지막 공연자입니다." 덱이 말했다. "폴 포츠!"

문이 열리자, 관중들의 환호 소리를 들으면서 드라이아이스의 연기를 헤치고 마이크를 향해 걸어갔다. 관중을 향해 손을 흔든 다음,

매우 짧게 내 소개를 시작했다. 무릎이 떨리는 게 느껴졌고, 불안이 나를 사로잡으려 하고 있었다. 리허설을 하는 동안 사라졌던 긴장감이 맹렬한 기세로 돌아왔다. 등이 뻣뻣해지고 목이 긴장하는 것을 느낄 수 있었다. 덕분에 내 말투는 더 어색하게 떨렸다.

노래가 끝난 뒤 관중들의 박수갈채에도 불구하고 나는 만족스럽지 못했다. 긴장감은 나의 적이었고, 이것이 이 여정의 끝이라는 사실이 확실하다고 느꼈다. 적어도 여기까지 왔으니 그것이 진정한 성취라고 나 스스로를 위로했다. 나는 앤트와 덱을 마주쳤을 때 패배를 각오하고 있었다. 이 쇼로 인해 내가 자신감을 높일 수 있었던 것에 감사했고, 그것을 말로 표현하고 싶었다.

"솔직히 말해서 이런 일들이 저에게 일어났다는 게 믿어지지 않습니다." 나는 그들에게 말했다. "정말 믿기 힘들어요. 저는 그저 약간의 자신감을 얻을 수 있었다는 데 감사합니다. 저는 스스로에게 더 믿음을 가져야 하고, 그렇게 하려고 노력하고 있습니다. 이 일은 제가 어떻게 해야 할지 알려주었어요."

심사위원들이 평가를 할 시간이 돌아왔다. 피어스는 웨일즈에서 있었던 나의 첫 오디션을 떠올리면서 말문을 열었다.

"저는 당신이 형편없는 옷을 입고 무대에 올라왔던 때를 기억해요." 그는 말했다. "기대감은 정말 낮았습니다. 당신이 '오페라'라고 말했을 때 나는 사이먼에게 고개를 돌렸고 우리 둘 다 눈을 휘둥그레 떴어요. 그런 다음 당신이 노래를 시작했지요. 당신이 오디션을 끝냈을 때 내가 했던 생각이 기억나요. 나는 방금 〈브리튼즈 갓 탤런트〉의 우승자를 보았구나. 이제 당신이 같은 노래를 부르는 것을 보고 난 뒤에도, 여전히 난 〈브리튼즈 갓 탤런트〉의 우승자를 보았다고 생각해요. 당신은 카폰 웨어하우스로 돌아갈 수 없을 거예요." 관중으로부터의 환호소리가 터져나왔다. 다음 순서인 아만다가 말했다. "당신은 현금으로 돈을 받는 그런 일은 하지 않게 될 거예요. 당신은 월요일부터 계약을 맺게 될걸요."

"당신이 출연했을 때, 당신의 이야기는 모두를 감동시켰어요." 사이먼이 마지막으로 말했다. "놀라운 재능을 가진 수줍음 많고 겸손한 남자. 나는 이 쇼에서 약자를 주목하고 싶었어요. 공연이 끝나고 나서 당신이 우승한다면 정말 기쁠 거예요."

희망을 북돋아주는 평가들이었다. 하지만 나는 일반인 투표가 가장 중요하며 그것이 우승자를 결정한다는 걸 알고 있었다. 심사위원들의 평가는 내가 우승하기에 충분한 표를 받는 것과 무관하다고 생각했다. 나는 심사위원들의 말이 별로 가치가 없다고 느꼈고, 그 말들은 마음 한구석으로 치워버렸다. 결승 진출자들은 결과가 발표되기 전까지 아주 오랜 시간을 기다려야 했다. 그것은 내 인생에서 가장 긴 시간이었다! 구내식당에 갔지만 아무것도 먹을 수 없었다. 결국 다른 사람들 주변에 있고 싶지 않다는 생각이 들어 대기실에 들어가 혼자 기다렸다.

영원처럼 느껴지는 시간이 지난 뒤, 우리는 무대로 돌아가기 위해 대기하는 장소로 호출되었다. 결과를 발표할 시간이었다. 무대로 향하는 계단을 올라갈 때 코니의 뒤에서 그 애를 돌봐달라는 요청을 받았다. 나는 서투른 내 행동을 의식하면서, 계단을 헛디뎌서 넘어지지 않기를 빌었다.

앤트와 덱은 결승 참가자들의 이름을 하나씩 불렀고, 우리는 무대 위 지정된 장소로 걸어갔다. 우리 모두는 한 줄로 늘어섰다. 그러자 앤트와 덱이 우리의 공연에 대해 심사위원들이 했던 평들을 요약해서 말해 줬다.

"그리고 마침내……." 덱은 관중들의 고요한 침묵을 향해 말했다. "〈브리튼즈 갓 탤런트〉의…… 우승자는……."

발표를 기다리는 건 극도로 고통스러웠다. 나는 심장이 멈춰버린 것 같았다. 관중들이 환호하면서 자기가 우승하길 원하는 참가자의 이름을 외쳤다. 제발, 나는 생각했다, 그저 이름을 불러줘, 아무 이름이나! 단지 고통이 빨리 끝나기만을 바랐다!

그리고 내 인생이 영원히 바뀌어버렸다.

13
승리의 기록

"……폴 포츠!"

믿을 수 없었다. 나는 양손을 모으고 소리쳤다. "어떻게 이런 일이 일어났죠?" 나는 환희를 느꼈고, 그 모든 것이 믿어지지 않았다. 내가 우승했다니! 스튜디오 안의 관중이 모두 일어나서 환호를 보내고 박수를 치고 있었다.

앤트와 덱이 나에게 말을 시켰지만, 주위가 너무 시끄러워서 내가 무슨 말을 하는지 나조차 알아들을 수 없었다. 그러고 나서 심사위원들이 축하의 말을 건넸다.

피어스: "당신은 쟁취했어요. 당신은 받을 자격이 있어요."

아만다: "와우! 정말 훌륭했어요. 남은 인생에 행운이 있길 바랍니다. 앞으로 정말 굉장할 거예요!"

사이먼의 말은 나를 숨막히게 했다. "폴, 당신이 정말 자랑스러워요. 당신에게 이 말을 빨리 전해 주고 싶군요. 다음 주에 당신은 데뷔 앨범을 만들면서 녹음실에 있을 거예요."

믿을 수가 없었다. 서른여섯 살이고, 과체중이며, 부실한 치아를 가진 남자인 내가 여기에 있고, 사이먼이 그런 말을 하다니. 내가 꿈을 꾸고 있는 건가?

마침내 우승자로서 공연을 할 시간이 되었다. 결승까지의 무대에서 처음으로 안정감을 느꼈고, 내가 생각하기에 그 공연은 전체적인 경연 과정에서 가장 잘한 것 같았다.

그것은 미친 밤의 시작에 불과했다. 쇼가 끝나고 나는 줄즈와 만나 스티븐 멀런과의 인터뷰를 위해 ITV2 스튜디오로 갔다. 스티븐의 인터뷰가 늘 그랬던 것처럼 유쾌한 인터뷰를 마친 뒤, 우리는 모든 가족들이 기다리고 있는 바로 가서 술을 몇 잔 마셨다. 잠시 후 나는 탈의실로 돌아왔다. 나만의 공간에서 잠시 쉬면서 지금 막 무슨 일이 일어난 것인지 하나하나 돌아볼 시간이 필요했다. 여전히 나는 뭐가 뭔지 혼란스러웠다.

내가 다시 바로 돌아갔을 때는 이미 많은 사람들이 돌아가고 없었다. 그리고 우리는 모두 내가 묵고 있는 호텔로 향했다. 그곳의 바는 아직 문을 열고 있었으므로, 나에게 남아 있는 약간의 돈으로 술을 사서 돌렸다. 그날 저녁이 지나면 지갑 속에는 아무것도 없을 터였지만 이번만은 될 대로 되라는 식이었다. 어쨌든 나는 방금 10만 파운드의 상금을 탔다. 이제 모든 상황이 조금 더 나아질 것이다. 흥겨운 밤이었다. 비록 줄즈와 나는 GMTV의 아침 방송과 인터뷰를 해야 한다는 걸 의식해야 했지만.

우리는 아침 5시에 일어나 5시 반에 차를 타고 사우스 뱅크의 스튜디오로 향해야 했다. 우리가 그 사실을 알게 된 건 새벽 4시였고, 우리는 여전히 깨어 있었다! 줄즈는 방에 들어가자마자 잠이 들었다. 당장이라도 알람이 울릴 것만 같았다.

그 다음 며칠간의 기억은 흐릿하다. 나는 끝이 안 보이는 인터뷰를 연속으로 했고, 사진을 찍어야 했고, 더불어 언론을 위한 첫 기자회견을 해야 했다. 그건 나에게 정말 새로운 경험이었으며, 내가 즉시 여기에 적응하지 못하면 제압당하리라는 것이 명백했다. 그건 주눅이 드는 일인 동시에 약간 무언가에 포위를 당한 기분이었다. 평정을 유지하는 것과 순간에 휩쓸리는 것을 피하는 게 어려웠다. 마치 내 인생에서 나를 형성하는 데 부정적인 영향을 주었던 일들을 용납하지 못하는 것처럼, 나를 바꾸려 하는 환경의 급격한 변화를 받아들이기가 쉽지 않았다.

내가 런던에서 이처럼 바쁘게 지내는 동안 줄즈는 웨일즈로 돌아갔다. 내가 뉴욕에 가게 되었을 때, 나는 줄즈에게 내 여권을 보내달라고 부탁해야 했다. 또한 우리는 은행과 상담을 해야 했다. 얼마 전 10만 파운드의 상금을 탔음에도 불구하고, 계좌에는 고작 몇 파운드밖에 남지 않은 상태였다. 다음 몇 주를 보내기 위해 당좌대월을 마련할 필요가 있었다. 은행은 요청을 거절했고, 바클레이스의 포트 탈봇 지점은 줄즈에게 무례하게 대하기까지 했다. 나는 우승 상금이 들어오면 거래 은행을 바꾸겠다고 맹세했다.

화요일 아침, 나는 뉴욕으로 날아갔다. 처음으로 비즈니스 클래스를 타고 여행했는데, 미처 실감이 나지 않았다. 넓은 공간을 차지한 좌석에 앉았는데, 거기에는 기내 영화를 감상할 수 있는 커다란 헤드폰 한 쌍이 비치되어 있었다. 뉴욕에 도착한 다음 날, 우리 일행은 내가 입을 옷을 고쳐 놓은 상점으로 갔다. 록펠러 플라자에서 〈공주는 잠 못 이루고〉를 공연을 하는데, 그것은 NBC 〈투데이쇼〉에 생방송으로 방영될 예정이었다. 그것은 엄청난 영광이었다.

나는 《뉴스 오브 더 월드》의 기자 그리고 사진기자와 함께 뉴욕을 돌아보았다. 재미있는 것은 우리가 가는 곳마다 수많은 파파라치들이 뒤를 따라다녔다. 그들은 건물 뒤에서 갑자기 머리를 쑥 내밀고 카메라 플래시를 터트리고는 재빨리 달아났다. 길고 피곤한 하루였다. 타임 스퀘어 곳곳에서 촬영을 하고 난 뒤 저녁을 먹었다. 호텔 방으로 돌아왔을 때는 자정이 훨씬 넘은 시각이었다. 새벽 2시가 넘어 알람을 맞춰놓는 걸 잊어버리고 옷을 입은 채 침대에서 그대로 잠들었다.

뉴욕은 정신없이 북적거리는 도시이고, 내가 전 세계에서 가장 좋아하는 도시 중 하나다. 그 여행에서 나는 진짜 심장박동이 뛰는 듯 윙윙거리는 도시를 발견했다. 짧은 기간 동안 나는 수많은 것들을 보았다. 타임 스퀘어, 센트럴 파크, 그리고 도시의 가장 훌륭한 전망을 볼 수 있는 록펠러 센터의 꼭대기인 그 유명한 탑 오브 더 록에도 올라갔다.

또다시 나는 하루를 매우 일찍 시작해야 했다. 5시 반에 있는 록펠러 플라자의 음향 체크를 위해 4시 반에 일어나야 했다. 다행히도 나의 생체시계가 시간을 감지하고 있었으므로 늦지 않게 일어났다. 샤워를 하고, 새 옷으로 갈아입고, 한가로이 거닐며 플라자를 가로질러 갔다.

나는 줄즈의 영웅들 중 한 명인 본 조비가 불과 며칠 전에 공연했던 그 무대에서 공연을 하게 된다는 사실에 위압감을 느꼈다. 상쾌하고 화창한 6월의 아침이었다. 공연장 주위에서 엄청난 기운이 느껴졌다. 수많은 사람들이 공연을 보기 위해 몰려들었다. 나는 그들 중 몇몇을 만나 악수를 나누었고, 난생처음 사인도 해주었다.

록펠러 플라자는 실외였음에도 음향 시설이 훌륭했다. 주위를 둘러싼 높은 빌딩들이 음향을 구석구석으로 보냈다. 뉴욕에서 노래를 부르고 있는데, 미국 전역에서 수백만 명이 지켜보고 있다는 사실이 비현실적으로 느껴졌다. 그렇지만 그곳에서 서서 내가 사랑하는 일을 하고 있다는 것도 더할 나위 없이 행복하게 느껴졌다. 내가 꿈을 꾸고 있나? 알 수 없었다. 그 순간 굉장한 기분을 느꼈고, 만약 그것이 꿈이라면 깨고 싶지 않다는 생각만 했다.

사이먼 코웰은 앨범 녹음에 대해 했던 약속을 지켰다. 뉴욕에 있는 동안, 나는 녹음을 위해 추천된 노래들이 담긴 CD와 휴대용 CD 플레이어를 받았다. 거기에는 〈에브리바디 허츠*Everybody Hurts*〉의 이탈리아어 버전과 엔니오 모리꼬네의 〈넬라 판타지아*Nella Fantasia*〉가 포함되어 있었다. 비록 시간이 많지는 않았지만, 녹음할 노래들의 느낌을 파악하기 위해 그것을 들었다. 사이먼이 약속한 대로, 결승전이 끝나고 일주일 뒤, 런던으로 돌아온 나는 일요일에 스튜디오로 가기로 했다.

런던으로 돌아와서, 나는 첼시 항에 있는 콘래드 호텔에 묵게 되었다. 그곳은 앞으로 7주 동안 불규칙하게 내 숙소가 될 예정이었다. 그 호텔은 모든 방이 스위트룸인 오성급 이상인 호텔이었는데, 내겐 익숙하지 않은 곳이었다. 세탁을 하는 곳으로 갔을 때 나는 비로소 내 상황을 구체적으로 알게 되었다. 세탁 비용을 보고 눈이 튀어나올 뻔했다. 팬티 한 벌 세탁하는 데 5파운드, 티셔츠 한 장 세탁하는 데 10파운드? 나는 그 정도로 비싼 티셔츠를 가지고 있지도 않았다! 내가 세탁할까 고려하던 티셔츠는 고작 2파운드짜리였다!

나의 데뷔 앨범 《원 챈스》는 서로 다른 세 팀의 프로듀서들과 함께 작업했다. 내가 〈브리튼즈 갓 탤런트〉에서 함께 일했던 나이젤 라이트도 그들 가운데 하나였다. 한 팀은 스웨덴 콤비인 페르 매그누손과 데이빗 크루거였다. 레오나 루이스, 조쉬 그로반, 그리고 셀린 디온 같은 유명 아티스트들과 함께 작업을 한 경험이 있었다. 그리고 퀴즈 라로시로 알려진 안드레아스 '퀴즈' 롬데인과 조셉 '라로시'가 다른 한 팀이었는데 그들은 일 디보, 켈리 클락슨, 그리고 다이애나 로스와 작업한 적이 있었다. 빡빡한 일정의 치열한 작업이었기에 나는 그들에 대해 알 수 있는 시간이 많지 않았다.

앨범을 녹음하는 것은 내가 생각지도 못한 일이었고, 비록 전에 라디오 방송국에 가본 적은 있었지만, 녹음실에 들어간 건 이번이 처음이었다. 믹싱 데스크는 나에게 마치 우주선 조종석처럼 보였다. 나는 녹음 과정이 어떻게 진행되는지 알지 못했고, 특히 경험이 없고 검증되지 않은 신참인 나는 모든 과정에서 하급 사원이라는 걸 깨달았다. 나는 가사를 분석하기보다는 악보 전체를 분석하라는 것 외에도 인생에서 신중하게 가능성이 있고 성공할 확률이 높은 부분에 집중하라는 것을 배웠다. 어쨌든 나는 많은 것을 바라지 않았다.

서로 다른 프로듀서들이 제 나름의 방식으로 일을 진행했다. 나는 한 줄 한 줄 반복해서 녹음하는 스웨덴 프로듀서들의 스타일에 대해 믿음을 갖지 못했다. 그런 방식은 모든 부분이 전체적으로 통일된 느낌을 주지 못하는 것으로 느껴졌기 때문이다. 나이젤과 함께 일할 때 한 번에 모든 부분을 전체적으로 녹음할 수 있는 기회가 있었다. 나중에 손질하기 위해 부분적으로 수정할 때만 녹음을 멈추었다. 나이젤의 접근 방식이 더 자연스럽고 고전적으로 느껴졌다. 하지만 내가 스스로 어떤 방법이 더 좋은지 알 때까지는 다른 이들의 작업 방식을 따라야 한다는 것을 알고 있었다. 나중에는 전체적인 흐름을 타면서 녹음을 하고, 필요에 따라 각각 부분으로 되돌아가 다시 부르는 방식으로 바꿨다.

길고 긴 날들이었다. 첫날 녹음은 원기 회복과 점심 식사를 위한 몇 번의 휴식이 있었을 뿐, 열네 시간이나 걸렸다. 몇몇 반주 트랙은 이미 녹음되어 있었고, 어떤 트랙은 오케스트라와 함께 내가 먼저 녹음을 하고 곧 뒤따라서 오케스트라가 녹음을 했다. 다음 날 나는 이비에게 말했다. 비록 내가 정규 훈련을 받지 못했다고 하더라도, 나 또한 어떤 테크닉을 분명히 갖고 있다, 물론 내가 말할 처지가 아닌 걸 알지만 제발 좀 노래를 부르게 내버려두라고! 시간의 제약이 있고, 이런 일에 처음이고, 이제 내 방법을 터득하고 있다는 사실을 알면서도, 나는 할 수 있는 것만큼 하고 싶었다.

우물쭈물할 시간이 없었다. 〈브리튼즈 갓 탤런트〉의 결승이 6월 17일이었고, 앨범은 7월 17일에 발매될 예정이었다. 우리는 8일 만에 앨범의 거의 대부분을 녹음했다. 나는 녹음 결과에 대해 전반적으로 만족했다. 특히 〈공주는 잠 못 이루고〉는 단 몇 번만에 나와 프로듀서를 모두 만족시켰다는 데 뿌듯했다. 내 손에 제작이 끝난 음반이 들어왔을 때, 나는 믿기지 않았다. 다시 한 번 이것이 진짜 일어난 일인지 확인하기 위해 나를 꼬집어봤다.

앨범이 발매되기 직전, 우승 이후 영국에서 첫 대중 공연을 갖기 위해 웨일즈로 돌아왔다. 클래식 가수이자 현지 주민인 캐서린 젠킨스가 포트 탈봇의 공원인 마르젬 캐슬 공원에서 공연을 했는데, 나는 그곳에서 〈공주는 잠 못 이루고〉를 노래해 달라는 초대를 받았다.

그 다음 주에 《원 챈스》가 발매됐다. 앨범은 발매 즉시 1위를 차지

했다. 12만 8천 장 이상이 팔려 골든 앨범이 되었는데, 10위권의 다른 앨범들의 전체 판매량보다 더 많이 팔리면서 3주 동안 차트의 정상에 머물렀다. 아일랜드, 호주, 뉴질랜드, 덴마크, 노르웨이, 스웨덴, 그리고 한국을 포함한 세계 전 지역에서 최고의 히트 앨범이 되었다. 나는 그렇게 많은 사람들이 내 앨범을 샀다는 사실이 놀라웠고, 감사했다. 고작 몇 주 전에 내가 카폰 웨어하우스에서 고객들에게 휴대전화를 팔고 있었다는 사실이 낯설게 느껴질 정도였다. 이제 그 고객들이 내 앨범을 사는 게 현실이 되었다!

〈브리튼즈 갓 탤런트〉에서 우승하고 난 뒤, 몇 주 동안 바쁜 생활이 지속되었다. 휴식을 취할 때조차도 나는 여전히 노래를 부르고 공연을 하고 있는 기분이었다. 나는 로열 필하모니 관현악단의 게스트로서 공연을 했던 퀵스 파크의 마게이트에서 마게이트 퀸 엘리자베스 더 퀸 마더 병원의 암 병동 모금을 위해 또 다른 음악회를 주최하는 걸 발견했다. 그걸 보자 1999년에 했던 약속이 기억났다. 난 앨비 파크에게 전화를 걸어 자선 음악회를 열자고 제의했다. 앨비는 내가 자신과의 약속을 기억하고 있었다는 사실에 기뻐했고, 나는 아름다운 켄트 지방의 저녁에 열리는 또 다른 공연을 위해 그곳으로 돌아갔다.

나는 독일에서 첫 번째 도시로 손꼽히는 함부르크로 여행을 떠났다. 그곳에서 친구가 될 사람들을 만났다. 영국 소니 사의 국제부 부사장인 데이브 '샤키' 섀클턴과 독일 소니 사 뮤직의 TV 홍보 수장인 비비안 하우너였다. 나는 학교에서 독일어를 공부했기 때문에, 20년 전 수업에서 배운 것을 기억할 수 있는 한 최선을 다해 독일인 수준으로 말을 하려고 했다. 미국판 앨범을 위한 몇몇 크리스마스 캐럴 녹음과 또한 다른 곳에서 발매될 크리스마스 스페셜 앨범을 위해 스튜디오로 돌아가야 했기에 독일 여행은 짧은 일정으로 마무리했다.

빽빽하게 짜인 일정을 보면 놀랄 일도 아니지만, 추가로 크리스마스 캐럴들을 녹음하는 동안 나는 감기에 걸렸다. 그런데도 공연은 계속되어야 했으므로, 프라하 오페라 하우스에서 뮤직 비디오를 찍기 위해 프라하로 날아가야 했고, 비행기 안에서 인후염과 싸웠다. 그리고 또다시 열두 시간 동안 노래를 불렀다. 보통 뮤직 비디오는 부분적으로 립싱크를 하고, 부분적으로는 '소리내서 노래' 한다. 비록 음향은 절대 실제로 녹음되지 않지만. 메이저 오페라 하우스에서 녹화를 하는데도 불구하고 나는 오직 립싱크를 해달라는 요청을 받았다. 그런데 나는 그것을 계속 노래를 할 필요는 없지만, 대신 클로즈업할 때는 소리 내서 노래를 해달라는 요청으로 잘못 이해했다. 조명은 뜨겁고 눈부셨다. 이따금 나는 꼬치구이가 된 것 같은 기분이었다.

촬영은 매우 이른 시각에 시작되었다. 아침 7시에 호텔에서 떠나 새벽 2시가 지날 때까지 돌아올 수 없었다. 휴식을 전혀 갖지 못한 채 나는 다시 몇 시간의 비행을 해 노르웨이로 가야 했다. 오슬로의 피요르드 해안에서 진행되는 공연이 예정되어 있었고, 그런 다음 스톡홀름으로 가서 녹음을 또 해야 했다. 노르웨이에서 〈공주는 잠 못 이루고〉를 공연하는 동안 목소리 상태가 정상이 아니라는 걸 느꼈다. 다음 날 아침, 목이 아프지는 않았지만 왠지 부드럽지 않고 껄끄러운 느낌이 들었다. 스톡홀름에서 짧은 시간 동안 녹음을 하며 나는 목이 완전히 악화됐다는 걸 느낄 수 있었다.

다음 날 아침에 일어났을 때는 간신히 말을 할 수 있을 정도였다.

목소리가 나오지 않으면 정말 큰일이었다. 칼라일에서 콘서트를 해야 하고, 지구 반대편 세계로의 여행이 예정되어 있었다. 나는 항생제와 염증을 가라앉히기 위한 약을 처방받기 위해 이비인후과 전문의를 찾아갔다. 하지만 결국 칼라일의 콘서트와 암스테르담과 코펜하겐으로의 홍보 여행은 취소해야만 했다.

기획자들은 내가 칼라일에 오지 않으면 대중을 속였다고 소송을 당할까 봐 걱정이 된다며 비록 노래를 할 수 없더라도 와달라고 요청했다. 칼라일 음악회는 웨스트라이프를 비롯한 화려한 출연진이 2만 명의 팬들 앞에서 하루 종일 공연을 하는 콘서트였다. 나는 난생처음 자가용 항공기를 타고 여행을 했는데, 자가용 항공기가 얼마나 작은지, 얼마나 불편한지를 알고 놀랐다. 그 비행기는 편안함이 목적이 아니라 편리를 목적으로 만들어진 것이었다. 단 장점이 있다면, 비행사가 부드럽게 이륙해 귀에 압력이 덜하다는 것이었다. 나는 다른 공연자들과 함께 비행기를 탔는데, 그들 중에는 웨스트라이프 매니저이며 〈X팩터〉의 심사위원인 친절한 셰인 워드와 매우 수다스러운 루이스 월시가 있었다. 루이스는 재미있는 사람이었지만 단호했다. 그는 사업에 대해, 그리고 내가 미래에 무엇을 녹음해야 하는지에 대해 많은 의견을 주었다. 어떤 것에는 동의했지만, 동의할 수 없는 것도 있었다.

나는 말을 하지 말라는 처방을 받았고, 말하고 싶으면 속삭이기보다는 차라리 큰 소리로 말하는 게 낫다는 충고를 들었다. (속삭이는 힘은 공기가 성대를 통해 흘러가게 했고, 성대를 빨리 피곤하게 했다.) 나는 무대에 올라가 목소리가 잠겨서 공연을 할 수 없다고 쉰 목소리로 설명했다. 관중은 나를 이해해 주었고, 나는 VIP 티켓을 산 이들을 만나러 갔다. 내가 아프다는 것 때문에 공연자들이 개인적으로 쓸 수 있는 넓은 집을 배정받았다. 그것이 출연료 대신 받는 듯한 기분이었지만, 가능한 나를 위해 쓸 수 있는 시간을 길게 잡아야 했다. 나에게 휴식이 필요하다는 건 명백했으니까.

나는 이주일간 목소리를 위해 절대적 안정을 취했다. 줄즈는 그때를 더없이 행복한 시간이었다고 말한다! 그녀와 나는 쉡톤말렛의 서머싯 타운 외곽에 있는 헬스 스파에서 며칠을 보냈다. 내가 회복되는 데 도움이 될 거라고 생각해 약물치료를 받으며 박하향이 나는 증기욕실에서 충분한 휴식을 취했다. 또 긴장을 이완시키기 위해 마사지도 받았다. 거기 머무는 동안 줄즈도 몇 가지 치료를 받았다. 나는 소형 카메라를 이용해 목 안을 들여다보는 이비인후과 전문의에게 검사를 받았다. 그는 내 목이 점차 좋아지고 있으며, 예정대로 해외 여행을 갈 수 있으리라고 장담했다.

나는 전 세계를 돌아다니면서 홍보 활동을 했다. 극동 지역을 방문한 뒤 유럽으로, 그 다음에는 북아메리카로 갔다. 이건 내 인생에서 가장 긴 해외 여행이었는데, 난 줄즈와 영국 소니 사 인터내셔널의 마케팅 책임자 중 한 명인 폴 킨드레드와 동행하는 게 기뻤다. 나는 폴을 매우 좋아했다. 우리는 친구가 되어 많은 농담을 주고받곤 했다.

우리가 첫 번째 들른 곳은 홍콩이었다. 전 세계를 도는 일등석 비행기 표가 비즈니스 클래스보다 싸다는 데 놀랐다. 홍콩으로 향하는 우리의 여행은 정말 호화로웠다. 비행을 시작하자마자 샴페인과 함께 캐비어와 연어가 제공되었고, 나와 줄즈는 두 사람이 함께 앉아도 충분한 크기의 널찍한 의자에서 푹 잘 수 있었다.

우리는 충분히 휴식을 취한 상태로 홍콩에 도착했다. 그곳에서 난 매우 붐비는 기자회견장에서 공연을 했다. 목소리가 완전히 회복되지 못해 최상의 상태로 공연할 수는 없었지만, 가능한 한 조심하면서 최선을 다해 노래를 불렀다. 짧은 공연 뒤에 한국, 일본, 말레이시아, 그리고 중국에서 온 기자들을 포함한 아시아 각지에서 온 많은 TV 제작진들과 인터뷰를 했다. 홍콩에서 곧장 뉴질랜드로 날아갔다. 난 집에서 이렇게 멀리 떠나온 적이 한 번도 없었다. 홍콩에서 뉴질랜드 오클랜드로 가는 건 고작 다섯 시간 정도의 짧은 여행일 것이라고 생각했는데, 지구본에서 보이는 거리가 전부는 아니었다. 거기에서 무려 열네 시간이 더 걸리는 여행이었다. 그러나 오클랜드는 그 긴 여행에 대한 보상을 해주었다. 오클랜드 항구에서 가까운 몰리스라는 이름의 아름다운 비즈니스 호텔에서 묵었던 것이다.

시차에 적응하기 위해서는 시간이 좀 걸렸다. 줄즈와 나는 가능한 한 오랜 시간 깨어 있으라는 조언을 받았다. 하지만 8시에 저녁을 먹기 위해 식당에 앉았을 때 마치 발이 허공 속에 매달려 있는 것 같은 이상한 감각이 느껴졌다. 시차 때문에 생긴 증상이었다. 나는 식사를 다 끝내기도 전에 침대를 향해 몸을 던졌다. 시차 적응을 하느라 고향 시간으로는 지금이 몇 시인지 분간할 수 없었다. 나는 이비에게 전화를 걸어서 내 목소리에 대해 의논하려 했는데, 그 시간에 전화를 받은 이비는 공황 상태에 빠졌다. 그녀의 어머니가 병원에 있었으므로 그녀는 그곳에서 온 전화인 줄 알고 놀랐던 것이다. 나는 영국 시간으로 밤 10시라고 생각했는데, 새벽 1시였다! 곧 사과를 하고는 전화하기에 적당한 시간을 기다렸다.

서서히 내 목소리는 회복되어갔다. 뉴질랜드에서 너무도 짧은 시간을 보낸 뒤, 우리는 나의 첫 호주 방문을 위해서 시드니로 향했다. 호주에 머무는 것은 매우 즐거웠다. 그곳에서는 인생이 다른 속도로 흘러가는 것처럼 보였다. 모두가 매우 친절했고 반갑게 맞이해 주었다. 인터내셔널 호텔에서 보이는 항구의 풍경은, 특히 밤에 놀랍도록 아름다웠다. 옥상 정원에서 내려다보이는 경치는 무엇과도 비교할 수 없을 정도였다.

시드니에서 많은 TV 프로그램에 출연했다. 그곳은 경치가 아름답고, 햇빛이 바다 위에서 반짝이며, 크고 작은 배들이 항구를 드나들고 있었다. 내가 출연한 TV 장면들 중 하나에는 그 도시의 상징인 오페라 하우스도 포함되어 있었다. 나는 카메라 앞에서 내년 호주 투어 중에 오페라 하우스에서 공연하게 될 것이라는 말을 들었다. 깜짝 놀랐다. 솔직히 말하면 내 인생에 그런 일이 일어나리라고는 상상조차 하지 못했다. 심지어 카폰 웨어하우스를 그만두는 것조차 생각지도 못했던 일이다. 하지만 월드 투어를 하다가 시드니의 오페라 하우스에서 공연을 한다는 사실은 절대로 깨고 싶지 않은 또 다른 꿈을 꾸고 있는 기분이 들게 만들었다.

호주 여행을 마치고 우리는 로스앤젤레스를 경유하여 비행기를 갈아타고, 유럽으로 돌아갔다. 유럽으로 돌아가기 전에 미국에서는 잠깐 머물렀다. 독일에서는, 대규모 TV 쇼들 중 하나인 〈디 요하네스 B 케르너 쇼〉에서 공연했다. 그러고 나서 덴마크의 주요 저녁 뉴스 프로그램에 출연하기 위해 이동했다. 코펜하겐에서는 대단했다. 그 TV 쇼에서는 수천 명의 사람들이 그 유명한 그림 같은 시청 광장에서 내가 공연하는 걸 보기 위해 모여들 것으로 예상했다. 내가 무대에 올라갔을 때, 2만 명의 관중들이 내 노래를 듣기 위해 운집해 있었다! 나는 〈공주는 잠 못 이루고〉와 〈그대와 함께 떠나리*Con te Partiro*〉를 불렀는데, 관객들의 반응은 열광적이었다. 다음 목적지인 스웨덴에서는 호텔의 비싼 세탁비를 아끼기 위해 싱크대에서 바지 한 벌을 빨았는데, 불행하게도 여권이 뒷주머니에 들어 있었다! 나는 여권을 수건걸이 위에 걸쳐놓고 한 페이지씩 차례로 말려야만 했다. 다음 날 뉴욕에 도착했을 때 미국 출입국 관리소의 아가씨가 나에게 동정어린 미소를 지으며 말했다.

"선생님, 여권을 같이 세탁하셨군요, 그렇죠?"

미국에서의 홍보 투어는 모든 것이 대규모였다. 나는 스튜디오에서 많은 시간을 보내면서 위성 통신을 통한 인터뷰를 했다. 저쪽 끝에 있는 누군가를 언제나 볼 수 있는 것이 아니라는 게 조금 이상한 기분이 들게 만들었다. 미국이 얼마나 큰지 정말로 뼈저리게 느끼게 되었다.

공항에서는 이제까지 본 승용차 가운데 가장 큰 차인 에스컬레이드가 나를 태우러 왔다. 나는 으레 조수석 뒤에 앉았고, 그것은 내가 직접 문을 열 수 있다는 의미이기도 했다. 나를 위해 누군가가 문을 열어주는 게 이상했다. 난 완전히 옛날 사람이 아니기 때문에 레버 정도는 혼자 충분히 당길 수 있었다. 많은 운전수들이 나보다 먼저 문을 열려고 했지만, 난 항상 먼저 문을 열고 내렸다.

빡빡한 일정 속에 쉴 틈이 없었다. 나는 콜럼비아 사에서 라디오 홍보 책임자와 저녁을 먹은 뒤 맨해튼 중심가 그라운드 제로 근처의 라디오 방송국으로 향했다. 동부 시간으로 자정 이후에 토크쇼에 출연해 한 시간에 걸친 인터뷰를 했다. 긴 하루였고, 인터뷰가 끝났을 때는 새벽 2시였다. 다음 날 또다시 나는 〈투데이 쇼〉의 스튜디오 공연을 위해 5시에 일어나야만 했다.

피곤했냐고? 하지만 나보다 더 피곤한 일을 해야 하는 사람들이 있다는 것을 의식했다. 또한 일을 우선으로 하지 않으면 나의 가수 경력에서 아무것도 기대할 수 없으리란 것도 알고 있었다. 그해 가을의 여행은 몇 번의 미국 여행 가운데 첫 여행이었다. 가장 큰 이벤트인 〈오프라 쇼〉(오프라 윈프리 쇼. 미국의 유명한 여성 코미디언인 오프라 윈프리가 1986년부터 25년간 진행한 토크쇼)에서의 공연은 아직 하지 않은 상태였다. 줄즈가 나와 함께 비행기로 출발했고, 우리는 미시건 호숫가에서 쇼를 준비하면서 머물렀다. 이것이 얼마나 큰 기회인지 알기 때문에 나는 음악 부분을 도와줄 게리 윌리스와 만났다. 게리는 뮤지컬 감독이자 드럼 연주자로 매우 바쁘게 활동했는데, 몇 년 동안 핑크 플로이드, 장 미셸 자르, 그리고 톰 존스 같은 사람들과 일해 왔다. 게리는 나와 함께 준비를 해주었다. 나는 감기의 징후가 나타나 약을 먹으면서 꿀과 레몬을 먹었다. 다행스럽게도, 감기 증상은 공연에 영향을 미치지 않았다.

오프라 윈프리는 매우 매력적이고 카리스마 넘치는 사람이었다. 토크 쇼의 여왕과 대화를 나누는 것은 주눅 드는 일이었지만, 오프라는 나를 편하게 대해 주면서 나에게 〈브리튼즈 갓 탤런트〉 이전과 이후의 삶에 대해 물어보았다. 나는 〈공주는 잠 못 이루고〉 공연을 했는데, 그녀가 "와우!"라고 하며 몇 번씩 감탄하는 바람에 난 얼굴을 붉혔다. 여기까지 오게 된 것은 모두 줄즈의 도움 덕분이라는 짧은 인터뷰를 마친 뒤 무대 밖으로 나왔다.

TV 녹화가 끝난 뒤, 오프라는 종종 그녀의 웹사이트에 올리기 위해 출연자들과 그들의 가족을 인터뷰 했다. 줄즈가 두려워함에도 불구하고, 오프라는 직설적인 태도로 그녀를 인터뷰 했다. 줄즈는 인터뷰를 하는 동안 완전히 긴장해 뒤로 물러나 있기를 바랐다. 그래서 나는 줄즈를 돕기 위해 무대 위에 같이 앉아 있게 해달라고 요청했다.

그 인터뷰는 수많은 인터뷰 가운데 줄즈와 내가 함께 한 첫 번째 인터뷰로 마무리되었다. 우리는 정말 재미있는 방식으로 서로 소통했다. 줄즈는 나를 놀렸고, 나도 가담했다. 유머 감각은 어떤 관계에서든 중요하다. 그것은 줄즈와 나 둘 다 스스로를 웃음거리로 만들 때마다 증명되었다.

〈오프라 쇼〉를 마치고, 게리 윌리스는 우리에게 시카고에서 제네시스 콘서트 티켓을 구해 주었다. 게리는 마이크 루더포드와 함께 '마이크와 더 메카닉스' 에서 타악기 연주자로 활동했는데, 우리를 무대 뒤에 들어갈 수 있게 해주었다. 나는 제네시스와 필 콜린스를 좋아했다. 그 콘서트는 전체적으로 유머 감각이 흐르는 멋진 쇼였다.

쇼가 끝나고 무대 뒤로 가자 기쁘게도 필이 게리와 나에게 다가와 말을 건넸다. "당신도 알겠지만 오늘 밤 게리가 내 드럼 연주에서 실수를 찾아내고 당신이 (나를 가리키는 것이다) 내 노래에서 음정 틀린 것을 찾아낼까 봐 정말 긴장했다." 나는 웃으며 그에게 어떻게 노래와 드럼을 동시에 해낼 수 있는지 물었다.

"모르겠어요." 필이 대답했다. "그냥 하는 거죠."

제네시스의 대기실에서 필, 토니 뱅크스, 마이크 루더포드, 드럼 연주자 체스터 톰슨, 그리고 정규 리드 기타리스트인 대릴 스튜머와 술을 마시면서 대화를 나누었다. 나는 마치 꿈을 꾸는 것 같았다. 불과 여섯 달 전에 나는 포트 탈봇에서 전화기를 팔고 있었다. 이제 나는 여기서 나의 음악적 영웅들과 술을 마시고 있다. 처음은 아니었지만 (혹은 마지막도 아니지만), 나는 또 나를 꼬집어보고 싶은 기분이 들었다.

미국에 이어 캐나다와 멕시코에서 공연을 하기 위해 나는 또 떠났다. 토론토에서는 퍼스트 캐나디언 플레이스에서 공연을 했는데, 수천 명의 사람들이 몰려들었다. 반응은 대단했다. 노래가 끝난 뒤 수백 명의 관중들과 직접 만났다. 내 CD를 산 많은 사람들을 만나니 마치 내가 어떤 특권을 가진 듯한 영광스러운 기분이 되었다. 몇 년 전 휴가 때 방문했던 스테이크 집에 갔다가, 나중에 누군가가 줄즈와 내가 앉았던 자리를 돈을 주고 예약하려고 했다는 사실도 알게 되었다!

난 내가 방문한 도시들의 생활을 조금이라도 직접 경험해 보고 싶었다. 빡빡한 스케줄 때문에 쉽지는 않았지만, 단지 공항, 스튜디오, 그리고 호텔에서만 보내고 싶지는 않았다. 멕시코시티에 머무는 동안, 줄즈와 나는 일부러 시간을 내서 용설란 농장을 방문했다. 그곳에서 데킬라의 기본 재료를 맛보았다. 아즈텍 사원을 걸어서 돌아보았고, 그 지역 문화의 일부를 체험했다. 나는 멕시코 사람들이 친절하면서 매우 열정적이라는 걸 깨달았다. 거의 오천 명 가량의 사람들이 멕시코시티 교외에서 하는 나의 공연을 보기 위해 모여들었다. 그리고 그들 중 대부분은 공연이 끝난 뒤에도 줄을 서고 있었다.

"이봐요, 폴." 레코드 회사 사람이 말했다. "우리는 떠나야 해요. 아니면 당신은 영국으로 돌아가는 비행기를 놓칠 거예요."

나는 여전히 내 앞에 길게 늘어서 있는 줄을 보았다.

"그럴 수 없어요." 나는 대답했다. "나는 이곳에 온 사람들을 모두 보고 싶어요."

내가 그대로 떠난다면 오랫동안 기다린 팬들이 실망할까 봐 신경이 쓰였다. 내가 그들의 입장이라면 얼마나 실망할지 생각했다. 여러 사람의 반대에도 불구하고 남아서 계속 노래를 불렀다. 나는 운이 좋았다. 줄이 다 끝날 때까지 그곳에 머물렀는데도 다행스럽게 교통 체중에도 걸리지 않아 비행기 시간에 맞춰 공항에 도착할 수 있었다.

몇 달 동안 완전히 진이 빠졌지만, 나는 그 무엇과도 그 시간을 바꾸지 않을 것이다. 수없이 많은 아름다운 장소들을 방문했고 멋진 사람들을 만났다. 그중 어느 누구도 잊을 수 없다. 모든 곳의 관객들이 보여준 반응은 나를 감동시켰다. 하지만 이제 나의 관심은 영국으로 향했고, 내가 준비해야 할 특별한 음악회로 옮겨갔다. 〈브리튼즈 갓 탤런트〉 수상자들이면 누구나 선망하는 그해 〈로열 버라이어티 퍼포먼스〉에 출연하는 것이었다. 유명 출연진들과 더불어 관중 속에는 그보다 훨씬 유명한 특별한 사람이 있었다. 나는 여왕 폐하 앞에서 노래를 부르게 되었다.

14
길 위에서

"〈브리튼즈 갓 탤런트〉의 심사위원들을 반갑게 맞아주십시오."

2007년 12월, 나는 리버풀의 엠파이어 극장 무대 뒤에서 내 생애 가장 큰 공연 중 하나가 시작되길 기다리고 있었다. 커튼의 반대편 쪽에서 피어스 모건, 아만다 홀든, 그리고 사이먼 코웰이 나를 소개하기 위해 무대 위로 걸어갔다. 박수갈채 소리가 들려왔다.

"〈브리튼즈 갓 탤런트〉의 우승자를 위한 최고의 상." 피어스가 말문을 열었다. "그것은 이 아주 특별한 쇼에서 공연하는 것입니다. 텔레비전으로 방영되는 가장 명망 있는 버라이어티 쇼에 출연해 왕족들 앞에서 공연을 하는 것이죠."

〈로열 버라이어티 퍼포먼스〉는 영국 예능 프로그램에서 한 해의 하이라이트로 꼽히는 것이다. 코미디, 음악, 마술, 춤 분야의 예술가들이 초대되어 연예 예술인 자선기금 모금을 위해 왕족들 앞에서 공연을 한다. 첫 번째 공연은 1912년에 열렸고, 1921년에서부터 쭉 연례행사가 되었다. 세월이 흐르는 동안 참가자들은 비틀즈에서 루돌프 누레예프, 존 길거드 경에서 플라시도 도밍고까지 다양하게 참여했다.

"……대단히 참혹했던 첫날 오디션 이후 유일한 하이라이트가 춤추는 돼지였을 때, 우리는 모두 이 쇼를 중간에 그만둘 각오를 하고 있었습니다. 그때 아주 긴장한 것처럼 보이는 휴대전화 세일즈맨이 발을 끌며 무대에 올라왔고 나는 한숨을 쉬며 생각했습니다. 또 시작이군."

사이먼이 말했다.

내가 얼마나 긴장했는지를 상기시키기 위한 순간은 아니었다. 2007년 쇼에서 나는 엔리케 이글레시아스, 본 조비, 카니에 웨스트, 조안 리버스, 그리고 데임(여성에게 '경'을 호칭하는) 키리 테 카나와와 나란히 등장했다. 그런 놀라운 출연진의 일부가 되는 일은 앞으로도 쉽지 않은 일일 것 같았다.

"정말이지 저는 인정해야만 해요." 피어스가 말을 이었다. "출연자들이 재능을 자랑하고 있을 때 나는 좀 안 좋은 생각을 하고 있던 것 같습니다. 그는 아마도 맨 뒤에 서 있었겠지요. 그리고 그가 오페라를 부르겠다고 했을 때, 우리는 모두 속으로 민망해했어요. 불멸의 클래식을 그가 어떻게 도저히 알아들을 수 없을 정도로 난도질할 것인지 궁금해하면서 말이에요."

'알아들을 수 없을 정도로 난도질하는 것'이야말로 바로 그때 내가 청중들 앞에서 절대로 하고 싶지 않은 일이었다. 더욱 긴장했던 이유는, 쇼의 이틀 전에 치과 치료를 받았기 때문이었다. 그것은 시간이 많이 걸린 매우 고통스러운 치료였다. 나는 입 주변이 마취가 잘 되지 않았다. 마취 주사를 열 번 이상 맞아도 여전히 모든 감각을 느낄 수 있었다. 두 시간 동안 고통스러운 치료가 이어졌다. 치료가 끝난 뒤 한참 후에도 난 입 속에 부드러운 대리석을 물고 있는 것 같은 느낌이었다.

그 덕분에 공연을 하기 전 48시간 동안 의치에 적응하느라 고생했다. 처음에는 아무것도 먹을 수 없었고 음료는 빨대로 마셔야만 했다. 다행히 내가 리버풀까지 왔을 때 붓기가 빠지기 시작했고, 의치에 적응이 되는 것 같았다. 그렇기는 해도 새로운 치아는 나를 계속 긴장하게 만들었다. 지휘자의 방에서 이비와 작업하느라 얼마간의 시간을 보냈는데, 카메라맨이 나를 따라다니고 있다는 사실을 완전히 잊고 있을 정도였다. 나는 연습을 하는 동안 메모를 잊어버렸고 침착함을 조금 잃었다. 그래서 내가 그 장면을 찍은 화면을 처음 보았을 때 무척 민망했다.

"그때 그가 노래를 시작했어요." 아만다가 관객들을 향해 말했다. "우리 모두가 얼마나 놀랐는지 몰라요. 그는 천사의 목소리를 지니고 있었습니다. 저는 믿을 수가 없었어요. 관객들은 자발적으로 박수를 터트렸고, 물론 저는 눈물이 와락 쏟아졌어요."

이비가 나를 도와서 마음을 가라앉히도록 했고, 그래서 기분이 좀 나아졌다. 촬영 팀이 나에게 말을 걸고 싶어한다는 걸 느낄 수 있었으나, 나는 스스로를 진정시키고 무대로 나갈 준비를 했다. 사이먼 코웰을 만나러 가야 했는데, 그것은 기분 좋은 일이었다. 그는 나에게 한두 마디의 조언을 해주었다. 긴장을 풀고 공연을 즐기라. 말은 쉽지만 막상 즐길 만큼 여유가 없었다.

"물론 그 사람은 폴 포츠였죠." 이제 사이먼이 말하고 있었다. "전체 경연에서 우승자의 자격을 갖춘 사람이었어요. 그 이후의 쇼는 폴을 위한 가장 놀라운 성공 이야기였습니다. 그의 첫 번째 앨범은 이미 2백만 장 이상이 팔렸어요. 그리고 전 세계 15개국에서 1위를 했습니다. 영국인은 재능을 가지고 있어요. 신사 숙녀 여러분, 그를 소개합니다. 폴 포츠!'

커튼이 올라갔고, 나는 사람들 앞에 발가벗겨진 기분이 들었다. 여기에서 나는 전 세계의 텔레비전 시청자, 그리고 객석에 빽빽이 들어찬 초대된 손님들뿐만 아니라 여왕 폐하 앞에서 공연을 해야 했다. 관객들이 박수를 칠 때 나는 마이크 앞으로 걸어가서 내가 부를 두 곡 중 첫 번째를 노래하기 시작했다. 〈넬라 판타지아〉와 함께 〈공주는 잠 못 이루고〉를 부를 예정이었다. 내 앞에는 풀 오케스트라와 더불어 작은 여성 현악 앙상블과 관악기 주자들이 함께 연주하고 있었다. 〈넬라 판타지아〉를 부를 때는 내 뒤로 아크로바틱 댄서들이 나와 춤을 추었다. 〈공주는 잠 못 이루고〉를 부를 때는 소규모 여성 합창단이 화음을 넣어주었다.

가사 한두 마디를 틀렸지만 난 이내 안정이 되었고, 막바지에는 그 순간의 경험을 정말로 즐기고 있었다. 쇼가 끝난 뒤 나는 〈브리튼즈 갓 탤런트〉 심사위원들 옆줄에 자리를 잡았고 여왕과 필립 왕자를 알현했다. 그들은 나의 공연을 즐겼다고 말했다. 필립 왕자는 사이먼과 심사위원들이 어떻게 나를 통해 돈을 벌고 있는지 이야기하며 놀렸다. 분위기가 좋았고 즐거웠으며 그들을 만나고 그들을 위해 노래하는 건 정말 영광스러운 일이었다. 〈로열 버라이어티 퍼포먼스〉에서 공연을 하는 건 매우 극소수에게만 가능한 기회였다. 영원히 잊지 못할 저녁이었다. 줄즈와 나는 쇼가 끝난 후 파티에 참석했다. 그곳에서 우리는 더 많은 사람들을 만났다. 나는 1990년 이탈리아 월드컵에서 잉글랜드 축구팀의 감독을 맡았던 바비 롭슨 경을 만났다. BBC는 〈

공주는 잠 못 이루고〉를 그들을 보도하는 주제곡으로 사용하기로 결정했고, 토너먼트가 이루어지는 동안 처음으로 널리 알려지게 되었다. 우리는 유익한 대화를 나눴고, 그는 내가 만난 사람 중 가장 친절한 사람이라는 인상을 받았다. 바비 경은 나의 공연을 진정으로 즐겼으며, 나의 투지에 감탄했다고 말했다.

〈로열 버라이어티 퍼포먼스〉는 내가 기억하는 한 해의 행사 중 가장 완벽한 행사였다. 하지만 2007년이 끝나기 전에 놀라운 일이 한 가지 더 일어났다. 사이먼이 서런던에 있는 자신의 집으로 방문해 달라는 요청을 해온 것이다. 나는 무슨 일로 그가 나를 초대했는지 알지 못한 채 옷을 말쑥하게 입으라는 조언만 받았다. 사이먼을 만났을 때, 그는 자신의 롤스로이스 팬텀을 타고 드라이브를 하자고 말했다. 우리는 뒷자리에 앉아 대화를 나누었는데, 카메라는 줄곧 모든 순간을 잡아냈다. 차를 타고 가면서 나는 무슨 일이 일어나고 있는지 알아내려고 애썼다. 바로 그 순간 나는 우리가 웨스트민스터로 들어서고 있음을 알아차렸다. 나는 더욱 혼란에 빠졌다.

"무슨 일이에요?" 내가 물었다. "어디로 가고 있는 거죠?"

"당신은 지난 여섯 달 동안 정말 열심히 일했어요." 사이먼이 말했다. "그래서 당신을 위해 특별한 선물을 준비했어요."

믿을 수 없게도 차는 왼쪽으로 꺾어 세계에서 가장 유명한 거리 중 하나로 들어가고 있었다. 다우닝가였다. 사이먼이 영국에서 가장 유명한 문을 두드리러 갈 때 나는 그 뒤를 따랐다. 다우닝가 10번지. 문을 두드리자, 고든 브라운 수상이 대답했다. 나는 수상과 주위 사람들에게 인사를 했고, 수상의 아내인 사라를 만났다. 또한 재무장관인 알리스테어 달링도 만났다. 고든은 나에게 서명이 담긴 자신의 책

『용기』를 선물로 주었고, 내가 바로 용기의 위대한 사례라고 말했다. 나는 내가 용감하다고 느끼지 않는다고 그에게 말했다. 나는 그저 내가 가장 하고 싶은 일을 했을 뿐이었고, 그게 다였다.

차를 마시면서 고든 수상은 나에게 세계적으로 2백만 장의 앨범이 팔렸다는 걸 알 수 있는 더블 플래티넘 디스크를 증정했다. 믿을 수가 없었다. 얼마나 굉장한 한 해였던가! 카폰 웨어하우스의 매장 관리인으로 시작해서 2백만 장의 앨범을 팔고, 전 세계 15개국에서 1위를 하고, 그보다 더 많은 국가를 방문하는 것으로 끝났다. 만약 2006년 12월 31일에 누가 나에게 다음 해에 무슨 일이 생길지 말해 줬다면, 나는 결코 그것을 믿지 않았을 것이다.

첫 번째 앨범 《원 챈스》를 녹음한 직후 매니저인 리처드와 해리가 순회공연을 가고 싶은지 물었다. 나는 정확히 무슨 일이 포함되어 있는지 알지 못하는 상태로 좋다고 말했다. 엄청나게 빨리 여섯 달을 보내고, 전 세계를 여행하는 동안, 나의 쇼를 구성할 음악들을 들으며 크리스마스와 새해를 보냈다. 2008년 초에 나는 앞으로 무엇을 하게 될지 궁금해하며, 타워 브리지와 가까운 동런던의 리허설 룸에 있었다.

〈브리튼즈 갓 탤런트〉에 출연하기 전에, 내가 한 주 동안 가장 공연을 많이 한 횟수는 세 번이었다. 바스 오페라단과 사우스게이트 칼리지 오페라단에서였다. 순회공연 프로그램을 보고 나는 기절초풍을 했다. 일정표에는 내가 여섯 달 동안 55개의 쇼를 해야 한다고 나와 있었다. 세계 순회공연 가운데 영국과 북아메리카 일정에서 일주일에 평균 여섯 개의 공연을 했다.

공연이 너무 많다는 느낌이 들었을 뿐 아니라, 내가 더 이상 아마추어가 아니라는 사실과 내가 그만한 역할을 하지 못할지도 모른다는 사실이 마음에 걸렸다. 사람들은 나의 공연을 보러 오기 위해 힘들게 번 돈을 지불한다. 내가 그 일을 해낼 수 있을까? 나는 긴장과 불안을 느꼈고, 당장 평정을 잃어버릴 것만 같았다. 내 순회공연에 하이라이트가 될 곡이기도 하고, 마리오 란자가 불러 영감을 얻은 〈황태자의 첫사랑〉 메들리를 연습하고 있을 때, 나는 정말로 높은 음정과 싸우고 있었다. 겁이 나기 시작했다.

노래 부르는 것보다 더 힘든 건 매일 밤 관객과 대화를 해야 된다는 사실이었다. 무슨 말을 할 것인가? 나는 누군가가 나를 위해 대본을 써주길 원하지 않았다. 그건 가식적인 것으로 느껴졌다. 하지만 일주일에 엿새 밤 동안 수천 명의 사람들과 이야기를 해야 된다는 생각이 들자, 나는 노래를 부르는 것보다 그 일이 더 겁이 났다. 심지어 공포를 느꼈고, 그건 겉으로 드러나 보일 정도였다.

나중에 내 공연의 제작진들과 이야기를 나누다가, 그들이 내가 쇠약해질까 봐 걱정하고 있음을 알게 되었다. 이건 내가 정말 적응 능력이 어느 정도인지에 대한 진정한 시험이었고, 그대로 가라앉아버리거나 아니면 헤엄쳐 나와야 할 순간이기도 했다. 내가 아는 한 가지는 내가 이제 이 일에 몸을 담았다는 것이다. 나는 계속 나아가야만 했고 나를 보러온 사람들에게 최선을 다해야 했다. 유명한 말을 인용하자면, "쇼는 계속되어야 했다."

31일의 일정 가운데 영국을 여행하는 기간이 24일로 구성된 순회공연은 잘 진행되었다. 공연은 웨일즈 북쪽 해안의 라일에 있는 전형적인 영국식 해수욕장에서 시작되었다. 런던에서의 리허설이 끝나고, 우리가 머물 장소인 세인트 아삽을 향해 자동차로 오랜 시간을 달려갔다. 그런 다음 우리는 첫 공연이 시작되기 전 마지막 순간을 전속력으로 라일에 있는 화려한 파빌리온 극장으로 향했다.

나에게는 불안을 진정시키도록 도와주는 훌륭한 팀이 있었다. 지휘자인 마크 아그노어, 음악 감독인 크리스 테일러, 핵심 기술 팀에서 객석 음향을 담당하고 있는 마크 리틀우드, 무대 음향을 관리하는 엔지니어인 LJ가 있었다. 또한 나는 투어에 환상적인 아티스트들을 초대 손님으로 모시는 행운을 누렸다. 나타샤 마시는 전도가 유망한 웨일즈의 소프라노로 작년에 데뷔 앨범 《아무르》를 발매했다. 그녀는 친화력이 있고 사랑스러웠으며 순회공연 초기에 나를 이끌어주기도 했다.

나는 '지원 공연' 같은 용어를 좋아하지 않았다. 나는 처음부터 게스트들이 본 공연의 일부가 되기를 바랐다. 그러려면 많은 고민이 필요했다. 나타샤와 나는 베르디의 《라 트라비아타*La Traviata*》의 〈축배의 노래〉를 듀엣으로 공연하기로 했는데, 우리가 노래의 간주곡 때 무엇을 해야 할지 확실한 묘안이 떠오르지 않았다. 춤은 선택에서 제외되었다. 줄즈의 말에 의하면, 나는 형편없는 댄서였고 나타샤는 나보다 훨씬 키가 컸기 때문이다. 춤을 추려면 내가 발끝으로 서거나 나타샤가 허리를 굽혀야 했는데, 그 모습은 〈누가 로저 래빗을 모함했나〉라는 영화에서 로저가 제시카와 춤추는 장면을 교묘하게 재현하는 것처럼 보일 수 있었다.

결국 난 서로의 팔을 꽉 낀 채 건배를 하고 샴페인(사실은 탄산 사과주스)을 마시면 어떠냐고 제안했다. 그러고 나서 흔히 웃음을 자아내게 하는 행동으로 키 차이를 과장하기로 했다. 불행히도 이따금 '샴페인' 은 엎질러질 것이지만, 나타샤 마시나 다른 소프라노들이 발톱을 다치거나 드레스가 찢어지는 것보단 낫다고 판단했다.

한편 콘서트 중간중간 집어넣을 대화를 어떻게 해결해야 할지 고민하고 있었다. 나는 가끔 친구들과 바에서 대화했던 걸 떠올리곤 그것처럼 해보기로 결정했다. 긴장을 하면 말을 좀 많이 하게 되었지만, 그건 나에게 정말 정상적인 일이었다. 하지만 대개 말을 많이 하는 건 아무 말도 하지 않는 것보다 나았다.

영국 순회공연이 시작됐을 때, 나는 사람들이 내 노래를 좋아하지 않을까 봐 두려웠고, 그것은 내가 사기꾼으로 생각될지도 모른다는 의미였다. 하지만 고맙게도 나의 두려움은 근거가 없는 것으로 드러났다. 처음 몇 개의 공연은, 비록 내가 모든 것들에 두드러지게 만족했던 건 아니지만, 그런대로 괜찮았다. 나는 다시 공연을 들어보고 잘못된 걸 고치기 위해서 마크 리틀우드에게 녹음을 해달라고 부탁했다. 나는 가장 가혹한 나의 비평가들 중 한 명이었고, 실수를 통해 배우려고 노력했다.

처음으로 진짜 비평가가 초기 캠브리지에서 열린 공연에 왔다. 그는 공연을 난도질했고, 그것이 나를 약간 불쾌하게 만들었다. 하지만 관객들이 공연을 즐기는 것처럼 보인다는 사실에 용기를 얻었다. 관객은 나에게 누구보다 가장 중요한 비평가였다.

하지만 내가 최상의 상태에서 노래하지 않았다는 것을 나는 알고 있었다. 나는 공연에 대해 너무 많은 고민을 하고 있었는데, 대부분의 문제는 공연 순서였다. 순회공연이 시작되기 전, 게리 윌리스와 내가 마주 앉아서 공연 순서를 논의했을 때, 나는 위대한 멕시코 음악인 〈그라나다*Granada*〉로 시작하자고 제안했다. 그것은 행진곡이었으므로 공연의 서곡으로 완벽하다고 느꼈다. 그러나 게리는 동의

하지 않았다. 나는 첫 순회공연이었으므로 그의 말에 따랐다.

문제는 〈그라나다〉를 전반부에서 가장 높고 일관된 음을 가지고 있는 동시에 가장 열정적인 곡인 〈카루소*Caruso*〉 뒤에 불러야 한다는 것이었다. 뿐만 아니라 〈그라나다〉도 너무 어려운 곡이었다. 나는 그것을 해낼 수 있을 것 같지 않았고, 기술적으로도 어려움이 있었다. 이것은 공연 내내 스스로를 채찍질하면서 끌고 가야 하는 게 한 가지 문제였다.

그러던 중 나쁜 날씨를 만난 덕분에 필요한 변화가 일어났다. 우리는 애버딘에서 있을 다음 공연을 위해 스코틀랜드로 떠나기 전, 노스요크셔의 해러게이트에서 공연을 할 예정이었다. 그러나 강풍 때문에 비행기가 이륙하지 못해 일행이 비행기를 함께 타지 못했다. 나타샤는 어쩔 수 없이 택시를 탔다. 그녀는 리즈에서 자신의 앨범을 위한 인터뷰를 하느라 바빴기 때문이다. 우리는 버스를 타고 갔다. 긴 여행이었다. 나타샤가 애버딘의 뮤직홀에 제 시간에 도착하지 못할 것은 분명했다.

나는 크리스 테일러, 마크 아그노어, 그리고 투어 매니저인 제이크와 머리를 맞대고 신속하게 공연 순서를 수정했다. 나는 〈그라나다〉를 공연 맨 앞 순서로 옮겼다. 나타샤가 도착하는 시각이 언제가 될지 알 수 없었기 때문이다. 그 노래는 원래 전반부의 마지막 부분에 있었다. 길고 높은 C음으로 끝나는 곡이기에 아직 기운이 생생한 초반부에 그 곡을 노래하고 싶었다. 나타샤는 결국, 공연이 중반부에 이르렀을 즈음 도착했다. 내가 〈아베 마리아〉를 부르고 있을 때였다. 나는 그녀가 아직 숨가쁜 상태로 대기하고 있는 것을 발견했다. 그래서 나는 그녀가 무대에 오르기 전에 한 곡을 더 부르겠다고 신호를 보냈다. 이것은 나타샤가 아직 무대에 오를 준비가 되어 있지 못하다는 뜻이기도 했다. 심지어 관객과 농담을 할 때에도 그녀는 화장실에 갈 시간을 갖지 못했다.

애버딘 공연은 내가 고비를 넘길 수 있게 도와준 계기가 되었다. 크리스와 나는 이제부터 공연을 〈그라나다〉로 시작하기로 합의했다. 나는 더욱 자신감을 가질 수 있었고, 그 결과 공연은 더 나아졌다. 그것은 노래 실력뿐만 아니라 청중과 대화를 할 때도 드러났다.

제이크는 반드시 지역과 국제 뉴스에 관심을 가지라고 조언했다. 그리고 내가 특별히 초점을 맞춘 사람은 BBC 뉴스 사회자 제레미 팩스맨이었는데, 그가 '막스 앤 스펜서'에서 판매하는 속옷의 질에 대해 한탄했다는 이야기였다. 나는 『외계인은 팬티를 좋아해』라는 어린이 책을 언급하면서, 청중들에게 제레미는 반드시 그 책을 읽어야 한다는 농담을 했다. 그리고 어쨌든 나에게는 '막스 앤 스펜서' 속옷이 수백 벌이 있었고, 그것들은 아직까지 나를 실망시키지 않았다는 말도 했다.

나는 점점 무대 위에서 스스로 즐기기 시작했다. 공연에 대한 비평은 더 좋아졌고, 나는 자신감이 상승했다. 호평이 나오고 있음을 알기 전, 나는 런던의 해머스미스 아폴로에서 마지막 공연을 했다. 내 생각에, 그 공연은 그때까지 내가 했던 최고의 공연이었으며, 공연이 끝난 뒤 우리는 K 웨스트 호텔에서 자축했다.

우리가 바에 갔을 때 줄즈가 한쪽 구석에 있는 남자를 손가락으로 가리켰다. 그는 엄청난 인기를 누리고 있는 BBC 시트콤 〈개빈과 스테이시〉에서 개빈 역을 하고 있는 코미디언 매튜 혼이었다. 나는 그해 가을 내내 해외에서 보냈기에 그 시트콤을 놓쳤고, 그래서 그를 알아보지 못했다.

줄즈 옆에 서 있는 사람은 그 시리즈의 또 다른 유명한 인물이었는데, 난 그 사람 역시 알아보지 못했다. 그는 〈개빈과 스테이시〉의 공동 작가이기도 한 제임스 코든이었다. 그는 시리즈에서 매튜의 친한 친구 역을 하고 있었다. 제임스는 테스코 쇼핑백을 들고 있었는데 약간 쓸쓸해 보였다.

"이게 그들이 내게 남긴 전부예요!" 제임스가 슬픔에 잠겨 말했다.

"뭐가요?" 줄즈는 웃음을 참으려 애썼지만, 실패했다.

"어떤 놈들이 내 차를 부숴버렸어요. 그리고 나에게 더러운 세탁물만 남겨놓았어요!"

줄즈는 이 부분에서 거의 발작적으로 웃음을 터뜨렸다.

제임스는 화가 난 것처럼 보였다. "누가 내 차를 부수고 나에게 더러운 속옷만 남겼다고 말하는데, 당신은 웃음이 나와요?"

"죄송해요." 줄즈가 말했다. "하지만 당신이 코미디언인 게 잘못이에요. 당신은 코미디처럼 말하고 있잖아요!"

곤혹스러운 상황에 처했음에도 불구하고 제임스는 재미있는 사람이었고, 따뜻할 수밖에 없는 사람이었다. 우리가 다시 만나게 되었을 때, 그곳이 제임스가 나를 연기하는 헐리우드 영화 세트장일 줄은 우리 둘 다 상상도 하지 못했다!

영국에서의 순회공연 일정이 마무리되면서 나의 자신감도 상승했다. 나는 북아메리카에서의 다음 콘서트 준비를 시작했다.

북아메리카에서 나의 첫 번째 일정은, 플로리다의 세미놀에서 제대로 된 공연을 시작하기 전, 라스베가스 플래닛 헐리우드 극장에서 열리는 행사에 참여하는 것이었다. 줄즈와 나는 라스베가스에서 몇 개의 공연을 보고 카드 게임을 즐기면서 며칠을 보냈다. 우리는 또한 후버 댐과 그랜드 캐니언을 관광할 수 있었는데, 헬리콥터를 타고 날아가서 낮은 지대에 착륙한 뒤 샴페인을 마셨다. 일생에서 단 한 번 경험할 수 있는 일이었다.

미국과 캐나다 순회공연 중 일부는 비행기를 타고 다녔고, 일부는 버스를 탔다. 버스로 여행하면서 잠을 자는 첫 번째 경험이 될 예정이었다. 나는 다른 승객들과 함께 경험하는 동료 의식을 즐겼다. 모든 여행이 즐거웠고, 특히 줄즈가 내 옆에 있어서 행복했다. 하지만 그녀는 버스에서 잠을 자기 위해 애써야 했고, 여행 가방을 가지고 다니면서 생활하는 것을 좋아하지 않았기에 피곤해했다.

세미놀과 탬파에서 공연을 마친 뒤, 워싱턴 DC, 뉴욕, 레디어드, 코네티컷, 그리고 보스턴에서의 순회공연을 위해 미국의 동부 해안으로 향했다. 워싱턴 DC에서는 다양한 연령대의 청중들이 모인 것을 보고 감명을 받았다. 나는 무대 출입구에서 80세의 노인 팬과 거의 한 세기를 다 살아가는 노부인을 만났다! 뉴욕에서 공연을 하는 것은 큰 영광이었지만, 까다로운 청중이라는 명성을 들었기에 나는 안절부절하지 못했다. 하지만 청중들은 나에게 호응을 잘 해주는 것처럼 보여 안심이 되었다. 애틀랜틱시티에서 나는 카폰 웨어하우스에 그만두겠다는 사의를 표했다. 엄밀히 말해 그때까지 나는 그 회사 직원이었고, 꿈같이 다가온 행운으로 인해 인생이 너무 비현실적이라고 느끼고 있었다.

보스턴 쇼를 끝낸 뒤, 나는 감기 기운이 있음을 느꼈다. 비타민 C와 에키나시아(국화과의 허브)를 복용하며 몸 상태를 좋아지게 하려고 노력했지만 아무 효과도 없었다. 캐나다에서 순회공연이 계속되었고,

해밀턴에서의 첫 공연은 다행히 감기 증상에 영향을 받지 않았다. 하지만 몬트리올에서 투어버스를 타고 출발했을 때 눈이 부어오르면서 기침이 시작됐고, 열이 났다. 감기가 목소리에 영향을 주기 시작하는 걸 느낄 수 있었고, 개인적으로 한증실을 사용할 수 있는 몬트리올의 고급 호텔 스파 중 하나를 예약했다. 그건 목 상태를 약간 낫게 해주었으나, 컨디션은 여전히 매우 좋지 않았다.

나는 명망 높은 몬트리올의 플레이스 데 자르(Place des arts, 몬트리올의 예술과 공연 문화의 중심지)에서 공연하기로 되어 있었다. 콘서트를 미루는 방안을 검토해 보았지만, 퀘벡과 온타리오 사이의 경쟁 의식을 생각하면, 내가 만약 몬트리올 공연을 취소할 경우 토론토와 오타와에서도 같은 압박을 받으리란 걸 예상할 수 있었다. 나는 공연을 계속 진행하기로 결정했다. 하지만 시간을 줄여야 했다. 어쩔 수 없이 목소리를 손상시킬 위험이 있는 〈황태자의 첫사랑〉 메들리를 빼고, 〈공주는 잠 못 이루고〉는 남겨두었다.

몬트리올의 플레이스 데 자르와 토론토의 로이톰슨 홀은 공연을 하기에 정말 멋진 장소들이었다. 그러나 내 컨디션이 최상의 상태가 아니었다는 걸 알고 있었기에, 나는 처참한 기분이 되었다. 토론토 교향악단의 고향인 로이톰슨 홀은 특히 훌륭한 장소였다. 나는 캐나다 오페라단에서 일하면서 내 목소리를 칭찬했던 이비인후과 전문의를 만났는데, 그는 내가 공연 내용을 줄이는 게 옳은 결정이었다고 말해 주었다.

캐나다에서는 또 다른 극적인 일이 벌어졌다. 에드먼턴에 도착했을 때 나는 왼쪽 엉덩이의 통증을 느꼈다. 병원에서 신경이 옥죄이고 있다는 진단을 받았다. 고통이 매우 심해 다리를 절뚝거리게 되었다.

나는 정신을 똑바로 차려야만 했고, 절뚝거리고 기침을 하는 상태로 윈스피어 센터의 무대로 향했다! 눈보라 속에서 밴쿠버에 도착했을 때 드디어 내 몸의 상태가 회복되기 시작했다. 나는 기운을 되찾았고 공연 순서에서 빠졌던 노래들을 다시 부를 수 있었다. 빅토리아 아일랜드와 캘거리에서의 후반부 일정을 끝내고, 우리는 다시 미국으로 향했다. 나는 로스엔젤레스의 워너 극장에서 노래하는 게 특별히 즐거웠다. 그곳은 멋진 공연장이었다.

순회공연은 남부에서도 이루어졌다. 우리는 피닉스와 멕시코로 갔는데, 공교롭게도 장비가 문제를 일으키기 시작했다. 뜨거운 열기로 인해 우리는 구식 사운드 데스크로 기술적인 문제를 극복해야만 했다. 객석 사운드를 담당하고 있는 마크 리틀우드는 화가 머리 끝까지 난 수백 명의 열정적인 멕시코 인들에게 자신이 둘러싸여 있음을 깨달았다. 공연이 끝날 무렵, 마크가 나를 찾아와서 그 상황에서 많은 아티스트들이 마이크를 내던지고 떠나버렸다고 말해 줬다. 나는 그런 짓은 그가 이제까지 한 노동, 주최자, 그리고 가장 중요한 사람들인 쇼를 보기 위해 돈을 지불한 관객들을 모욕하는 짓이기 때문에, 절대로 그렇게 할 수 없다고 말했다.

다음 순회공연의 목적지는 뉴질랜드, 호주, 그리고 아시아였다. 영국과 북아메리카에서 강도 높은 일정을 치른 뒤, 나는 공연 사이에 약간의 휴식 시간을 이용해 우리가 방문하는 지역을 체험할 수 있는 여유를 갖게 된 것이 기뻤다.

크라이스트처치에서의 첫 공연 전에 시간이 며칠 있었다. 그래서 줄즈와 나, 그리고 순회공연 매니저인 제이크는 남섬에 있는 아름다운 도시 퀸즈타운으로 향했다. 그 여행은 행복했다. 아름다운 풍광,

멋진 호수, 훌륭한 음식, 그리고 사랑스러운 사람들. 어찌 행복하지 않을 수 있을까? 나는 마음 속으로 생각했다.

뉴질랜드 순회공연의 게스트인 아티스트는 젊고 예쁜 뉴질랜드 가수 엘리자베스 마블리였다. 그녀는 뉴질랜드 북섬에 있는 로토루아 출신이었고, 당연히 그녀의 전통적인 마오리족 유산을 자랑스러워했다. 마오리족 노래인 〈태러키히*Tarakihi*〉를 부르는 그녀의 모습은 세계 어느 곳에서든 관중의 마음을 흔들어놓을 게 분명했다. 엘리자베스와 그녀의 부모님은 친절하게도 화산 활동으로 유명한 주변의 지역을 우리에게 구경시켜 주었다. 독한 유황 냄새가 화산 활동을 증명하고 있었다.

내가 그때까지 했던 공연 가운데 최고라고 생각하는 오클랜드에서의 공연을 포함한 뉴질랜드 공연을 모두 마치고, 우리는 호주로 날아갔다. 애들레이드에서 공연을 시작으로, 퍼스로 향하기 전 브리즈번, 시드니, 그리고 멜버른에서 나는 노래를 불렀다.

시드니에 도착했을 때 나는 유명한 하버브리지에 올라갈 기회를 얻었다. 안전을 위해 나는 등산 도구를 챙겨 가지고 꼭대기까지 올라갔고, 그곳에서 놀라운 장관을 보았다. 오페라 하우스를 발 아래에 두고 서 있는 건 정말 꿈같은 일이었다. 게다가 오케스트라가 저 아래에서 나의 공연 리허설을 하고 있었다!

시드니 오페라 하우스와 멜버른의 해머 홀은 연주하기에 더없이 훌륭한 장소였다. 둘 다 굉장히 아름다운 음향을 만들어냈지만, 나는 해머 홀의 음향이 시드니의 것들보다 훨씬 더 낫다고 생각했다.

아시아는 또 다른 모험이었다. 그곳에서 가진 기자회견은 예전에 홍콩에서 보낸 시간만큼 열광적이었다. 서울에서는 카메라 플래시가 너무 많이 터져서 후끈한 열기를 느낄 수 있었다! 서울과 도쿄의 콘서트는 몇 가지 점에서는 유사했지만 어떤 부분에서는 매우 달랐다. 한국 관객들은 일본 관객보다 덜 보수적이었다. 물론 일본 관객들도 곡이 끝날 때마다 늘 환상적인 반응을 보여주긴 했지만. 도시의 외곽에서, 특히 줄즈와 나는 한국의 부산에서 즐거운 시간을 보냈다. 그곳은 바위로 이루어진 해안이 있었는데, 햇빛이 밝고 따뜻하고 매우 예뻤다.

스웨덴, 덴마크, 핀란드, 그리고 네덜란드가 포함된 마지막 유럽 순회 일정을 소화할 시간이었다. 나는 유럽 순회공연에 나타샤 마시를 합류시켰고, 그녀와 다시 공연을 함께 한 것은 훌륭한 결정이었다. 유럽의 관객들은 열광적인 반응을 보여주었다. 뉴질랜드, 호주, 그리고 아시아에서의 느긋한 일정 이후에 다시 일주일에 다섯 개씩 공연을 해야 하는 바쁜 일정으로 돌아왔다.

스웨덴에 있는 동안, 나는 독일에서 특별한 일이 일어나고 있다는 뉴스를 접했다. 도이치 텔레콤의 광고에 〈브리튼즈 갓 탤런트〉에서 했던 나의 첫 오디션 장면이 사용되면서 엄청나게 큰 호응을 받았다고 한다. 그 결과 《원 챈스》가 독일의 앨범 차트에서 1위를 차지했고, 그 순위가 7주 동안 유지되었다. 내가 녹음한 〈공주는 잠 못 이루고〉는 다운로드만으로 독일 싱글 차트의 2위를 차지했다.

나는 점점 더 독일에서 유명해지고 있었고, 급기야 분데스리가 소속 바이에른 뮌헨의 알리안츠 아레나 경기장에서 독일 축구 리그 시즌의 오프닝 공연을 해달라는 요청을 받았다. 독일, 오스트리아, 그리고 스위스로 순회공연을 하러 갔고, 만 명 이상의 관객들 앞에서 밤 공연을 했다. 그것은 내가 감히 꿈도 꾸지 못했던 일이었다.

가장 예외적인 사건은 만하임 돔에서 있었다. 그건 매우 신선한 이벤트였다. 나는 무대 위로 걸어올라가다 십대 소녀들의 함성과 맞닥뜨렸다. 내가 줄즈에게 그 이야기를 하자, 그녀는 쉬지 않고 15분 동안 웃어댔다.

"당신이 팝스타야? 웃겨 죽겠어!"

나 또한 기이한 일이라고 생각했다. 함성소리는 내 목소리와 배경 음악이 들리지 않을 정도로 컸다. 나는 전적으로 기억에 의지하거나 내 노래 소리가 배경 음악과 맞아떨어지기를 바랄 뿐이었다. 거의 백 년 전에 작곡된 오페라 아리아가 십대 관객들에게 그런 반응을 일으킨다는 사실에 깜짝 놀랐다. 그건 내가 항상 알고 있던 진리를 증명해 주었다. 음악은 지역, 세대, 계급, 그리고 종교의 경계를 넘어설 수 있다는 것.

2008년 역시 대체로 놀라운 해였다. 여행을 많이 다니는 것은 가족이나 친구들과 자주 어울리지 못한다는 것을 의미했지만, 나는 최대한 가까운 거리를 유지하려고 노력했다.

줄즈와 나는 전 세계를 돌아다니는 것과 서로 떨어져 지내는 시간에 적응해 갔다. 줄즈는 또한 자신의 남편이 얼마나 어리숙한지에 대해 언급을 하면서 분위기를 밝게 해주는 멋진 인터뷰를 능숙하게 하곤 했다.

처음에 난 55차례의 공연을 하는 게 두려웠으며, 내가 무너지고 소진될 게 틀림없다고 믿었다. 아마도 그런 생각을 하는 건 나 혼자가 아닐 것이다. 하지만 난 중요한 교훈을 배웠다.

그렇다, 장애물들이 있다. 그렇다, 어려움들이 있다. 하지만 결국 유일한 진짜 장애물은 내 마음 속에 있었다. 그리고 난생처음으로 난 그것을 극복했다. 나는 그해에 백 번 이상의 콘서트를 라이브로 공연했다. 내가 성취할 수 있으리라 예상했던 것의 거의 두 배에 가까운 횟수였다.

15
뜨거운 반응

나의 두 번째 앨범 《열정*Passione*》의 사진 촬영을 베니스에서 하자는 제안을 받았을 때, 나는 선뜻 동의했다. 누가 세계에서 가장 아름다운 도시 중 하나에서 시간을 보낼 기회를 놓칠 것인가? 하지만 촬영 날짜가 다가오면서 열광적으로 좋아한 데 대해 후회했다. 그 이유는 우선 1월의 서늘한 아침이었기 때문이다. 도시는 매우 아름답게 보였지만, 엄청나게 추웠다. 나는 턱시도를 입은 상태라고 해도, 모자와 스카프를 벗을 수 있었다면 침대 위에서 몇 시간을 더 보냈을 것이다.

2008년 후반에 나는 《열정》을 녹음하기 시작했다. 스톡홀름에서 대부분을 녹음했지만, 일부는 프라하에서 녹음했다. 첫 번째 앨범을 샀던 관객들의 기대를 저버리지 않는 범위에서, 이번에는 더 고전적인 느낌의 레코드가 되기를 원했다. 어떤 아티스트라도 두 번째 앨범이 첫 번째 앨범보다 좋은 경우는 드물다는 속설을 잘 알고 있었지만, 기대감은 높았다.

나는 사이먼 코웰과 그의 팀의 지원 아래 트랙의 곡목을 작성했고,

함께 내용을 선정하는 일을 했다. 데뷔 앨범이 3백만 장 이상 팔리면서, 나는 이제 《원 챈스》를 녹음할 때보다 더 많은 예술적 통제력을 갖게 되었다. 하지만 나는 신중해질 필요가 있었다. 18개월 동안 음반 산업 속에 있었음에도 불구하고, 나는 여전히 경험이 별로 없는 사람이었다. 내가 만족할 수 있는 음반을 최선을 다해 만드는 동안, 전문가의 조언에 귀를 기울이는 게 중요하다는 것을 알고 있었다.

곡을 선택하는 과정에서, 내가 사랑하는 노래의 데모들을 녹음했고 또한 A&R(artist & repetoire의 약자로 회사 내에서 사람(아티스트)과 연주 곡목(레퍼토리)을 안내하는 부서) 팀이 좋을 것이라고 생각하는 몇 곡을 녹음했다. 그 과정을 통해 많은 진전이 이루어졌다. 스튜디오에서 트랙을 시험해 보며 어떤 노래가 좋은지 아닌지를 결정하는 것은 흥미로웠다. 그 결과들은 이따금 놀랍기도 했다. 나는 《원 챈스》에 R.E.M 노래인 〈에브리바디 허츠〉를 내 식으로 편곡하여 담았고, 그리고 두 번째 앨범에는 또다시 프로콜 하럼의 고전 〈어 화이터 쉐이드 오브 페일*A Whiter Shade of Pale*〉의 이탈리아어 버전을 넣을 생각이었다.

반면에, 내가 좋아하는 리처드 막스의 노래 중 하나인 〈라이트 히어 웨이팅*Right Here Waiting*〉을 시도했으나, 그것은 제대로 되지 않았다. 나는 매우 실망했다. 왜냐하면 그것은 위대한 노래였고, 앨범에 수록하면 좋을 것이라 느꼈기 때문이다. 우리는 이완 맥콜의 〈내가 처음 당신의 얼굴을 봤을 때 *The First Time I Ever Saw Your Face*〉의 이탈리아어 버전인 〈처음*La Prima Volta*〉과 니노 로타가 만든 프랭코 제피렐리 감독 작품인 〈로미오와 줄리엣〉의 사운드 트랙인 〈어 타임 포 어스*A time for us*〉의 이탈리아어 버전인 〈운 조르노 페르 노이*Un Giorno per Noi*〉 등 고전이 포함된 훌륭한 곡들로 앨범 수록곡들을 마무리지었다.

나의 유일한 걱정은 사이먼이 앨범 전체를 이탈리아어로 만들고 싶어하는 것이었다. 그래서 두 번째 앨범이 첫 번째 앨범보다 사람들이 접근하기 어려울까 봐 두려웠다. 매니저와 나는 최소한 몇 곡을 영어로 하겠다고 주장했지만, 사이먼은 의견을 굽히지 않았다. 물론 사이먼에게는 항상 대중이 듣기 원하는 게 무엇인지 읽어내는 능력이 있었다. 그래서 걱정은 되었지만 우리는 그의 판단을 믿었다. 그것은 앨범 홍보를 위한 인터뷰를 할 때마다 매우 빈번하게 나오는 주제이기도 했다. 왜 앨범 전체를 이탈리아어로 녹음했냐는 질문을 받을 때, 나는 이탈리아어가 아름답고 노래를 부르기에 적합한 매우 음악적인 언어이기 때문이라고 간단하게 대답했다.

앨범이 이탈리아어로 되어 있으므로, 베니스에서 사진 촬영을 하는 게 딱 어울리는 일이었다. 메이크업을 하려고 자리를 잡고 앉았을 때, 나는 장난기가 발동했다. 매니저 비비카 올드가 이번 여행에 동행했는데, 메이크업 해주는 아가씨들에게 비밀을 지켜달라고 부탁한 다음, 비비카에게 재빨리 전화를 걸었다.

"안녕, 빕!" 나는 최선을 다해서 침대에서 막 일어난 듯한 목소리로 말했다. "정말 미안해요. 늦잠을 잤어요. 지금 막 일어났어요."

"오, 폴!" 그녀의 목소리는 걱정하는 기색이 역력했다. "사진 촬영이 곧 시작될 거예요. 당장 메이크업을 받아야 해요. 내가 그들에게 전화를 할 테니……."

내 웃음소리를 듣고 그녀가 잠시 멈췄다.

"지금 나를 놀리고 있는 거죠, 그렇죠?" 그녀가 말했다.

"네, 네. 여기에 있어요." 나는 고백했다. "내려올 때 코트 잊지 마세요. 여긴 정말 지독하게 추워요."

두 번째 앨범의 발매는 첫 번째와 달랐다. 《원 챈스》는 무엇이 일어날지에 대해 실질적인 기대감이 없었다. 이제는 기대감이 거대해진 상태였다. 이것은 앨범이 성공해야 한다는 압박이 더 커졌다는 것을 의미했고, 따라서 그것을 성취하기 위해 수많은 홍보 활동이 예정되어 있었다.

앨범 홍보는 나의 가장 큰 시장인 독일에서부터 시작되었다.

놀랍게도 나는 독일의 권위 있는 음악상인 'ECHO 어워즈'의 수상 후보에 올랐다. 독일에서는 미국의 그래미와 영국의 '브릿 어워즈 Brit awards'에 맞먹는 상이었다. 나는 최고의 국제 락앤팝 아티스트와 올해의 앨범 부문에 후보로 올랐고, 인정받는 아티스트인 레니 크래비츠, 키드 락과 경쟁하고 있었다.

그러한 팽팽한 경쟁 속에서 내가 수상할 리가 없다고 난 확신하고 있었다. 내가 독일에서 자리 잡을 수 있도록 매우 열심히 일해 주었던 소니 사의 비비안 하우너는 내가 시상식 축하 행사에서 〈공주는 잠 못 이루고〉를 공연하게 될 것이라고 알려줬다. 내가 후보로 오른 부문의 발표가 나오기 바로 직전에. 그것은 나에게 이런 생각을 하도록 했다. 내가 수상하게 될 것이라고 암시하는 것일까? 아니면 악의적으로 굴고 있는 것일까? 그들은 수상 후보에 오른 곡 하나를 공연하게 한 다음 내가 상을 받지 못했다고 말하려는 것일까? 만일 그렇다면 그것은 매우 잔인한 일일 것이다.

하지만 그것은 또 한 번 인생이 바뀌는 순간이었다. 혹시 나를 제외한 모두가 내가 수상할지 아닐지를 알고 있는 건 아닌지, 그리고 그들이 내가 현장에서 보여주는 진짜 반응을 원하는 건 아닌지 의심했다. 결국 내가 옳았다. 독일의 음반 회사 사람들은 모두 결과를 알고 있었다. 놀랍게도 수상자로 내 이름이 불렸을 때 모든 것이 분명해졌다. 나는 믿을 수가 없었다!

전 세계를 돌면서 《열정》을 홍보하는 동안, 나는 성공의 길을 달렸다. 줄즈와 함께, 우리는 뉴질랜드와 호주로 향했다. 첫 번째 앨범으로는 1위를 두 번 하고, 두 번째 앨범으로는 상위 5위 앨범 안에 들어가는 것을 성취했던 곳이었다. 홍보를 위한 여행 중에는 웃음을 안겨주는 순간들이 아무 예상도 할 수 없는 상태에서 갑자기 찾아오기도 했다. 나는 호주의 평일 아침 쇼인 〈선라이즈〉에 출연했는데, 진행자가 줄즈와 함께 왔냐고 물었다. 아침 6시가 조금 지난 시각이었으므로 줄즈가 아직 화장을 하지 않았다는 사실을 나는 잊지 않고 있었다. 정직은 가장 좋은 방법이 아닐 수도 있었다.

"물론이죠." 나는 대답했다. "그녀는 스튜디오 뒤에 있어요."

진행자는 내 뒤에 서 있는 그녀를 무대로 나오라고 불렀다. 그녀는 뒤에서 내 목을 조르는 동작을 취했다. 이것은 스튜디오와 집에 있는 시청자들에게 엄청난 웃음을 불러일으켰고, 시청자들은 그녀에게 수많은 지지의 메시지를 보냈다.

호주를 떠나 우리는 캐나다와 미국으로 향했다. 뉴욕에서는 나에게 도시 주위를 보여주고 싶어하는 촬영 팀을 만났다. 나는 멋진 그랜드 센트럴 터미널에서 인터뷰를 하고 있었는데, 촬영을 하는 동안 지나가는 택시 기사가 끼어들었다.

"이봐요!" 그가 창문 밖으로 외쳤다. "난 당신 목소리를 사랑해요!"

뉴요커들은 웬만하선 기쁘게 하기 힘들다는 평판이 있었다. 그래서 이렇게 큰 도시에서 사람들이 나를 알아보는 게 이상하기도 하고 놀랍기도 했다.

나는 생방송 인터뷰들을 하면서 순발력 있게 대답을 해야 했지만, 뉴욕 방송국처럼 힘든 곳은 없었다.

"어머니의 날 무렵에 앨범을 발매하는 건 당신에게 가슴 아픈 순간이겠어요." 진행자가 말했다. "당신 어머니가 돌아가신 지 몇 년이 되었죠?"

순간 나는 놀라서 당황했다.

"사실 저는 며칠 전에 어머니와 대화를 했어요." 나는 정정을 했다. "제 어머니는 아직 살아계시고 건강해요."

나는 〈굿모닝 아메리카〉, 〈폭스 앤 프렌즈〉, 그리고 또다시 〈오프라 쇼〉에 출연했고, 〈투데이 쇼〉에서 또다시 이른 아침 공연을 했다. 〈오프라 쇼〉에서 공연을 위해 다시 초대된 건 엄청난 영광이었다. 특히 이 쇼는 그녀가 좋아하는 것들에 헌정하는 쇼였기에 더욱 그러했다. 나는 반은 영어이고 반은 이탈리아어인 〈메모리*Memory*〉를 노래했다.

그 즈음 영국에서 또 다른 〈브리튼즈 갓 탤런트〉의 성공 스토리가 시작되고 있었다. 수잔 보일이라는 이름의 중년 여자가 글래스고우 오디션에서 공연을 했고, 그녀가 부른 〈아이 드림드 어 드림*I Dreamed a Dream*〉은 심사위원과 온 나라 사람들을 몹시 놀라게 했다. 《열정》을 홍보하기 위해 전 세계를 돌아다니면서 했던 많은 인터뷰에서 나는 수잔에 대한 질문을 받았다. 나는 또 다른 사람이 나와 같은 방식으로 인생을 바꿀 기회를 얻었다는 사실이 매우 기뻤다.

〈브리튼즈 갓 탤런트〉는 평범한 사람들이 꿈꾸지 못했던 기회를 준다는 사실을 세상에 증명했다. 동시에 나의 공연은 대략 한 주 남짓 열렸던 것에 비해 수잔의 경우, 몇 주 이상 열린다는 게 염려스러웠다. 그녀가 압박에 잘 대처하길 바랐고, 뉴욕의 NBC가 내가 있는 시드니와 수잔이 있는 런던을 연결해서 지구를 가로지르는 인터뷰를 했을 때, 그녀에게 하루에 하나씩 성취하라고 조언했다.

북아메리카에서 돌아와 유럽 전역에서 더 많은 홍보를 하고 난 뒤, 드디어 내가 〈브리튼즈 갓 탤런트〉로 돌아갈 시간이 왔다. 나는 준결승 쇼 중 하나가 진행되는 동안 공연을 해달라는 요청을 받았다. 그것은 모든 것이 시작된 쇼로, 내가 처음으로 돌아가는 것이었다. 나는 이것을 매우 의식했고, 내가 공연할 곡인 〈라 프리마 볼타*La Prima Volta*〉의 리허설을 해달라는 다섯 번째 요청을 받았을 때, 매니저 비비카는 내가 정말로 그렇게 하기를 원하는지 물었다. 나는 리허설에서 최고의 공연을 할 바에야, 차라리 리허설을 하지 않는 게 낫다고 생각하는 사람이었지만, 동시에 공연을 잘하기를 간절히 원했기 때문에 리허설을 계속하기로 했다.

실제로 나는 마지막 리허설에서 정말로 노래를 잘했고, 그래서 실제 공연에서는 그렇게 하지 못할까 봐 걱정스러웠다. 공연을 해야 할 시간이 다가왔을 때, 긴장 때문에 노래의 초반 절반이 잘 되지 않았다. 그래서 나는 나머지 절반 동안 정말 힘들게 노래했다. 나는 내 공연에 매우 실망했고, 그래서 앤트와 덱이 내가 노래를 끝냈을 때 "훌륭했어요, 포치!" 라고 말하는 걸 듣고는 안심이 되었다.

그해는 빠르게 흘러갔다. 나는 두 번째 세계 순회공연을 떠났고, 그것은 첫 번째보다 훨씬 넓은 범위였다. 다시 한 번 많은 하이라이트가 있었다. 나는 서울에서 3만 5천 명 앞에서 공연을 했는데, 한 장소에 그렇게 많은 사람이 모여 있는 걸 보게 될 줄 몰랐다. 일본에서 나는 줄즈를 위해 〈카바티나*Cavatina*〉(18세기~19세기의 오페라에서 볼 수 있는 기악 반주가 따른 서정적인 독창곡)로 특별 공연을 했고, 내가 그녀를 위해 쓴 시를 읽어서 깜짝 놀라게 해주었다. 또한 로열 알버트 홀에서 처음으로 주역을 맡았다.

그해가 저물어갈 무렵, 노르웨이와 스웨덴의 크리스마스 순회공연을 하면서 나는 후두염을 동반한 심한 감기에 시달리고 있었다. 시끄럽지 않은 축제 종소리와 함께, 크리스마스가 다가오는 스칸디나비아는 아름다웠다. 하지만 나는 즐길 수 없었다. 지독한 감기 때문에 실내에서 이불에 싸인 채 지냈기 때문이다. 가장 나쁜 시기에 앓고 있었다. 라이프치히에서 있을 나의 다음 공연은 백혈병 연구 지원 협회를 위한 '호세 카레라스 갈라 콘서트'에 참가하는 것이었기 때문이다.

내 어린 시절의 영웅들 중 한 명의 공연에 나는 필사적으로 참가하고 싶었다. 의사는 나를 진찰하더니 비행기를 타지 말라고 했다. 그래서 우리는 오슬로에서 라이프치히까지 기차로 가야 했다. 나는 계속 뜨거운 물, 레몬, 그리고 꿀로 치료를 시도했고, 심사숙고 끝에 부르기에 적절한 환상적인 오페레타 아리아인 〈그대는 나의 모든 것*Dein Ist Mein Ganzes Herz*〉을 공연했다. 공연이 끝나고 나는 호세와 짧은 대화를 나눴다. 그는 2년 전 같은 행사에서 처음으로 내 노래를 들었고 내가 엄청난 발전을 이뤘으며 사랑스러운 목소리를 가졌다고 칭찬해 주었다. 나는 융숭한 대접을 받아 영광스러웠다.

고향에 돌아온 뒤, 나는 미래를 바꿀 결정을 내렸다. 그중 하나는 나의 다음 앨범을 사이코(Syco)에서 내지 않으리라는 결정이었다. 사이먼과 관계가 틀어진 것은 아니었다. 다만 서로 사업상의 이익과 관련된 결정이었다. 나는 사이코 팀과 계속 만날 것이지만, 그때는 동료 관계가 아니라 친구로서일 것이다. 난 그가 나에게 믿음을 가지고 관리를 해준 것에 대해 감사하고 만족했다. 그리고 사이코를 떠난 뒤에도 나의 가수 경력은 계속될 것이다.

내 음악을 직접 제작할 수 있는 곳에서 새로운 프로젝트를 시작하는 것에 난 흥분했다. 그것은 독립과 자유를 가져다줬고 당연히 위험과 책임이 뒤따랐다. 나는 항상 다음 앨범은 영화 음악을 바탕으로 할 것이라고 계획하고 있었다. 그래서 나는 녹음된 음악들을 들으면서 스코틀랜드의 아름다운 풍경 속을 걸었다. 그러면서 녹음할 수 있는 음악을 찾으며 시간을 좀 보냈다. 나는 함께 일할 가능성 있는 프로듀서들과 인터뷰를 했고, 유명한 영화 〈스코어〉의 프로듀서인 사이먼 프랜글렌과 함께 작업하기로 결정을 내렸다.

조심스럽게 음악들을 골라 음악이 나에게 말을 걸어오는 내용을 바탕으로 노래했다. 나는 여전히 두 번째 앨범이 모두 이탈리아어로 녹음되었다는 점에 약간의 미진함을 느끼고 있었다. 이제는 내가 결정할 수 있었다. 나는 세 번째 앨범을 가능한 한 쉽게 접근할 수 있도록 '시네마 파라디소(Cinema Paradiso)'로 유지하길 원했다. 음반에는 〈티파니에서 아침을〉, 〈타이타닉〉, 그리고 〈대부〉의 곡들이 포함되어 있었다. 나에게 가장 도전적인 트랙은 류이치 사카모토의 〈포비든 컬러스*Forbidden Colours*〉였는데, 그것은 원래 〈메리 크리스마스 미스터 로렌스〉의 사운드 트랙에 포함된 곡이었다. 그 노래의 반주는 마치 고의적으로 나에게 맞지 않게 연주하고 있는 것 같았고, 그래서 나에게 어울리게 만들기 위해 몇 가지를 조정했다. 이제 그 노래는 내가 부른 것 가운데 가장 좋아하는 것들 중 하나가 되었다.

나의 세 번째 앨범이 영화와 나를 연결하는 유일한 작업은 아니었다. 다양한 사람들이 내 인생을 소재로 한 영화를 만들 가능성을 타진하기 위해 접근했다. 그들 중에는 브래드 웨스톤과 마이크 멘쉘이 있었고, 그들은 파라마운트 스튜디오에서 나에게 처음으로 이야기를 꺼낸 사람들이기도 하다. 영화 프로젝트가 흔히 그렇듯이, 그 영화는 몇 번씩 취소되기도 하고 부활하기도 했다.

그렇지만 이번에는 상황이 달랐다. 나는 브래드, 마이크, 그리고 영화 대본을 쓴 저스틴 잭햄과 미팅을 갖기 위해 로스앤젤레스로 갔다. 그들은 나에게 대단한 소식을 전해 주었다. 많은 문제들에도 불구하고, 그들은 영화가 진행되기 위한 기회들이 많다고 생각하고 있었다.

"이것은 반드시 영화로 만들어져만 하는 이야기예요." 그들이 나에게 말했다. 이 기획을 반드시 영화로 만들어야 한다는 그들의 믿음에 감명받지 않을 수 없었다.

브래드와 마이크는 영화 제작 기획을 이끌어갈 유명한 감독을 찾았다고 설명했다. 〈말리와 나〉와 〈악마는 프라다를 입는다〉 같은 영화를 맡았던 데이빗 프랭클이었다. 헐리우드에는 만들어지지 못한수많은 영화들이 있었지만, 이번에는 처음으로 영화 제작이 정말로 진행될 것처럼 보였다.

나는 세 번째 앨범 《시네마 파라디소》를 홍보하기 위해 또다시 전세계를 여행했다. 2010년 12월 31일, 나는 브란덴부르크 문에서 베를린의 새해 축하 행사에 참여해서 공연을 했다. 내 뒤에서 불꽃이 터졌고, 나는 백만 명 이상의 군중 앞에서 〈공주는 잠 못 이루고〉를 불렀다. 그렇게 엄청난 도시의 신년 행사에 참여했다는 건 큰 영광이었다. 기온은 섭씨 영하 12도였으나, 그렇게 많은 사람들 앞에서 공연을 하면서 나는 따뜻함을 느꼈다.

내가 공연했던 많은 나라들이 마음 속으로 나와 가까워졌다. 그러나 2011년 초 그들 나라 가운데 두 곳이 자연재해를 당했다. 2011년 2월 뉴질랜드의 크라이스트처치 도시 주변이 지진으로 인해 상당한 피해를 입었다. 그리고 3월에는 일본 동부 해안에 지진이 일어나 치명적인 쓰나미를 유발했다. 나는 두 사건에 깜짝 놀랐고, 도움을 줘야겠다는 마음이 들었다.

나는 크라이스트처치 지진의 희생자를 돕는 모금을 위한 콘서트에서 공연하기 위해, 개인 비용으로 오클랜드까지 갔다. 길고 긴 비행이었지만 거의 헛된 일이 될 뻔했다. 나는 시바이(Seaby)라는 이름을 가진 남자의 멋진 집에서 묵었는데, 그것은 통신용으로 만든 이름이라고 했다. 바다를 옆에 두고, 나는 천장부터 바닥까지 전체가 유리인 창문을 밤새 열어두었다. 외국인의 피는 현지 모기에게 확실히 더 달콤했던지, 나는 거의 살아 있는 채로 모기에게 뜯겼다. 콘서트 전날, 왼쪽 발목이 부풀어 오르면서 통증이 있었고, 절룩거리며 걷게 만들었다.

다음 날 발목 상태는 더 나빠졌고 너무 뜨거워서 만질 수 없을 정도였다. 나는 알레르기성 반응 때문이라고 추측했다. 그러나 콘서트를 지휘하던 엘리자베스 마블리가 나를 노스베이 병원으로 데려가 검사를 받도록 했는데, 그것은 세균 감염에 의한 급성 화농성 염증에 걸린 것으로 드러났고, 그 병은 적절한 치료를 받지 않을 경우 패혈증으로 발전되어 치명적일 수도 있다고 했다. 의사는 보통은 그 병에 걸린 환자는 며칠 동안 보호관찰해야 한다고 말했다. 그러나 그는 내가 뉴질랜드에 머무르는 이유를 안다면서 나는 예외로 하기로 결정했고, 부작용이 없는 몇몇 강력한 항생제를 처방했다.

앞에서도 말했지만, 나는 주삿바늘 앞에서는 바늘꽂이 방석이 된다. 내가 주삿바늘을 두려워하지 않았어도 혈관이 숨어버렸다. 나는 한 시간 밖에 남지 않은 공연을 하러 가기는 힘들 것 같았다. 그러자 병원에서는 나처럼 숨어버리는 혈관을 가진 환자들을 다룰 줄 아는 의사를 집중 치료실에서 찾아냈다. 그는 금광을 찾아냈다. 더 정확히 말하자면 혈관을 찾아낸 것이다. 나에게 주사를 놓아준 의사는 지진으로 어머니를 잃은 뒤, 그날 처음으로 직장에 돌아온 사람이었다. 그날 저녁 내가 부른 〈공주는 잠 못 이루고〉는 그에게 바쳐졌다.

뉴질랜드 지진에 이어서 일본에서 쓰나미가 일자, 많은 외국 공연자들이 콘서트를 취소했다. 거의 75퍼센트의 사람들이 일본으로 여행을 하지 않기로 결정했다.

그러나 나는 지역 당국이 안전하다고 말한다면 여행을 취소하지 않기로 했다. 많은 팬들이 걱정했지만 초청을 거절하는 건 지난 4년 동안 나를 지지해 줬던 사람들에게 등을 돌리는 것으로 생각되었다. 나는 뉴질랜드와 일본에 대해 연민의 감정만이 필요한 게 아니라 그들이 관광객의 달러를 벌게 하기 위해 다시 사람들이 방문해야 한다고 강하게 느꼈다. 나는 모범을 보여주고 싶어 계획대로 일본을 방문해 공연을 강행했다. 도쿄, 요코하마, 그리고 오사카에서 요미우리 교향악단과 함께 노래했다. 오케스트라는 놀라웠고, 나는 2012년에 그들과 함께 다시 공연을 하는 특권을 누렸다.

다시 해외 공연을 나갔을 때는 한국을 방문해서 공연을 한 뒤였다. 난 내 인생을 소재로 한 영화를 찍고 있는 유럽으로 다시 촬영을 하러 갔다. 그 영화는 〈원 챈스〉였다. 브래드와 마이크가 보여주었던 자신감에도 불구하고, 나는 이 영화가 실제로 진행되고 있다는 게 여전히 믿기지 않았다. 영화를 찍기 위한 취재를 위해, 나는 데이빗 프랭클 감독을 웨일즈에 있는 내 인생의 주요 장소 몇 곳으로 데리고 다녔다. 줄즈와 내가 결혼한 교회를 방문했고, 내가 일했던 카폰 웨어하우스의 매장도 방문했다.

데이빗은 또한 우리 집에 있는 '말리'(영화 〈말리와 나〉에서 나온 개)를 만났다. 우리 개 시저는 말리처럼 구제불능이었다.

우리는 2011년 12월에 시저를 입양했다. 그 개는 아주 작은 북극곰처럼 앙증맞았다. 줄즈는 가능하면 빨리 시저를 데려오려고 애썼고, 그래서 우리는 브레콘과 가까운 란고르세까지 운전을 하고 가서 시저를 데려왔다. 오늘까지도 그는 몸집이 큰 아기이며 내가 〈대부〉의 주제곡을 부르면 거기에 맞춰서 노래를 부르곤 한다. 데이빗은 곧바로 시저와 사랑에 빠졌고, 시저도 보자마자 그를 사랑하게 되었다.

영화 촬영 장소가 베니스(이탈리아 장면을 위해)에서 살짝 덜 상쾌한 포트 탈봇으로 옮겨갔을 때, 나는 눈에 띄지는 않았지만 최선을 다했다. 일하는 것을 누군가 내내 지켜보는 것처럼 괴로운 일은 없다. 나는 일이 순조롭게 진행되려면, 내 배역을 맡은 제임스 코든을 혼자 내버려두는 게 상책이라고 생각했다.

그렇다고는 해도, 나는 완전히 무관심할 수 없었다. 한번은 결혼 장면을 촬영할 때 초대되었는데, 제임스와 환상적인 알렉산드라 로치가 나와 줄즈처럼 통로를 걸어가는 장면을 바라보는 건 정말 신기한 경험이었다. 몇 주 전 보컬을 녹음했던 장면을 보는 것도 여전히 기이했다. 제임스의 입이 열리고 닫힐 때마다 내 목소리가 튀어나오는 게 정말 이상했다!

교회 안에서 결혼 장면 촬영이 시작되었을 때, 줄즈와 나는 제단에 앉아 있었다. 나는 줄즈 쪽을 건너다보았고 그녀가 울고 있는 걸 보았다. 내 옆에 앉아 있던 데이빗 프랭클도 알아차렸다.

"그녀가 울고 있어요! 이 장면이 감정을 건드렸나 봐요."

하지만 나는 줄즈에 대해 더 잘 알고 있었다!

"미안해요, 데이빗. 하지만 저건 웃다가 나온 눈물이에요!"

나는 왜 그런지를 알 수 있었다. 우리 둘 모두에게 이 모든 일들이 비현실적이었다. 우리는 줄즈와 폴이었고, 그리고 우리를 연기하는 무대와 스크린의 대형 스타 몇 명이 우리 앞에 서 있었다. 지난 몇 년 동안 나의 삶에는 이상한 순간들이 많이 찾아왔다. 하지만 이것도 가장 기이한 순간 중 하나였다.

사람들은 흔히 삶을 롤러코스터로 묘사하곤 한다. 나는 대부분의 사람들보다 더 많이 오르락내리락 했던 것처럼 느껴진다. 확실히 시작을 하기 전에 많은 추락이 있었다. 내 주위에 있는 사람들 사이에서 투쟁해야 했던 것, 공동의 샌드백이 된 나 자신을 발견하고 좌절한 것, 포식동물 같은 성 범죄자가 나를 자신의 사무실로 데려가는데도 그를 제지할 아무 힘도 없을 때의 무기력함. 나는 쉬운 표적이었다.

노래는 나의 유일하고 온전한 탈출구였다. 나는 노래를 그저 내 것으로 하기 위해 싸웠고, 또 지속적으로 노래를 하기 위해서도 싸웠다. 실제로 나는 노래를 다른 이들과 나누어야만 했다. 그건 쉬운 일이 아니었다. 내 노래를 다른 이들에게 들려주는 건 그들의 비평에 응해야 한다는 걸 의미했으며, 다른 이들에게 내 노래가 부족하다고 말할 기회를 주는 것이기도 했다.

세상은 괴롭힘과 학대에 대해 점점 더 많은 관심을 보이고 있지만,

그렇다고 상황이 더 나아진다거나 괴롭힘과 학대를 당한 피해자들이 그 문제에 대처하기 쉬워지는 것은 아니다. 그것은 여전히 해결하기 힘든 문제로 남아 있다. 그런 문제를 무시한다고 해서 사라지는 것도 아니고, 상황이 그다지 변하는 것도 아니다. 그런 문제에 영향을 미치는 가장 좋은 해결책은 어떤 일이 벌어지고 있는지에 대해 객관적인 태도를 보이는 것이며, 그 일을 개인의 탓으로 여기지 않는 것이다. 자신의 감정을 다스리지 않고 어떻게 자신을 괴롭히는 이들을 무시할 수 있는가? 나는 여전히 어떻게 그럴 수 있는지 모르겠다. 지금 나는 그 당시의 나보다 훨씬 더 좋은 환경에 있다. 하지만 나와 같은 경험을 한 누군가에게는 좋은 일이 일어날 것이라는 희망을 갖는 것이 여전히 쉽지 않을 것이다. 나는 언제나 내가 좋은 사람인지, 지난 6년 동안 혹은 그 이상 내가 즐긴 성공을 누릴 자격이 있는지 의문이 든다. 그것은 절대로 나를 떠나지 않는 불안감을 불러일으킨다.

어떤 불안은 당신이 딛고 있는 땅을 다지거나 당신을 밀어붙여 발전을 하게 만든다. 나는 확실히 자신감이 늘어났고 부끄러움은 줄어들었다. 하지만 내가 사람들을 만날 때나 군중들로 둘러싸여 있을 때의 불안감은 여전히 남아 있다. 군중 속에 있는 것은 여전히 힘들다. 그래서 나는 구석에 숨고 싶은 욕망과 싸우기 위해 스스로를 '대중' 속으로 밀어넣어야 한다. 그래서 나는 말을 너무 많이 하게 되고, 스스로를 합리화하기 의해 애를 쓰고, 전화 통화에 몰두하거나 내 주위에 세상이 없는 것처럼 행동하게 된다.

내가 겪은 모든 일들과 그 길을 따라 오면서 나는 수많은 것들을 배웠다. 자신에게 진실해지는 것은 정말 중요하다. 내가 2007년에 겪은 일과 같은 급격한 변화가 당신에게 일어나면 누구나 그 격렬한 흥분

속으로 휘말려들기 쉽다. 수많은 사람들이 당신이 얼마나 환상적인지에 대해 말할 것이고, 그중에서 가장 위험한 일은 그 말을 믿어버리는 것이다.

〈브리튼즈 갓 탤런트〉는 나 자신으로부터 나를 구해냈다. 그것은 내가 겪은 어려운 시간들로 더 이상 나를 규정하지 않는다는 의미이기도 하다. 과거 일들은 여전히 존재한다. 그러나 나는 스스로 증명했다. 사람들에게 하고 싶은 말은, 스스로를 조금 더 믿는다면 장애물들을 극복할 수 있다는 것이다.

나는 항상 〈브리튼즈 갓 탤런트〉와 사이코가 나에게 기회를 준 것에 대해 대단히 감사하고 있다. 하지만 내가 6년이 지난 지금까지도 세계를 돌면서 공연을 하고 있다는 건 단지 프로그램의 힘 때문만은 아니다. 많은 이들에게 감사하다. 모데스트의 내 매니지먼트 팀에게. 그들이 나에게 가져준 믿음에 대해. 나를 지원해 준 레코드 회사들에도. 나에게 기회를 열어준 사이먼 코웰, 아만다 홀든, 그리고 피어스 모건에게. 힘들기는 했지만 스스로에게 작은 신뢰를 허락한 나 자신에게도.

지금 이 일은 정규직보다는 확실히 낫다. 반면 이 일은 그 자체에 흥미를 갖는 것뿐만 아니라, 끊임없이 노력하지 않으면 정상에 오를 수 없는 일이다!

나의 성공에 중요한 역할을 해준 또 다른 사람들이 있다. 줄즈는 우리가 함께 한 12년의 세월, 그중 10년의 생활 내내 바위처럼 든든한 손을 내밀어주었다. 나의 가족과 줄즈의 가족 모두에게 지속적인 지지를 받는 것은 환상적인 일이었다. 때로는 갈피를 잡지 못하기도 했지만, 언제나 믿을 수 없을 만큼의 지지를 보내주었다. 또한 나의 앨범을 사준 전 세계 사람들의 지지가 없었다면, 이 모든 일들은 일어나지도 않았을 것이다.

외국에 있을 때 마치 고향에 있는 것처럼 느끼게 만들어준 팬들에게 감사의 말을 전하고 싶다. 그 자리에 머물러 있는 것이 정말 행운이라고 여겨지는 멋진 장소들이 많았다. 일일이 열거할 수 없을 정도다. 하지만 어디를 여행하고 있든지 내가 전화를 걸 수 있는 고향은 단 하나였다. 영국, 특히 포트 탈봇. 물론 그 집은 본가가 아니라 줄즈의 집이지만, 나는 항상 그곳에서 가장 환영받는 기분을 느낀다. 줄즈와 내가 그곳에 머무는 이유다. 아무리 웅장한 대저택에 살아도 자기 집처럼 느껴지지 않는다면 그것은 집이 아니다.

나는 내 목소리를 찾았고 내 목소리도 나를 찾았다. 목소리 없이, 나는 어디에 있어야 할지 알지 못한다. 그것은 내 인생을 꿈의 나라로 만들어준 가장 우연한 결정 중 하나였다.

인생은 위성 항법에 따라 운행되지 않는다. 당신은 가끔 지시나 조언을 듣지만, 항상 도움이 되는 건 아니다. 가끔씩 잘못된 길로 갔을 때 뼈아픈 교훈을 얻고 바른 길로 가는 방법을 배운다. 그렇다, 길을 따라가다가 우여곡절이 있을지도 모른다. 하지만 계속 가고자 하는 의지와 믿음이 있으면 무엇이든 가능하다. 거울을 보면서 "난 할 수 없어."라고 생각한다면, 이겨내라. 당신이 할 수 있는 모든 노력을 다하기 전까지 당신이 무엇을 할 수 있는지는 아무도 알지 못한다.

지난 6년 동안 내 옆에서 함께 걸어준 여러분들에게 감사드린다.

□감사의 말

비전문 작가인 나로서는, 편집자인 톰 브롬리의 도움과 가르침에 감사한다. 이것은 보람 있는 도전이었으며, 톰의 도움이 있어서 한층 더 즐거웠다. 또한 와인스타인 북스의 아만다 머레이와 레슬리 웰즈의 심화된 지도에도 감사한다. 마지막으로 나를 향해 계속 채찍을 휘둘러 주었던 (물론 비유적으로) 비비카 올드에게 감사한다.

옮긴이 · 부희령

서울에서 태어났으며, 서울대학교에서 심리학을 공부했다.
2001년 경향신문 신춘문예에 단편소설 「어떤 갠 날」이 당선되어
작품 활동을 시작했다. 2013년 지금은 소설 쓰는 일과 외국의 좋은 책을 소개하는 일을
함께 하고 있다. 지은 책으로는 『고양이 소녀』, 『꽃』 등이 있으며,
옮긴 책으로는 『살아 있는 모든 것들』, 『새로운 엘리엇』,
『런던 아이 미스터리』, 『나는 솔러스』 등이 있다.

원 챈스

초판 1쇄 발행일　2014년 2월 26일

글쓴이 · 폴 포츠
옮긴이 · 부희령
펴낸이 · 김종해
펴낸곳 · 문학세계사
주소 · 서울시 마포구 신수로 59-1(121-110)
대표전화 · 702-1800,　팩시밀리 · 702-0084
mail@msp21.co.kr　www.msp21.co.kr
출판등록 · 제21-108호(1979.5.16)
값 13,000원

ISBN　978-89-7075-580-9　03840